中国现代《诗经》学经典文丛

《诗经》研究

罗汝荣 著

刘伟 整理

王长华 董素山 主编

河北出版传媒集团

河北教育出版社

图书在版编目（CIP）数据

《诗经》研究 / 罗汝荣著；刘伟整理. -- 石家庄：
河北教育出版社, 2025. 3. -- (中国现代《诗经》学经
典文丛 / 王长华, 董素山主编). -- ISBN 978-7-5545
-8990-8

Ⅰ. I207.222

中国国家版本馆CIP数据核字第2024KE4915号

《诗经》研究

SHIJING YANJIU

主　　编　王长华　董素山

作　　者　罗汝荣

整　　理　刘　伟

责任编辑　石　姮　尹立英

装帧设计　于　越

出版发行　河北出版传媒集团

　　　　　河北教育出版社　http://www.hbep.com

　　　　　（石家庄市联盟路705号，050061）

印　　制　河北清静堂印刷有限公司

开　　本　890mm×1240mm　1/32

印　　张　11.25

字　　数　220千字

版　　次　2025年3月第1版

印　　次　2025年3月第1次印刷

书　　号　ISBN 978-7-5545-8990-8

定　　价　65.00元

丛书编委会

主　编　王长华　董素山

副主编　汪雅瑛　马海霞

编委会　（按姓氏笔画排序）

马银琴　王承略　刘立志　刘跃进

杜志勇　李　山　张　育　易卫华

贾雪静　詹福瑞

总　序

　　伴随着 40 年中国学术研究整体上的飞速发展,《诗经》学研究这一学术分支也取得了此前罕有的进步和引人瞩目的成绩。不过,在《诗经》学内部,相对于古代《诗经》学史研究的全方位推进,现代《诗经》学的研究显得还不那么充分,它还存在很多有待开垦和研究的区域与空间。正是基于对这一现实状况的基本判断,河北教育出版社领导与《诗经》学界有关专家学者经过认真研讨磋商,决定编辑出版这套"中国现代《诗经》学经典文丛"。

　　所谓"现代"是个历史概念,学界一般认为学术史的"现代"起自 1911 年辛亥革命之后,截止于 1949 年 10 月 1

日中华人民共和国成立，这段时间屈指算来还不足 40 个年头。就是在这短短的不到 40 年的历史时段中，中国《诗经》学研究发生了前所未有的堪称翻天覆地的巨大变化，涌现出了一批学术名家著成的《诗经》研究名作。

追溯历史，自汉代初年开始直到 20 世纪初清王朝结束，《诗经》在长达两千多年的时间里一直都占居"经"之地位，历代《诗经》研究者当然也必须遵从经学研究的家法和路数来解读它和阐释它，其间虽在宋代和明后期短时间内出现过部分学者突破经学藩篱，直陈《诗经》一些篇章里包含有普通人的情感而由此呈现出文学元素，但这些研究终究未能真正成为那个时代《诗经》研究的主流。历史进入现代，随着西学东渐历史大势的发生，一批留学欧美和日本，深受西方学术思想影响和饱经西方学术训练的学者归国，从此，中国《诗经》学研究翻开了新的篇章，这批学术新锐由初登文坛的青年才俊而迅速茁壮成长为书写《诗经》研究新历史篇章的著名学者，如章太炎、王国维、梁启超、胡适、郭沫若、闻一多，以及傅斯年、顾颉刚、谢无量等，他们各自携带自己成熟或不太成熟、措辞激烈或相对温和、直陈本心或舒缓抒情的著述，先后登上了中国《诗经》研究的历史舞台。于是，现代《诗经》学史上随之而陆续出现了诸名家基于对中国传统文化的批判、对中国文化现实的改造以及对中国文化未来命运重塑的初心，以《诗经》为突破口，渐次发起了白话文运动、东西文化论战、整理国故运动等与社会变革息息相关的一系列探究和争鸣，他们无所顾忌地引进和使用西方的学术理念和学术思想，恣意大胆地对《诗经》进行重新看待、重新定位和重新评价，其中涉及的问题包括《诗经》的作者、《诗经》的结集、《诗经》的性质、《诗经》中的赋比兴、《毛序》的作者及性质、《诗经》与白话、《诗经》与民歌等。

在看似纷繁复杂的现代《诗经》学 40 年历史变迁中，我们如果细心梳理分析，就不难发现这些学者名家几乎是始终如一地坚持了一个本心，那就是把两千多年的经学的《诗经》判定为文学的《诗经》，把诗篇文本中描绘的神圣的历史圣王圣迹判定为平民百姓的日常生活。从学术逻辑看，这段历史先后经过了把《诗经》还原为历史，再把历史定性为史料，之后又由史料平移而命名为文学，从而最终抵达了他们认为《诗经》原本应该抵达的终点。其实，视《诗经》为文学，不仅是中国现代史上学者们的使命，1949 年进入当代以后，《诗经》学界的绝大部分学者所从事的《诗经》研究工作仍然继续坚持了这一方向。历史一再证明，同时代人无法完全跳出身处的时代真正看清自己的作为和理性评判自己的功过。让《诗经》研究摒弃经学而走向文学，是现代《诗经》学 40 年的最突出贡献。这套丛书所展示的就是历史上这 40 年里诸名家有代表性的学术成果。是非功过，期待有更多读者参与的更长时段的历史作出鉴定。

　　需要说明的是，学术的发展原本不会完全随着政治的变换和历史断代的变化而变迁，它除了随历史而变动，同时还固执地持守自身的变化和发展逻辑。所以，我们在本丛书中，除了收有 1911 年到 1949 年的《诗经》名家代表作外，还收入了部分属于清末学者的有代表性的著作，以此呈现一个历史阶段学术变迁的完整性。另外，此次出版这套丛书，整理者主要做了四方面工作：一是变竖排为横排；二是变繁体为简体；三是加新式标点；四是修订原书中的误植字。而由于时代变迁彼时以为对此时颇觉可商的用字、用词，以及一些带有方言色彩的习惯性表述，我们本着还原历史、尊重原著者的原则，均不作改动，一仍其旧。此心此意，尚祈读者诸君明鉴。

2024年8月20日初稿

2025年元月3日改定

绪　言^①

我国虽尚文，而远古文学，如颂歌、史诗等，流传较鲜，求如印度之《吠陀》（Veda），希腊之《伊里亚特》（Iliad）与《奥特赛》（Odyssey）而不可得。惟《诗经》三百五篇较可仿佛耳。《诗经》为最古最可信之诗歌总集，后人不仅以艺术欣赏，实为学术之研究，如《诗经》之文字学、《诗》之修词学、《诗》之博物学等，近人更推为史料之尺度，因及于史学、社会学、政治学之域矣。

《诗经》既为吾国最古最可信之诗歌总集，抒情优美，文词典雅，更为后世文体之源，彦和、实斋言之详矣。凡属国人皆当一读，矧专研文学，可数典而忘祖乎？惟吾人当研究此料之先，当先明何谓诗，《诗》何以称经，并历代研究《诗经》之略史，然后再定吾人研究之范围焉。

---

① 整理者按：根据罗汝荣编广东国民大学讲义整理。

（一）何谓诗

《虞书》云："诗言志，歌永言，声依永，律和声。"

《诗序》云："诗者，志之所之也。在心为志，发言为诗。"

《荀子·劝学篇》云："诗者，中声之所止也。"①

韦昭注《周语》云："诗者所以记物也。"

准上而言，言志者乃诗之本体，合乐记物者，诗之作用也。孔子之言诗，一则曰："诗可以兴，可以观，可以群，可以怨"者，言志也。再则曰："多识草木鸟兽之名"者，记物也。三则曰："合于韶武雅颂之音"者，合乐也。盖诗以情志为本，情志必有所托，托即物也，朱熹曰："既有言矣，则言之所不能尽，而发于咨嗟咏叹之余者，必有自然之音响节奏而不能已焉。此诗之所以作也。"故必情物备而声和者乃名诗也。

（二）《诗》何以称经

《诗》为孔子所重，推为雅言，其课子也，则曰："不学《诗》，无以言"（《季氏》），又《诗》之效用，推及"迩之事父，远之事君"（《阳货》），"诵诗三百，授之以政"（《子

---

① 整理者按：原书误作"诗者，弦歌讽诵之声也。"

路》）。是《诗》在孔子时，已成政教化，孔子弟子，定为必修，尊之为经。章学诚云："逮夫子既没，微言绝而大义将乖，于是弟子门人，各以所闻、所传闻者，或取简毕，或授口耳，录其文而起义，皆名为传……因传而有经之名。"（经解上）是《诗》之称经，因孔子推及于政教，而门弟子尊之也。《诗》自成政治伦理学而称经后，篇篇非美则刺，而《诗》之本旨失。惟因尊而称经，故历二千余年而完整无缺。历代学者为之训诂，为之笺注，为之正义，为之集传。著述之多，为世界诗歌所未有，然多为经字所范，除清季人著述外，鲜能明《诗》之本旨者。

吾人今日研究，自当以明《诗》之本旨为先务矣。

（三）历代研究《诗经》之略史

汉兴，鲁申公为《诗训故》，而齐辕固、燕韩生皆为之《传》。又有毛公之学，自谓子夏所传。武帝时《齐》《鲁》《韩》三家皆立为学官，《毛诗》河间献王献之，当时未得立，至平帝时始立学官，此汉初四家《诗》也。东京而降，毛说渐盛，而三家就衰。兹略将四家传授渊源，述诸于下：

（1）《鲁诗》：四家之《诗》，鲁最先出，传由孔子弟子子夏传《诗》于曾申，曾申传之李克，李克传于孟仲子，仲子传于根牟子，牟子传之荀卿，卿传浮丘伯，为秦博士，伯分传于申培、刘交、白生、郢客，申为鲁人，故谓《鲁诗》，申传孔安国、赵绾、周霸、夏宽、刘戊、大江公许生、徐公、徐偃、王臧、鲁赐、阙门庆忌等，皆属显官，许生、徐公又传王式，为昌邑王师，式传薛广德、褚少孙、唐长宾、张长安，广德传龚胜、龚舍，长安传张游卿，游卿传元帝、王符，符传许晏。而少孙、长宾、长安、许晏皆为博士，故《鲁诗》分褚、唐、张、许之学。大江公传其孙博士江公及荣广韦贤；贤传韦玄成，玄成传韦赏，上皆西汉人。东汉为《鲁诗》者，有陈重、韦彪、鲁恭、鲁丕、雷义、高嘉、右师细君、许晃、魏应、王伉、包咸、高容、高诩等，《班志》推许《鲁诗》，谓最为近之，《六艺略》载《鲁故》二十五卷，王先谦谓即申公作；又载《鲁说》①二十八卷，王氏以为弟子褚、唐、张、韦等所传，书均亡于西晋，不可考矣。

（2）《齐诗》：齐人辕固，治《诗》为孝景时博士，诸齐人以《诗》显贵者，皆其弟子，中以夏侯始昌通五经而《诗》最明，传后苍，苍传翼奉、匡衡，并为博士，匡衡传匡咸、满昌、师丹、伏理，师、伏亦为博士，故《齐诗》有翼氏、匡氏、师氏、伏氏之学。伏理传其子湛，已入东汉，湛传其弟黯，著有《齐诗解说》九篇，传其子恭，恭传伏晨，晨传伏无忌，无忌传伏贤，贤传伏完，后即失传，魏晋以来，学者鲜有肄业及之矣。

---

① 整理者按：原书误作"《鲁诗》"。

（3）《韩诗》：燕人韩婴，孝文时博士，推诗人之意，作内外传数万言，其语颇与齐殊，其归则一。婴传赵子贲生及其孙商，赵子传蔡谊，谊传王吉、食子公，王吉传长孙顺，长孙顺传发福。子公传栗丰，丰传张就，至东汉为《韩诗》学者，有杜乔、贾徽、唐檀、薛汉。汉传澹台敬伯、韩伯高、杜抚，抚传冯良、赵晔，晔传召驯，驯传杨仁，仁传张匡。又贾徽传其子逵，逵传许慎、张恭祖，恭祖传郑玄，《汉书·艺文志》载《韩故》三十六卷，《韩内传》四卷，《韩外传》六卷，《韩说》四十一卷。现惟《外传》十卷存，余俱亡。

（4）《毛诗》：鲁人毛亨，学《诗》于荀卿，作《故训传》，以授赵人毛苌。苌传贯长卿，长卿传解延年，延年传徐敖，敖传陈侠，侠传东汉谢曼卿，曼卿传卫宏，宏撰《毛诗序》，传徐巡，巡传郑众，众传贾徽，徽传子逵，逵传许慎，慎传马融，融传郑玄，玄作《毛诗笺》，三家之传自是衰。与郑异者有王肃，肃传孙毓，玄之弟子陈统又反难于孙，其弟子陆玑，撰《毛诗草木鸟兽虫鱼疏》，至今尚存。

晋永嘉之乱，《齐诗》沦亡，《鲁诗》不过江东，然自马、郑注笺《毛传》后，三家已微。晋代只有王、郑之争，书缺有间，异同已不可考。河北通《毛诗》者，有刘焯、刘炫，唐孔颖达奉敕作《诗义疏》，尊崇毛、郑，疏不破注，亦颇采二刘之说，《毛诗》得郑笺孔疏，其势益张，直至有宋，其说渐衰。

宋代欧阳修作《诗本义》，始以己意说经，而致疑于毛、郑。继苏辙①作《诗集传》以广其义，迨郑樵作《诗辨妄》，王质作《诗总闻》，或专攻小叙，或自出心裁，毛、郑之义，废弃无余。朱熹作《诗序辨说》《诗集传》，废序言诗，别出新解，遂拔毛、郑之帜而执《诗经》牛耳。如杨简、王柏辈皆新派之健者。余如吕祖谦、严粲、马端临等，虽宗毛、郑，其势已弱，不足与朱《传》敌矣。

元明学者，多宗朱《传》，如季本、李先芳、何楷等则杂采汉宋之说，颇有新义。

清代学者，崇尚考据，与宋、明殊。陈启源作《毛诗稽古编》，以毛、郑学说攻朱。如阎若璩、诸锦等为之张目。继马瑞辰作《毛诗传笺通释》，胡承珙作《毛诗后笺》，专申毛、郑，更为精博，至陈奂作《诗毛氏传疏》，舍郑用毛，及魏源作《诗古微》，则宗三家而攻毛、郑，皮锡瑞、王先谦等属之。阮元、俞樾等，对《诗》之训诂，皆有相当之贡献。其中不为汉宋所拘，别出新意者，有姚际恒、崔述、方玉润等。

近人说诗者，则有黄节之《诗旨纂辞》、胡适《周南新解》、顾颉刚《诗经的厄运与幸运》、俞平伯之《读诗札记》等，颇有新意。余如金公亮《诗经学ABC》、胡朴安《诗经

---

① 整理者按：原书误作"轼"。

凡　例

（一）《诗经》文字，时空远隔，非训诂莫明。通行传注，有郑《笺》、孔《疏》本，有朱《集传》本，皆不适现代之用。盖汉、唐释经之失固，宋人释经之失凿，清儒笺释，用力劬矣，然以王国维之渊博，尚言只能通六七，足见训诂之难。梁任公尝云："吾关于整理《诗经》之意见，训诂名物之部，清儒笺释，已十得八九，汇观参订，择善以从，泐成一极简明之新注，则读者于文义可以无阂。……惜吾有志焉而未之逮也。"本书即遵任公之志愿，于注释方面，汇集汉代至现代各家之说，择善采录，或数说俱可通者，间亦并录，以备比观。

（二）本书注释，力求简明，除特别新说，标明某人主张外，其根据《说文》《尔雅》各家说者，概不明标。

（三）诗中虚字，前人向鲜注意，毛、郑、孔、朱、陈奂、马瑞辰、胡承珙等，对难释之虚字，辄以语词了之。王引之《经传释词》，始注意研求。王夫之倡言，凡语助词皆必有意，非荡然加之，本书对于虚字，极为留意诠释。

（四）关于诗旨方面，凡秦汉诗说，概行采列，存古说也。于宋则采朱熹《集传》，于清则采姚际恒《诗经通论》、崔述《读风偶识》、魏源《诗古微》、方玉润《诗经原始》、龚橙《诗本谊》等，于近人则采胡适《周南新解》、俞平伯《读诗札记》等。适之先生《周南新解》创用此法，心极善之，恨未成全书，故续成之。本书《周南》方面，多采其说，创始实由胡先生，谨书此致谢。

（五）本书拟作研究《诗经》之总结集，故凡关于《诗经》之著作，极力访求。已得百数十种，惟牟陌人《诗切》稿本，闻颇有新见，四处访搜，尚未得见，深以为憾！

目　录

二南释

诗分风、雅、颂，二南分系周、召，而不言风。故后世释者各殊，要而言之，约有四说：

（一）南化说：《关雎序》云："南，言化自北而南也。"陆德明《音义释文》云："南者，言周之德化，自岐阳而先被南方。"

（二）南面说：宋刘克《诗说》曰："南之为言，无他义也。易曰：'圣人南面而听天下，向明而治。'义止于此。文王之化，自闺门以达之天下，道化之行，格于人心，及于动植，圣人之盛德也，文王未尝改物，而化极于圣人之所难能，故以南言之，不以王化言，而托之于南者，臣事之节未改也。不系之文王，而系之周、召者，盖所以共成周家之至德者，二公之力，故以是明文王之心焉。"

（三）南土说：有主张周、召土地说者，司马贞《史记索隐》说："周有周、召二南，皆在岐山之阳，故言南也。"有主张南土谓荆扬之域者，郑玄是。又有以为南国诸侯者，此皆以地分也。

（四）南音说：王质、程大昌始定"南"属"南方之乐"。程云："南、雅、颂，乐名也，若今之乐曲之在某宫者也。南有周、召，颂有周、鲁、商，本其所从得而还以系其国土也。"

四说之中，以南音说最合理，故近人多从之，南北音节，确有不同。至二南音节，多舒徐和缓，章潢云："诗之在二南者，浑融含蓄，委婉舒徐，本之以平易之心，出之以温柔之气，如南风之触物而物皆茂畅。凡人之听其言者，不觉其入之深而咸化育于其中也。"

旧说以二南为正风，十三国风为变风，实不可据。并以二南为文武时作，近人则以为东迁后诗。以诗文证之，则以东周说为近焉。

《诗序》以《关雎》《麟趾》之化，王者之风，故系之周公，《鹊巢》《驺虞》诸侯之风，故系之召公，实属无理。周、召为雍州岐山下地名，武王封旦与奭为采邑，诗由此采，故以地名。然以诗考之，江河汝汉，皆属楚地，古之豫、荆、徐、扬，与雍无关，或释为雍州以南，亦强词耳。

周 南

关雎 五章

关关雎鸠，在河之洲。窈窕淑女，君子好逑。

参差荇菜，左右流之。窈窕淑女，寤寐求之。

求之不得，寤寐思服。悠哉悠哉，辗转反侧。

参差荇菜，左右采之。窈窕淑女，琴瑟友之。

参差荇菜，左右芼之。窈窕淑女，钟鼓乐之。

【注释】

（1）"雎鸠"，《尔雅》训"王雎"，江东呼为"鹗"，一名"鹫"。王夫之定为鱼鹰，江边水鸟，好食鱼。《左传》昭十七年，郯子举五鸠之纪五官者，有曰雎鸠氏，司马也。杜注："雎鸠，王雎也。"水中可居曰"洲"。"窈窕"，古训"幽闲"，自王逸注《楚辞》，训"美好貌"，后世悉从"美好"解。崔述曰："窈窕，洞之深者，故字从穴，喻其深居幽邃，不轻得见也。"述"一作"仇"，匹配也。

（2）"荇"，《说文》作"莕"，一名"接余"，水草，圆叶细茎，随水浅深。"流"，毛训"求"，兴淑女之求未得也。案："流"当作随水而流解，起下求不得意。

（3）"服"，毛："思之也。"陈奂以"思"为语词。实则"思服"，犹"思忆"，在此可连用，不必解作语词也。

（4）"友"，《广雅》："友，亲也。"此处当读为相亲有之有。

（5）"芼"，《传》："择也。"陈奂谓"覒"之假借字，《说文》："覒，择也。"读若苗，胡适谓即今"摸"字。

【诗说】

（1）《史记》：周道缺，诗人本之衽席，《关雎》作。（《十二诸侯年表》）又：周室衰，而《关雎》作。（《儒林传叙》）

（2）杨雄《法言》：周康之时……，《关雎》……伤始乱也。

（3）《后汉书·杜钦传》："佩玉晏鸣，《关雎》叹之。"李奇注："后夫人鸡鸣佩玉，去君所，周康后不然，诗人叹而伤之。"（《列女传》及《后汉书》《杨赐传》所叙略同。此《鲁诗》说。）

（4）《后汉书·明帝纪》："应门失守，《关雎》刺世。"注引薛汉《韩诗章句》曰："今时大夫内倾于色，贤人见其萌，故咏《关雎》之说淑女正容仪，以刺时。"

（5）《毛诗序》：后妃之德，风之始也。所以风天下而正夫妇也。故用之乡人焉，用之邦国焉。

（6）朱熹：周之文王，生有圣德，又得圣女姒氏为之配，宫中之人，于其始至，见其有幽闲贞静之德，故作是诗。

（7）姚际恒：当时诗人美世子娶妃初婚①之作。

（8）崔述：此篇乃君子自求良配，而他人代写其哀乐之情耳。

（9）龚橙：思得淑女配君子也。

（10）方玉润：乐淑女以配君子也。……风者，皆采自民间……此盖周邑之咏初昏者。

（11）胡适：这一篇写一个男子思念女子，睡梦里想他，用音乐挑动他。后人惯用这诗来贺初婚，故不知不觉的把这个初婚的意思读进诗里去。

【今说】

细绎此诗意旨，崔述之说较是。前一章闻雎鸣而思淑女，睹荇流而忆好逑。其未得之也，则寤寐思怀，辗转反侧，此求之殷，而情之哀也。后二章以荇菜左右采芼，象征淑女之已得，因是深闺窈窕之淑女，日则钟鼓享乐，夜则琴瑟和谐，喜乐之情深，所谓手之足之，舞之蹈之也。

———————————

① 整理者按：为尊重原著，本书中出现的"婚"和"昏"均依原书，不做改动。

葛覃 三章

葛之覃兮，施于中谷，维叶萋萋。黄鸟于飞，集于灌木，其鸣喈喈。

葛之覃兮，施于中谷，维叶莫莫。是刈是濩，为絺为绤，服之无斁。

言告师氏，言告言归。薄污我私，薄浣我衣。害浣害否，归宁父母。

【注释】

（1）"覃"，延也。"施""移"一声之转，亦有延意。"维"，语词，胡适谓表示感叹，如今人之"啊"。一说"其"也。"于飞"之"于"，胡适谓"于"等"焉"，"于飞"，飞焉也。裴学海谓"于""於"通，之也。"灌木"，丛生之木。

（2）"莫莫"，毛训"成就"，《广雅》训为"萋萋"，茂也。《蜀都赋》："黍稷油油，粳稻莫莫。"亦就其收成而言。"濩"，煮之也。葛布精曰"絺"，粗曰"绤"。"斁""射"声通，《礼记·缁衣篇》引此作"射"，厌也。

（3）"言"，《毛传》："我也。"陈奂谓"我"亦语词。胡适谓"言"字有两种用法，一在两动间为连词，代"而"字用，如"驾言出游"，即"驾而出游"也。一在动词前，等于"乃"字。此处之"言"字，当作"乃"字解。沈昌直谓"言""爰"双声，此处当作"爰"字。

"薄"，语词。王夫之《诗经稗疏》："方言，薄勉也，秦晋曰'薄'，南楚之外曰'薄劣'。"郭璞注曰："相劝勉也，薄言采之者，采者自相劝勉也；薄送我畿者，心不欲送而勉送之也；薄言往诉者，心知其不可据而勉往之也。"凡言薄者仿此。凡语助词必有意，非漫然加之。胡适训"薄"为"甫"。王说较有据。

"私"，里衣也。"浣"，洗也。"害""曷"一声之转，何也。

【诗说】

（1）《序》：后妃之本也。

（2）蔡邕：葛覃恐其失时。（《协和婚赋》）

（3）朱子：后妃既成绤绤而赋其事。

（4）姚际恒：诗人指后妃治葛之事而咏之，以见后妃不忘贫贱也。

（5）戴震：不忘女功也。

（6）龚橙：妇事也。

（7）方玉润：因归宁而敦妇本也。……后纵勤劳，岂必亲手是刈是濩？后纵节俭，亦不至归宁尚服浣衣。……盖此亦采诸民间，与《关雎》同为房中乐，前咏初昏，此赋归宁耳。

（8）胡适：这是葛布女工之歌。后此误用归宁二字，以为专指女嫁后回母家，遂生种种误会。

【今说】

按：胡氏以归宁非专指女嫁后回母家之称，谅信惠周惕之说，以昏礼不著归宁一条，且诸家以归宁合礼否，辨论纷纭；或以为古礼所无，春秋始有（陈奂说）。然庄二十七年冬，书杞伯姬来，《左氏》曰："凡诸侯之女归宁曰来。"襄十二年《左传》曰："楚司马子庚聘于秦，为夫人宁，礼也。"诸侯之女，父母没不得归宁，若卿大夫以下之妻，父母虽没，犹得归宁，孔《疏》已明言之，《左传》作者与毛苌去古犹近，其说必较真，若无确实证据，似不宜轻弃古说也。此诗意旨，方玉润得之。此必新妇思归宁之作。葛叶萋萋，固是即景；黄鸟集木，因景生情，鸣嘈嘈以乐新婚。然而女子新婚，初离膝下，未尝不念父母也，故采葛既已，即思归宁，浣衣且不暇顾，以见思亲之切。胡氏以为葛布女工之诗，殊不思古代社会，皆家庭手工业，非如今日之有工厂，则女工何须远离乎。既非有工厂，何有师氏，又何须在外浣衣？胡氏误以今日社会情形，强合古代，故致千虑一失矣。

卷耳　四章

采采卷耳，不盈顷筐。嗟我怀人，寘彼周行。

陟彼崔嵬，我马虺隤。我姑酌彼金罍，维以不永怀。

陟彼高冈，我马玄黄。我姑酌彼兕觥，维以不永伤。

陟彼砠矣，我马瘏矣。我仆痡矣，云何吁矣！

【注释】

（1）"卷耳"，即今苍耳子，《离骚》谓"葹"。"顷筐"，浅口筐也。"周行"，大道也。

（2）"崔嵬"，毛据《尔雅》"土戴石"之训。姚际恒据《说文》又释为"山之高处"。较佳。"虺隤"，病也。"罍"，酒瓶也。

（3）"玄黄"，毛、朱俱释"玄马病则黄"。近人郭沫若以医理解释赞同之。实则"玄黄"为病，文理显然。"觥"，酒杯也，以兕角为之。"维以不永伤"之"维"，语词，此句《笺》云："以是不复长忧也。"

（4）"砠"，《说文》引作"岨"，石戴土也。"瘏""痡"，病也。"云"，语词。"吁"《尔雅》引作"盱"，忧也。"云何吁矣"，《笺》云："而今云何乎？其亦忧矣。"《韩诗》释"云"为语辞。此句可释为"何其忧矣"。

【诗说】

（1）《序》：后妃之志也。又当辅助君子，求贤审官，知臣下之勤劳，内有进贤之志而无险诐私谒之心，朝夕思念，至于忧勤也。

（2）朱子：后妃以君子不在而思念之，故赋此诗。

（3）杨慎：妇人思夫而陈冈饮酒，携仆徂望，虽曰言之，亦伤于大义矣。原诗人之旨，以后妃思文王而言也。陟冈者文王陟之，……盖身在闺门而思在道路，若后世诗词所谓"计程应说到凉州"耳。

（4）姚际恒：且当《左传》，谓文王求贤官人，以其道远未至，闵其在途辛苦而作。（按：《左传》襄十五年君子谓：楚于是乎能官人[①]。……《诗》云："嗟我怀人，寘彼周行。"王及公、侯、伯、子、男，甸、采、卫、大夫各居其列[②]，所谓周行也。）

（5）龚橙：妇人思行役之夫，忘其妇事，不思独酌也。

（6）崔述：朱子以为妇人念其君子者，得之。六"我"者，当指行人言，乃我其夫耳。胡适亦从此说。

（7）施德普：以为征人忆别。首章为其幻觉，或别时情景。

（8）俞平伯：此诗作为民间歌恋诗，首章写思妇，二至四章写征夫，均系直写，并非代词。当携筐采绿者，徘徊巷陌，回肠荡气之时，正征人策马盘旋，度越关山之顷。两两相映，境殊而情却同，事异而怨则一。由彼念此固可，由此念彼亦可，不入忆念，客观地相映发亦可，所谓像天涯一样缠绵，各自飘零者，或有当诗人之旨乎。

【今说】

按：细绎此诗，确分两截。今姑从俞说。

---

① 整理者按：原书误作"楚于能官人"。
② 整理者按：原书误作"宋、卫、大夫各居其列"。

樛木 三章

南有樛木，葛藟累之。乐只君子，福履绥之。

南有樛木，葛藟荒之。乐只君子，福履将之。

南有樛木，葛藟萦之。乐只君子，福履成之。

【注释】

（1）"樛"，毛训"木下曲"，《韩诗》引作"朻"，高木也。"藟"，葛类，一名"巨"，亦蔓生，或以为即藤。"累"，蔓缘也。"只"，语词，严缉以为即今日之"哉"字，通作"旨"，亦语词。"履"，禄也。"绥"，安也。

（2）"荒"，奄也，《说文》："荒，芜也。一曰草奄地也。""将"，《毛传》训"大"，郑、朱训"扶助"。胡承珙以《尔雅》"蒙""荒"同训"奄"，此有蒙密意。应从郑、朱较顺。

（3）"萦"，施也，有盘结意。胡承珙曰："诗意亦自有浅深次第，葛藟始生延蔓，渐长蒙密，愈久则更盘结，此累之，荒之，萦之之序也。"

【诗说】

（1）《序》：后妃逮下也，言能逮下而无嫉妒之心焉。

（2）朱子：后妃能逮下而无嫉妒之心，故众妾乐其德而称颂。

（3）刘克：窃详诗词，与《小雅》相近，歌咏其福禄尔。

其文王受命作周之诗乎。

（4）姚际恒：用丰坊伪《诗传》说，南国诸侯慕文王之化而归心乎周。

（5）戴震：下美上之诗也。

（6）崔述：此上惠恤下而下爱敬之诗。……未有以见必为女子而非男子也。

（7）龚橙：妇人乐得配君子也。

（8）方玉润：祝所天也。

【今说】

此诗故训虽简，大意亦俱知颂祝之词。然所颂为谁？因何而颂？难得确旨。胡适从崔述、戴震之说，以为"这是祝颂上人的诗，不像妇人口气"，亦不着边际。刘克之说，似较近真。刘申之曰："文王之王而屈于商纣，有所服事而不得申，此所谓南有樛木也，木虽有所屈，而天下之所依系于周，与周之所以尊事而王之者，固自结而不可解。故首章曰'累之'犹缠绵也。二章曰'荒之'，'荒'，大也，与大王荒之同辞。卒章曰'萦之'，不可而解也。首章'福履绥之'，'绥'，安也，福之所安受也。二章曰'将之'，'将'，大也。卒章曰'成之'，王业至此而成也，所以始安而大终成也。"刘氏此说，乍视之仍不免迂曲，然字字着落不挂空，故谓之较近真，即不必定颂文王，而庶民公颂君长光大先业之词，固因刘说而明，较泛泛指为下颂上者之词较令人满意也。

螽斯 三章

螽斯羽，诜诜兮；宜尔子孙，振振兮！

螽斯羽，薨薨兮；宜尔子孙，绳绳兮！

螽斯羽，揖揖兮；宜尔子孙，蛰蛰兮！

【注释】

（1）"螽斯"，蝗也。"诜诜"，众多也，或作"莘莘"，或作"侁侁"，《皇皇者华》作"駪駪"，《桑柔》作"甡甡"。"振振"，毛训"仁厚"，马瑞辰释为"众盛"，较佳。

（2）"薨薨"，毛训"众多"，朱《传》释为"群飞声"。"绳绳"，毛训"戒慎"，朱子训为"不绝貌"。朱说较顺。

（3）"揖揖"，会聚也，陈奂以"揖"通作"集"，"集集"，众也。"蛰蛰"，和集也，有安静而处，各得其所意。

【诗说】

（1）《韩诗外传》引田子为相得金奉母事，举此诗谓贤母使子贤也。

（2）《序》：后妃子孙众多也，言若螽斯不妒忌，则子孙众多也。

（3）朱子：后妃不妒忌而子孙众多，故众妾以螽斯之群处和集，而子孙众多比之。

（4）姚际恒：《小序》言后妃子孙众多，近是。

（5）戴震：亦下美上也。

（6）崔述：上惠恤其下，而下敬爱其上之诗。

（7）龚橙：妇人宜子也。

（8）方玉润：美多男也。胡适以此说似是。

【今说】

按：此诗以方玉润说为得，疑祝贺人生子之诗。

桃夭 三章

桃之夭夭，灼灼其华。之子于归，宜其室家。

桃之夭夭，有蕡其实。之子于归，宜其家室。

桃之夭夭，其叶蓁蓁。之子于归，宜其家人。

【注释】

（1）"夭夭"，少盛也，《说文》引诗作"枖"，亦作"䄂"。"灼灼"，花之茂，兴妇容也。"之"，犹是也。"于"，之也。"室家"，犹夫妇也。

（2）"蕡"，实大貌。"有"，状词，兴妇德也。

（3）"蓁蓁"，至盛之貌，言其德至盛，兴一家之人俱以为宜也。

【诗说】

（1）《序》：后妃之所至也。不妒忌则男女以正，婚姻以时，国无鳏民也。

（2）束皙：美婚以时。龚橙从此说。

（3）朱子：文王之化，自家而国，婚姻以时，故诗人因所见以起兴。而叹其女子之贤，知其必有以宜其室家也。

（4）姚际恒：每篇必属后妃，竟成习套，……太姒之世，安能使女子尽贤，凡于归者皆宜室宜家乎。……《集传》单指文王，终觉偏，……愚意此指王之公族之女而言，诗人于其始嫁而叹美之。

（5）戴震：歌于嫁女之诗也。

（6）方玉润：此亦咏新婚诗……如后世催妆坐筵等词。

【今说】

此诗意旨简明，乃新婚时祝贺新婚之诗，方玉润之说得之。

兔罝 三章

肃肃兔罝，椓之丁丁。赳赳武夫，公侯干城。

肃肃兔罝，施于中逵。赳赳武夫，公侯好仇。

肃肃兔罝，施于中林。赳赳武夫，公侯腹心。

【注释】

（1）"肃肃"，马瑞辰曰："'肃'亦训'缩'"。《豳诗》："九月肃霜"，《毛传》："肃，缩也。""肃肃"盖"缩缩"之假借。"兔罝"，本结绳为之，"缩缩"为兔罝结绳之状，犹"赳赳"为武夫勇武之貌也。俞樾以为"肃肃"乃说兔罝之形。胡适：状兔罝在空中吹动之声。按：俞说较顺，俞并举《文选·西京赋》"飞罕潚箾"。薛综注："潚箾，罕形也。"李善曰：《说文》罕，网也。""潚"音"肃"，"箾"音"朔"，然则"肃肃"说罝形，犹以潚箾说罕形，"肃肃"叠字也，"潚箾"叠韵也。"罝"，网也。"椓"，敲击也。"赳赳"，武貌。"干"，扞也，有保卫意。

（2）"施"，置也。"逵"，古训九达之道也，实为交叉之道。"仇"，匹也，伴侣也。

【诗说】

（1）《左传》成十二年：政以礼成，民是以息。百官承事，朝而不夕。此公侯之所以扞城其民也。故《诗》曰："赳赳武夫，公侯干城。"及其乱也，诸侯贪冒，侵欲不忌，争寻常以尽其民，略其武夫，公侯腹心。天下有道，则公侯能为民干城，而制其腹心，乱则反之。

（2）《列女传》：君子谓接舆妻为乐道而远害，……《诗》曰："肃肃……丁丁，言不怠于道也。

（3）《序》：后妃之化也。关雎之化行，则莫不好德，贤人众多也。

（4）朱子：化行俗美，贤才众多，虽兔罝之野人，而其才之可用犹如此，故诗人因其所事以起兴而美之，而文王德化之盛，因可见矣。

（5）金履祥：案《墨子》书（《尚贤》篇）："文王举闳夭，泰颠于罝网之中，授之政，西土服。"此与《兔罝》之诗辞意吻合。计此诗必为此事而作也。丰坊伪《诗传》："文王得良臣于野，周人美之，赋《兔罝》。"又伪《诗说》历举太颠，闳夭散宜生皆根据金氏之说。后戴震、姚际恒、黄节皆采此说。

（6）崔述：余玩其词，似有婉惜之意，殊不类盛世之音……世胄常摄高位，而寒畯苦无进身之阶，故诗人惜之。

（7）龚橙：妇人美丈夫也。

（8）方玉润：窃意此必羽林卫士，扈跸游猎，英姿伟抱，奇杰魁梧，遥而望之，无非公侯妙选，识者于此有以知西伯异世之必昌。诗人咏之，亦以为王气钟灵转盛于此耳。

（9）胡适：这一篇写封建时代那些作侯家鹰犬的武士的生活。看"好仇""腹心"等字样可见。

【今说】

按：此诗胡适之说较得。兔罝用以捕兽，乃施于中逵，是随时阱陷，而彼赳赳武夫者，尽公侯之鹰犬兔罝也。

芣苢 三章

采采芣苢，薄言采之。采采芣苢，薄言有之。

采采芣苢，薄言掇之。采采芣苢，薄言捋之。

采采芣苢，薄言袺之。采采芣苢，薄言襭之。

【注释】

（1）"芣苢"，《毛传》以为"车前"，《韩诗》作"泽泻"，二者形似而实异，未知孰是。"薄言"，乃也，于是也。

（2）"掇"，拾取也。"捋"，戴震曰："一手持其穗，一手捋取之。"《说文》："寽，五指持也。"今俗语亦有此字。

（3）"袺"，古训"执衽"也。"襭"，扱衽也。朱释以衣贮之而执其衽曰"袺"。以衣贮之而扱其衽于带间也。

【诗说】

（1）《列女传》：蔡人之妻者，宋人之女也。既嫁而夫有恶疾，其母将改嫁之，女以采采芣苢之章，虽具臭恶，犹将始于掇采之，终于怀襭之，浸以益亲，况于夫妇之道乎……终不听。其母乃作《芣苢》之诗。

（2）薛汉《韩诗章句》：芣苢，泽泻也，诗人伤其君子有恶疾，人道不通，求己不得，发奋而作。（《文选》五十四刘峻《辨命论》注引。）

（3）《序》：后妃之美也。和平，则妇人乐有子矣。

（4）朱子：化行俗美，家室和平，妇人无事，相与乐此芣苢，而赋其事以相乐也。

（5）丰坊伪《诗传》："文王之时，万民和乐，童儿歌谣赋《芣苢》。"又伪《诗说》："芣苢，童儿斗草歌谣之词。"

（6）龚橙：宋女嫁于蔡，伤夫有恶疾也。

（7）方玉润：此诗即当时竹枝词也，读者试平心静气，涵咏此诗。快听田家女三三五五，于平原绣野和风丽日之中，群歌互答，余音袅袅……唐人竹枝柳枝棹歌等词，类多以方言入韵语，自觉其愈俗愈雅，愈无故实而愈可咏歌，……知乎此，则可与论是诗之旨矣。

【今说】

按：方玉润之说，最得诗旨。

汉广 三章

南有乔木，不可休思。汉有游女，不可求思。

汉之广矣，不可泳思。江之永矣，不可方思。

翘翘错薪，言刈其楚。之子于归，言秣其马。

汉之广矣，不可泳思。江之永矣，不可方思。

翘翘错薪，言刈其蒌。之子于归，言秣其驹。

汉之广矣，不可泳思。江之永矣，不可方思。

【注释】

（1）"乔"，大也，毛训"上竦"，朱释"无枝"，皆可通。"思"，语词，胡适谓煞尾与兮字同。但"思"为语词，不尽在句末也。乔木可休而不可休，犹游女本可求而不可求也。

（2）"方"，《说文》训"并船"，又释为"泭"，小筏也。

（3）"翘翘"，高大貌。"错"，集也。"楚"，木名。"言"，乃也。"蒌"，草名，或以为即芦也。"驹"一作"骄"，六尺以下之马也。

【诗说】

（1）《列女传》：述孔子遗子贡调阿谷处女，而引此诗首举四句。

（2）《韩诗序》：悦人也。（《文选》卅四曹植《七政》注引。）

（3）薛汉《韩诗章句》：游女，谓汉神也。言汉神时见，不可求而得之。（《文选》稽康《琴赋》注引。）

（4）《序》：广德所及也。文王之道，被于南国，美化行乎江汉之域，无思犯礼，求而不可得也。

（5）朱子：文王之化自近而远，先及于江汉之间，而有以变其淫乱之俗。故其出游之女，人望见之，而知其端庄静一，非复前日之可求矣。因以乔木起兴，江汉为比，而反复咏叹之也。

（6）姚际恒：大抵谓男女皆守以正为得。

（7）崔述：此诗为周衰时作，虽不能闲于礼，而尚未敢大溃其防，有先王之遗泽焉。

（8）方玉润：此诗即为刈楚刈蒌而作，所谓樵唱也，近世楚粤滇黔间樵子入山，多唱山讴，响应林谷，盖劳者善歌，所以忘劳耳。其辞大抵男女相赠答，私心爱慕之情，有近于淫者，亦有以礼自持者。文在雅俗之间，而音节则自然天籁也。

（9）胡适：此诗不易猜测，方玉润最大胆，也最有理。

【今说】

按：此诗乃咏叹幽静之女，盖樵苏者在山崖水溪之间，遇见幽静之女子，感而咏此。

汝坟 三章

遵彼汝坟，伐其条枚。未见君子，惄如调饥。
遵彼汝坟，伐其条肄。既见君子，不我遐弃。
鲂鱼赪尾，王室如燬。虽则如燬，父母孔迩。

【注释】

（1）毛训"汝"，水名，"坟"，大防。"濆"一作"濆"，《尔雅》以"濆"为汝之枝流。王夫之谓堤防所以固土窒水，例禁樵苏，孰敢于其上伐其枚，因亦以坟为濆。陈奂以汝水入淮处为汝坟，在汉汝阴县北。

"条"，枝。"枚"，干。"怒"，毛训"饥意"，郑训为"思"，《韩诗》作"懰"，忧也。三说俱通。"调"，朝也。

（2）"肄"，余也，斩而复生曰"肄"。"遐"，远也。胡适谓：凡代词作止词时，在否定句中，止词须倒装在表词之前，否定副词，或否定代词之后。

（3）"鲂"，鳊鱼，尾赤。"赪"，赤也，以鱼之尾赤兴王室之如毁。"孔"，甚也。

【诗说】

（1）《韩诗序》：辞家也。薛氏《章句》曰：鲂鱼劳则尾赤[1]，君子劳苦则颜色变。以王室政教如烈火矣[2]，犹触冒而仕者，以父母甚迫近饥寒之忧[3]，为此禄仕。（《后汉书·周磐传》注引。）

（2）《列女传》：大夫受命[4]，平治水土，过时不来。妻恐其懈于王事，盖与其邻人陈素所与大夫言："国家多难，惟勉强之，无有谴怒，遗父母忧。"……乃作诗曰："鲂鱼……孔迩。……"。

（3）《序》：道化行也，文王之化，行乎汝坟之国，妇人能闵其君子，犹勉之以正也。

（4）朱子：汝坟之国，亦先被文王之化者，故妇人喜其

---

① 整理者按：原书误作"鱼劳则尾赤"。
② 整理者按：原书误作"王室政教为烈大矣"。
③ 整理者按：原书误作"犹界而化者，以父母迫肌寒之忧"。
④ 整理者按：原书误作"周南大夫受命"。

君子行役而归，因记其未归之时思望之情如此，而追赋诗也，"王室"纣所都也，"父母"指文王也。

（5）丰坊伪《诗传》：受辛无道，商人慕文王而归之，赋《汝坟》。

（6）崔述：此乃东迁后诗。王室如燬，即指骊山乱亡之事。父母孔迩，即承上章君子而言，汝水之源在周东都畿内。盖畿内之大夫有患于民者，避乱而归其邑，民得见之，故伤王室之如燬，而转幸其父母之孔迩也。

（7）龚橙：妇人思行役也。

（8）方玉润：南国归心也。

（9）胡适：这是乱世女子流离之后，嫁了丈夫，日想追近王室之父母，故作此歌。

【今说】

按：马瑞辰曰："细绎诗意，盖幸君子从役而归，而恐其复往从役之辞[①]，首章追溯其未归之前也，二章幸其归也，三章恐其复从役也，盖王政酷烈，大夫不敢告劳，虽暂归，复将从役，又有弃我之虞。不言忧其弃我，而言父母，《序》[②]所谓'勉之以正'也。言虽畏王室而远从行役，独不念父母

---

① 整理者按：原书误作"而恐其复往之辞"。
② 整理者按：原书误作"此《序》"。

之甚迩乎[①]？古者'远之事君，迩之事父'，诗所以言'孔迩'也。"此说较为得之。

麟之趾 三章

麟之趾，振振公子。于嗟麟兮！

麟之定，振振公姓。于嗟麟兮！

麟之角，振振公族。于嗟麟兮！

【注释】

（1）《尔雅》释"麟"，麕身，牛尾一角，京房《易传》又谓马蹄，有五采，腹下黄，高丈二。郑玄：麟角未有肉，示有武而不用。胡适谓古代神话里一种神兽。"趾"，足也。"振振"，众盛也。

（2）"定"，毛训为"题"，"题"本作"颠"，即顶也。

【诗说】

（1）序：《关雎》之应也。《关雎》之化行，则天下无犯非礼。虽衰世之公子，皆信厚如麟趾之时也。

（2）朱子：文王后妃德修于身，而子孙宗族皆化于善，故诗人以麟之趾兴公之子，言麟性仁厚，故其趾亦仁厚；文王后妃仁厚，故其子亦仁厚。然言之不足，故又嗟叹之。言

---

① 整理者按：原书误作"言虽畏王室而远行役犹不念父母之甚迩乎"。

是乃麟也，何必麋身牛尾而马蹄，然后为王者之瑞哉！

（3）姚际恒：此诗只以麟比王之子孙族人，盖麟为神兽，世不常出，王之子孙，亦各非常人，所以兴比而叹美之耳。

（4）袭橙：美公族也。

（5）方玉润：杜诗云："高帝子孙尽隆准，龙种自与常人殊。"可为此诗下一注脚。

（6）胡适：姚际恒说似最近理。但此诗的末句并不像叹的口气，故朱熹不能不用大气力来解说他。依我看来，这诗很像讥刺贵族的诗，颇像说：这班公族的后辈已很不像样了，已算不得麟了。译为白话可说：这些公子爷们呵！总算麟的一条腿呵，可怜的麟呵！

【今说】

细绎诗意，确刺逾于美，胡适之说可从。

召 南

鹊巢 三章

维鹊有巢，维鸠居之。之子于归，百两御之。

维鹊有巢，维鸠方之。之子于归，百两将之。

维鹊有巢，维鸠盈之。之子于归，百两成之。

【注释】

（1）"鸠"，毛训"尸鸠"，秸鞠也，尸鸠不自为巢，居鹊之成巢，亦即鸻鸲，一名八哥。一说谓"鸠"即"雏"，今之鹁鸪。

（2）"百两"，百乘也。陈奂《疏》："两，一车两轮也。古诸侯之子嫁于诸侯，送迎皆百乘。""御"，迎也，《士昏礼》注"御"当为"讶"，"讶"，迎也，谓婿亲迎也。

（3）"方之"，毛：有之也。王引之以"方"当读为"放"，依也。古字多假借，后人失读。洪颐煊以"方"为"并"。胡承珙引《尔雅》

亦以"方"为"并",谓始则一鸠居之而已,寻则呼其偶并合焉。俞樾:"'方之'犹'附之'也。"按:以"并"字解,可承上章起下章,较佳。"将",送也。

(4)"盈",《毛传》:满也。

【诗说】

(1)《序》:夫人之德也……夫人起居而有之,德如尸鸠,乃可以配焉。

(2)朱子:南国诸侯,被文王之化,能正修齐。其女子亦被后妃之化,而有专静纯一之德,故嫁于诸侯,而其家人美之。

(3)崔述:教女子使不由私也。

(4)姚际恒:大抵为文王公族之女,往嫁于诸大夫之家,诗人见而美之,与《桃夭》篇略同。

(5)方玉润:当时之人,必有依人大厦以成昏者,故诗人咏之。后竟以为典要耳……细玩诗词,与《关雎》虽同赋初昏,而义皆各别。《关雎》似后世催妆花烛等诗,此则语近祝词,古昏礼必告庙,祝版乐章,当有用者,故疑其为告庙词也。

(附)《左氏·昭元年传》:赵孟为客。礼终乃宴。穆叔赋《鹊巢》,赵孟曰:"武不堪也。"注:鹊有巢而鸠居之,喻晋君有国赵孟治之。

采蘩 三章

于以采蘩，于沼于沚。于以用之，公侯之事。

于以采蘩，于涧之中。于以用之，公侯之宫。

被之僮僮，夙夜在公。被之祁祁，薄言还归。

【注释】

（1）"于以"，郑《笺》云："犹往以也。"胡承珙以《尔雅》："粤，于也。""于""粤"一声之转，"于以"犹"粤以"，乃发声之词。近人杨树达以"台"从"吕"声，有"何"字之义，古人假"吕"为"台"，故亦有"何"义，"以"则"吕"之隶变也。以诗首章第一句[①]、第二章第一与第二句之"以"为代处所[②]，首章第二句之"以"代事物。但举证只限于此诗及《邶风》之《击鼓》。于《周颂·桓》诗"于以四方"之"于以"则不能通，尚嫌未周耳。"蘩"，白蒿也。

（2）"被之僮僮"，《毛传》："被，首饰也。"一说"彼"之伪。"僮僮"，竦敬也。"祁祁"，舒迟也。戴震以"被"为"发"，假发也。"僮僮"，端直貌，"祁祁"，齐同貌。王引之谓"僮僮""祁祁"皆形容首饰之盛。《广雅》："僮僮，盛也。"《小雅·大田》"兴云祁祁"，《大雅·韩》"祁祁如云"，皆盛也。

【诗说】

（1）《潜夫论》："背宗族而采蘩怨"以此为刺诗，用《鲁

---

① 整理者按：原书误作"以此章诗首第一句"。
② 整理者按：原书误作"第二章第一与第三句之'以'为代处所"。

诗》说。

（2）《序》：夫人不失职也。夫人可以奉祭祀，则不失职矣。

（3）朱子：南国被文王之化，诸侯夫人，能尽诚敬以奉祭祀，而其家人叙其事以美之也。或曰夫人亲蚕之礼，姚际恒以此说近是。

（4）崔述：教女子使重宗庙也。

（5）方玉润：夫人亲蚕事于公宫也，曰"采蘩"者，以生蚕也。"于沼于沚""于涧之中"者，以近川也。曰"事"者，蚕事也。曰"宫"者，蚕室也。曰"公"者，公桑也。曰"夙夜"者，犹言朝夕以供蚕事也。首饰簇拥，正见蚕妇之家，事毕而归，亦不辩其人，但见首饰如云而已。

【今说】

细绎诗意，此为采蘩女工之歌，采蘩于沚、于沼、于涧，而用者乃公侯之事，用处乃公侯之宫。"被"似为"彼"之伪，上"彼"指公侯辈，僮僮仆从而夙夜在宫，下"彼"指采蘩之人，祁祁众多，终日劳苦，薄言旋归，不怒不怨，意在言外，较《周南·芣苢》略圭角矣。

草虫 三章

喓喓草虫，趯趯阜螽。未见君子，忧心忡忡。

亦既见止，亦既觏止，我心则降。

陟彼南山，言采其蕨。未见君子，忧心惙惙。

亦既见止，亦既觏止，我心则说。

陟彼南山，言采其薇。未见君子，我心伤悲。

亦既见止，亦既觏止，我心则夷。

【注释】

（1）《毛传》："草虫，常羊也；趯趯，跳也；阜螽，蠜也"。戴震以草虫为凡小虫草生者之通语。"蠜"，蝗子也。马瑞辰以草虫一名负蠜，大小长短如蝗而青。黄节谓即今北平、济南人所称聒聒者。喓喓者以其脊上当腰处大羽过半寸，声从此出。郑《笺》云："草虫鸣，阜螽跃而从之。"盖以类相求也。"觏止"，《毛传》："止辞也。"按：等于今日之"了"。"觏"，遇。"降"，下也。《笺》云："既觏谓已昏也。"易曰："男女觏精，万物化生。"按：《笺》说是也。

（2）"蕨"，《草木疏》云："鳖也，周秦曰'蕨'，齐鲁曰'蘩'，其生似蒜，茎紫黑色，可食如葵。"

（3）"薇"，《毛传》："菜也，似蘩。"陆《疏》云："薇茎叶皆似小豆藿，可作羹，亦可生食。"严缉引项安世云："即今之豌豆叶。"

【诗说】

（1）《序》：大夫妻能以礼自防也。

（2）《说苑·君道》篇：孔子对鲁哀公述恶恶好善，并述此诗次章后四句，以为诗人之好善道。《左传》襄二十七年郑七子享赵孟，子展赋《草虫》，赵孟曰："善哉！民之主也。抑武也，不足以当之。"又曰："子展其后亡之者也，在上不忘降。"此与《说苑》好善通之说意旨相合，当即《鲁诗》所本。

（3）朱子：南国被文王之化，诸侯大夫行役在外，其妻独居，感时物之变，而思其君子。

（4）崔述：朱《传》说为近是。但玩其词意，未见其当为大夫之妻，亦未见其必妻之思夫也。《小雅》与诸《国风》称见君子者多矣，皆不训其思夫，何独《汝坟》《草虫》在二南中即为思夫诗乎！既不可知其人，无宁缺之，不必强以命之，致失诗人之本旨也。

（5）方玉润：思君念切也。此盖诗人托男女情以写君臣念耳。

【今说】

按：崔述之说较是。

采蘋 三章（《齐诗》此在《草虫》前）

于以采蘋？南涧之滨。于以采藻？于彼行潦。

于以盛之？维筐及筥。于以湘之？维锜及釜。

于以奠之？宗室牖下。谁其尸之？有齐季女。

【注释】

（1）"蘋"，大萍也，即水上浮萍。"藻"，聚藻也。"行潦"，流潦也。马瑞辰曰："行潦当作洐潦。"《说文》："洐，沟行水也。"沟水之流曰"洐"，雨水之大曰"潦"。

（2）竹器：方曰"筐"，圆曰"筥"。"湘"，烹也。按《韩诗》作"鬺"，即《说文》之蠹也，"湘"当为"鬺"之假借。"锜"，釜之有足者。

（3）《毛传》："奠"，置也。"尸"，主也。毛以"齐"为"敬"。马瑞辰以"齐"乃"齋"之省。《玉篇》引诗作"齋"。"齋"，《广韵》①又音齐，云"好貌"，此以状季女之好也。

【诗说】

（1）《序》：大夫妻能循法度也。能循法度，则可以承先祖共祭祀矣。

（2）朱《传》：南国被文王之化，大夫妻能奉祭祀，而其家人叙其事以美之也。

---

① 整理者按：原书误作"《广雅》"。

（3）崔述：教女子使重宗庙也。《春秋传》云：《风》有《采蘩》《采蘋》，《雅》有《行苇》《泂酌》，昭忠信也。盖有诚敬之心，凡事致其精洁，则虽沼涧之中，蘩蘋之采，皆可以奉宗庙，不在乎备物也。抑《传》又有云：秦穆公用孟明而修国政，以霸西戎，则引《采蘋》之首章，以美其举人之周，与人之一。然则是义也，亦可通于用人。何者？沼与沚，非难至之地也；蘋与蘩，非难得之物也。采之用之，即可以供诸侯之事。是知天下未尝无才，人主苟能求之，则随处皆可以奏效，所谓与人之一者此也。信乎古人之善于说诗，触类可以旁通，而非后世为章句训诂者所能及也。

（4）方玉润：女将嫁而教之，以告于其先也。

【今说】

按：方玉润之说，颇得诗之原旨，崔述之说，则推诗之作用耳。

甘棠 三章

蔽芾甘棠，勿翦勿伐，召伯所茇。

蔽芾甘棠，勿翦勿败，召伯所憩。

蔽芾甘棠，勿翦勿拜，召伯所说。

【注释】

（1）"蔽芾"，《毛传》："小貌"，欧阳修谓"蔽"，乃蔽风日，"芾"盛貌。朱《传》从之。洪颐煊《读书丛录》云："《传》以'蔽芾'为'小貌'，虽本《尔雅》，但与诗义不合，诗以'芾'释'蔽'，言其树荫之大，故可止其下。"《张迁碑》："'蔽沛棠树'，沛，大也。"《韩诗》作"蔽茀甘棠"。《生民》："茀厥丰草"，"茀"亦是"大"意。《小雅》："蔽芾其樗"，樗，大木也。郑《笺》："樗之蔽芾始生"，殆亦狃于雅训而失之。马瑞辰曰："《风俗通》引《传》云：'送逸禽之超大，沛草木之蔽茂。'"《广雅》："芾芾，茂也。"细详诗意，甘棠虽小，而枝叶茂盛，即纪念召伯之盛德也。《说文》："牡曰棠"，即今之海棠花；"牝曰杜"，即甘棠，有实而味甘，有云即今之蘋婆果，俗呼沙果。《说文》："茇"，草根也，此处"茇"乃"废"之借，"废"，舍也。

（2）"败"，毁也折也，《韩诗》作"勿剪勿败"。

（3）"拜"，小低屈也，《说文》引诗作"勿剪勿扒"，谓"拔"也。"说"，舍息也，当作"税"。

【诗说】

（1）《左传》襄十四年：士鞅对曰：武子之德在民，如周人之思召公焉，爱其甘棠，况其子乎！又昭二年、宣九年《传》俱引此诗。

（2）《史记·燕召公世家传》：召公巡行都邑，有棠树，决狱政事其下，自侯伯庶人，各得其所，无失职者。召公卒，而人民思召公之政，怀甘棠不敢伐，歌咏之，作甘棠之诗。

（3）《韩诗外传》：昔者周道之盛，召伯在朝，有司请营召以居。召伯曰："嗟！以吾一身而劳百姓，此非吾先君文王之志也。"于是出而就蒸庶于阡陌陇亩之间而听断焉。召伯暴处远野，庐于树下，百姓大悦，耕桑者倍力以劝，于是岁大稔，民给家足。其后，在位者骄奢，不恤元元，税赋繁数，百姓困乏，耕桑失时。于是诗人见召伯所休息树下，美而歌之。

（4）《序》：美召伯也。召伯之教，明于南国。

（5）朱子：召伯循行南国，以布文王之政，或舍甘棠之下。其后人思其德，故爱其树而不忍伤也。

（6）方玉润：思召伯也。

（7）陆侃如：召伯为穆公，此诗当作于公元前770年，恰当东迁之始。

【今说】

陆侃如以诗本文作证，召伯为召虎，召公为召奭，谓召虎曾立功于南国，此诗当咏召虎，说尚可从。

行露 三章

厌浥行露，岂不夙夜，谓行多露。

谁谓雀无角，何以穿我屋？谁谓女无家，何以速我狱？

虽速我狱，室家不足。

谁谓鼠无牙，何以穿我墉？谁谓女无家，何以速我讼？虽速我讼，亦不女从。

【注释】

（1）《毛传》："厌浥，湿意也。'行'，道也。'岂不'，言有是也"。此诗首章意极晦，与下二章似不贯，故宋王柏，近人顾颉刚、俞平伯皆疑有为有脱简。胡承珙以"谓"为"谁谓"之"谓"，诬善之词，此云"厌浥"者，道中之露也，然必早夜而行，始犯多露。岂不早夜①，而谓多露之能濡己乎？陈奂并引《传》僖二十年楚伐随②，引此二句为不量力之喻言，岂有量力而动，犹至于是伐乎？又襄七年晋韩献子告老，公族穆子有废疾，将立之，辞曰："岂不夙夜，谓行多露。"此亦谓自量不才故辞位，如不早夜可无犯露耳。

（2）"牙"，《说文》："壮齿也。"牙较大于齿，鼠牙不大故谓无牙也。"墉"，墙也。

【诗说】

（1）《列女传》：申女嫁于酆，夫家礼不备而欲迎之，女不可，而夫讼之，故女作此诗。

（2）《韩诗外传》：夫《行露》之人许嫁矣，然而未往也。见一物不具，一礼不备，守志贞理，守死不往。君子以为得

---

① 整理者按：原书误作"岂'有'不早夜"。
② 整理者按：原书误作"僖二十七年楚伐随"。

妇道之宜，故举而传之，扬而歌之。

（3）《毛传》：强暴之男违礼而致女于讼。

（4）《序》：召伯听讼也，衰乱之俗微，贞信之教兴。强暴之男，不能侵陵贞女也。

（5）朱子：女不能以礼自守，而不为强暴所污者，自述己志，作此诗以绝其人。

（6）姚际恒：此篇玩家不足语，当是既女许嫁，而见一物不具，一礼不讲，因不肯往，以致争讼。

（7）崔述：细详诗意，但为以势迫之不从，而因以兴谤造讼耳。不必定为女子之诗。

（8）方玉润：贫士却婚以远嫌也。

【今说】

此诗首章与二三章确不紧凑，似有脱简。诗意是因婚姻而致讼狱，至兴讼之故，虽茫昧难寻，然考室家不足一语，因经济问题，固无可疑。章潢以首章为比体，君子敬慎避祸而祸犹不免，故下二章虽遭狱讼，犹守正不从人，故崔述、方玉润因之，以为名士却昏，盖室家二字，男女固可通用。然按谁谓女无家一语，则以男讼女为顺。

羔羊 三章

羔羊之皮，素丝五纻，退食自公，委蛇委蛇。

羔羊之革，素丝五緎，委蛇委蛇，自公退食。

羔羊之缝，素丝五總，委蛇委蛇，退食自公。

【注释】

（1）《毛传》："纻"数也，"緎"缝也，總，数也。王引之以五丝为纻，四纻为緎，四緎为總，以用丝之多寡，为羔裘之制度。胡承珙曰："《尔雅》：'緎，羔裘之缝也'。'五緎既为缝'，则五纻、五總亦为缝。"或绽或弊，五次缝之也。范氏《补传》曰："合五羊之皮为裘，循其合处，以素丝为夹饰也。"一说以毛敝而革见曰"革"。"緎"，界也。"纻"，敝而革见。"缝"，线缀之也，革敝而缝见也，合两而为一曰"總"，總敝而緎见也。

（2）"委蛇"，王夫之云："委蛇大为车轮，此指蛇行纤徐柔折委曲。"郑《笺》："委曲自得之貌。""退食"，郑《笺》："减膳[1]也。""自公"为从公，孔《疏》谓："退朝而食。"从公门入私门，朱《传》从孔说。或有解作在公而食，则退字无着，故自以孔说为顺。

【诗说】

（1）《序》：鹊巢之功致也，召南之国，化文王之政，在位皆节俭正直，德如羔羊也。

---

[1] 整理者按：原书误作"缩食"。

（2）朱子：亦从《序》说。

（3）姚际恒：此篇美大夫之诗。诗人适见其羔裘而退食，即其服饰、步履之间以叹美之；而大夫之贤不益一字，自可于言外想见：此风人之妙致也。

（4）崔述：言国家无事，大臣得以优游暇豫，若无所事事者。

（5）方玉润：美召伯俭而能久也。

【今说】

此诗咏大夫，自无可疑。惟迭言退食与服饰，未见叹美意也。委蛇柔折委曲，则阿世苟容矣。此诗人所以惟咏其衣食以示讥欤？

殷其雷 三章

殷其雷，在南山之阳。何斯违斯，莫敢或遑。振振君子，归哉归哉！

殷其雷，在南山之侧。何斯违斯，莫敢遑息。振振君子，归哉归哉！

殷其雷，在南山之下。何斯违斯，莫或遑处。振振君子，归哉归哉！

【注释】

（1）"殷"，雷声也，郑《笺》喻号令。"其"，状词，犹然也。黄节曰："此犹《小雅·采芑》曰：'戎车啴啴，啴啴焞焞，如霆如雷'，以车声比雷声也。山南曰'阳'。'何斯'之'斯'，指君子言。'违斯'之'斯'，指南山言，雷声自山南而山侧而山下，相去益近矣。而君子乃去之益远，而无有休息，此所以望其归也。"按："何斯违"一语极晦，因下无动词，须添字作释。此以何字呼起，以归哉应。是怪其莫敢或遑，而盼其早归也。"或"，《尔雅》《广雅》皆训"有"。"处"，止也。

【诗说】

（1）《序》：劝以义也。召南之大夫，从政远行，不遑宁处，其室家能悯其勤劳，劝以义也。

（2）朱子：妇女以其君子从役于外而思念之。

（3）伪《诗传》：武王克商，诸侯受命于周庙。

（4）崔述：虽思念而带伤感之情，怨尤之词，则是妇女犹知大义，不至以私害公。

（5）方玉润：讽众士以归周也。

（6）黄节：南国妇人，闻军声雷动，而望从役君子之诗。

【今说】

黄节之说，最得诗旨。

摽有梅 三章

摽有梅，其实七兮。求我庶士，迨其吉兮。

摽有梅，其实三兮。求我庶士，迨其今兮。

摽有梅，顷筐塈之。求我庶士，迨其谓之。

【注释】

（1）"摽"，落也。三家《诗》作"芺"。"我"，《笺》《疏》皆以为指诗人，朱《传》则指女子，戴氏溪从《鲁诗》作父母之择婿者言，以我指父母自谓，叶秉敬则以我指媒氏。按：各说以朱《传》为顺。

（2）"塈"，为"概"之假，取也。"谓"，《毛传》："不待备礼也，三十之男，二十之女，礼未备则不待礼会而行之者，所以蕃育人民也。"按毛意"谓"即"会"，朱《传》以为相告语而约可定，亦通。

【诗说】

（1）《序》：男女及时也。召南之国，被文王之化，男女得以及时也。

（2）朱子：南国被文王之化，女子知以贞信自守，惟其女嫁不及时，而有强暴之辱也。

（3）姚际恒：此篇乃卿大夫为君求庶士之诗。

（4）方玉润：讽君相求贤也。

（5）黄节：女子因昏期已近，伤离父母之家，如梅之离其根本也。

（6）陆侃如：描写一个待嫁女子的心理。她很迫切的要求恋人来娶她，越早越好。

【今说】

此乃女子思婚之词，陆说得之。

小星 二章

嘒彼小星，三五在东。肃肃宵征，夙夜在公。寔命不同！

嘒彼小星，维参与昴。肃肃宵征，抱衾与裯。寔命不犹！

【注释】

（1）"嘒"训"小声"，又训"微貌"。王先谦以《韩诗》作"暳"，于义为优。"三五"，《毛传》以为"三心五噣"，朱《传》以为"言其稀"，王引之云："此即下章维参与昴也，因参为三星，昴为五星，俱见东方，三五举其数，参昴著其名。"按：王说极是。"肃"与"速"通。"寔命不同"，《毛传》：寔，是也，命不得同于列位也。郑《笺》妄释为"众妾在君所，礼命之数不同"，使小星为妾之代词，实属无稽妄语。不可从。

（2）"抱衾与裯"，毛训"衾"，被也，"裯"，单被也。《笺》："裯"，床帐也，《鲁》《韩》"裯"作"帱"，训为"单帐"，较佳。王先谦谓："衾帱为远役携持之物，非燕私进御之物。"引曹植诗《赠白马王彪》"何必同衾帱"作证。说极通顺。"犹"，告也。

【诗说】

（1）《韩诗外传》："任重道远者，不择地而息，家贫亲老者，不择官而仕。故君子不逢时而仕，任事而敦其虑，为之使而不入其谋，诗曰：'夙夜在公，寔命不同'。"白帖引此二句入奉使类。宋王质谓"妇人送君子以夜行"，章俊卿、程大昌、姚际恒皆谓"使臣勤劳之诗"，俱用《韩诗》说。魏源亦用韩说。惟以首章指殷庭群小之多，而微箕胶比三五人落落如晨星，次章参昴乃西方白虎之宿，喻西周劳苦之臣，与《大东》诗相类。其说较凿。

（2）《序》：惠及下也，夫人无妒忌之行，惠及贱妾，进御于君。朱《传》从之。

（3）崔述：在上不能惠恤其下，而在下者能以义理自安之诗。

（4）方玉润：小臣行役自甘也。

【今说】

此行役自怨之诗，三家古义可从。《序》《笺》以小星比众妾，实为无理。

江有汜 三章

江有汜，之子归，不我以。不我以，其后也悔。

江有渚，之子归，不我与。不我与，其后也处。

江有沱，之子归，不我过。不我过，其啸也歌。

【注释】

（1）水决复入为"汜"。"以"，用也，言不我用也。水决复入，引下"其后也悔"。

（2）水之枝出者为"渚"，喻始分终悔。"处"，毛训"止"。此处可以相处解。

（3）"沱"，长江枝流水名，喻终复合流。"过"，朱《传》谓"过我与俱"，实欠通。戴震谓"与""过"一义，"不我过"，言其绝而远之，所谓无有过而问者也，可从。按：《考槃》诗"永矢弗过"，《毛传》："过，去也。"此诗"过"即去意。

【诗说】

（1）《易林·明夷之噬嗑》："江水沱江，思附君子，仲氏爰归，不肯我顾。伾娣悔恨。"又《比之渐》云："南国少子，才略美好，求我长女，贱薄不与，反得丑恶，后乃大悔。"此《齐诗》说，乃男子见弃于女子之词。

（2）《序》：美媵也。勤而无怨，嫡能悔过也。朱子、姚际恒俱从《序》说。

（3）崔述：上不能惠恤其下，而在下者能以义命自安之诗。或媵妾之所自作，或士不遇时所托之媵妾以喻其意，均不可知。

（4）方玉润：此必江汉商人，远归梓里，而弃其妾，不以相从。始则不以备数，继则不与偕行，终且望其庐舍而不之过，妾乃作此诗以自叹而自解耳。否则诗人托言弃妇以写其一生遭际沦落不偶之心，亦未可知。

（5）陆侃如：大约是三角恋爱者失败的诗。他目见恋人与别人结婚，失望之余，聊以自慰说："不我以，其后也悔。"这真可算得怨而不怒了。

【今说】

此乃失恋者自慰，仍希日后重圆之词，由悔悟而相处，由相处而啸歌，一层深一层，皆失恋者之希望，男女双方皆可，不必强定为嫡妾也。

野有死麕 三章

野有死麕，白茅包之。有女怀春，吉士诱之。

林有朴樕，野有死鹿。白茅纯束，有女如玉。

舒而脱脱兮，无感我帨兮，无使尨也吠。

【注释】

（1）"麕"，獐也，鹿之属。

（2）"朴"，小木也。"纯束"，包之也。

（3）"舒"，徐也。"脱脱"，舒迟也。"感"，动也。"帨"，佩巾也。

【诗说】

（1）《序》：恶无礼也。天下大乱，强暴相陵，遂成淫风。被文王之化，虽当乱世，犹恶无礼也。按：昭元年《传》，赵孟入郑，郑伯享之，子皮赋此诗末章，取义抚诸侯，无加非礼义。即《序》所本也。

（2）朱子：南国被文王之化，女子有贞洁自守，不为强暴所污。又引或曰：美士诱怀春之女。

（3）姚际恒：山野之民，相与及时为婚姻之诗。

（4）方玉润：此必高人逸士，抱璞怀贞，不肯出而用世，故托言以谢当世求才之贤也。

【今说】

此乃写实情诗。一章泛言情挑，二章言相见，三章言私合，情致宛然，写生妙文也。

何彼秾矣 三章

何彼秾矣？唐棣之华。曷不肃雝，王姬之车。

何彼秾矣？华如桃李。平王之孙，齐侯之子。

其钓维何？维丝伊缗。齐侯之子，平王之孙。

【注释】

（1）"秾"，《传》训"戎"。"戎"，即《说文》之"茸茸盛也"。"唐棣"，棣也，有白赤二种，六月中熟，大如李子，可食。"肃"，敬。"雝"，和也。"何彼"一作"岂不"，"曷"本训"何"，一说此亦训"岂"。

（2）《毛传》："伊"，维也。"丝"，纶也。《笺》云："钓者以此有求于彼，何以为之乎？以丝为之纶，则是①善钓也"，以兴用礼善娶之义②。瑞辰以"维""惟"古通，《玉篇》："惟，为也"，《笺》即用"为"释"维"，盖"伊"为语辞之"维"，亦读同训为之惟也。按："维"当训"是"，"伊"当训"我王之孙"，《毛传》指为文王孙，朱《传》以或指宜臼，钱大昕证实以春秋庄王四年及十四年二次书王姬归于齐，此为庄王嫁姊妹，"齐侯之子"则非襄公即桓公矣，《鲁诗》以"齐侯之子"为"女子"，平王之女外孙。

【诗说】

（1）《序》：美王姬也，虽则王姬亦下嫁于诸侯，车服不系，其夫下王后一等，犹执妇道，以成肃雝之德也。朱《传》从之。

（2）钱大昕：其诗刺也，以王姬徒有容色之盛，而无肃雝之德，何以使人化之。故言其容色固如棠棣矣，然王姬之车，胡不肃雝？是讥之也，方玉润亦曰为讽王姬车服渐侈。

---

① 整理者按：原书误作"有"。
② 整理者按：原书误以"以兴用礼善娶之义"为郑《笺》文。

【今说】

按：钱氏说极是。各家俱因二南正风，故置"曷不"二字不解，陆《鱼疏》以何不肃雝者，王姬车也，"何"谓之"曷不"，又"何不"谓之"曷"，举《有杕之杜》"曷饮食之"为证。但"曷"独用，与"盍"①通，借作"何不"亦有之，若下与否定辞"不"连，极少作"盍"解。此应作"何"解也。《邶风·绿衣》"曷维其已"，陈奂释"曷"以"何"。足证其谓"何之"为"曷不"，非通说也。

驺虞 二章

彼茁者葭，一发五豝。吁嗟乎驺虞！

彼茁者蓬，一发五豵。吁嗟乎驺虞！

【注释】

（1）《毛传》："茁"，出也，"葭"，芦也。豕牝曰"豝"。郑《笺》谓：芦始出者，春田之早晚。"驺虞"，《毛传》以为仁兽，不食生物，许叔重《五经异义》述鲁、韩诗说，引《周礼·钟师疏》，以为天子掌鸟兽官。贾谊《新书·礼篇》又以为天子之囿，虞者囿之司兽者也。虞人翼五豝以得一发，《毛传》即用此说。

（2）"蓬"，草名。豕生一岁曰"豵"。

---

① 整理者按：原书误作"盖"。

【诗说】

（1）《序》:《驺虞》,《鹊巢》之应也,《鹊巢》之化行,人伦既正,朝廷既治,天下纯被文王之化,则庶类蕃殖,搜田以时,仁如驺虞,则王道成也。朱《传》亦用《序》说。崔述以为得之。

（2）姚际恒:此为诗人美驺虞之官,克称其职也。

（3）方玉润:猎不尽杀也。

【今说】

细绎诗意,彼茁者葭,物遂其生矣,而猎者乃一发五豝,残杀生命如此,真慨叹不食生物之驺虞,不可复见矣!

邶鄘卫风释

《国风》旧连二南为十五国，二南独立外，实得十三国。十三国者：邶、鄘、卫、王、郑、齐、魏、唐、秦、陈、桧、鲁、豳。十三国风之分，自汉迄清无异说。惟邶、鄘之诗，皆属卫事，《汉书·地理志》云："河内本殷之旧都，周既灭殷，分其畿内为三国，诗风邶、鄘、卫国是也。邶以封纣子武庚，鄘管叔尹之，卫蔡叔尹之，以监殷民，谓之三监。武王崩，三监叛，周公诛之，尽以其地封康叔，号曰孟侯。迁邶、鄘之民于雒邑，故邶、鄘、卫之诗，相与同风。"及前清光绪十六年，直隶涞水之张家洼发现北伯彝器数种。王国维作北伯鼎跋云："北盖古之邶国也。自来说邶国者，虽以为在殷之北，然皆于朝歌左右求之。今则殷之故墟得于洹水，大且大父大兄三戈出于清苑，则邶之故地自不得不更其北求之。余谓邶即燕，鄘即鲁也。邶之为燕，可以北伯诸器出土之地证之。邶既远在殷北，则鄘亦不当求之殷境内。余谓鄘与奄相近。……奄地在鲁。……而太师采诗之目尚仍其故名，谓之邶、鄘。然皆有目无诗。季札观鲁乐，为之歌邶、鄘、卫，时犹未分为三。后人以诗独多，遂与隶之于邶、鄘。"

王氏对于邶、鄘何以尚存其名，季札观鲁乐时，何以邶、鄘、卫犹未分①未能释其原因，但邶、鄘之诗，多属卫事，本属卫诗，自属不信。

今且进释"风"古说约分四派：

（一）《大序》云："风，风也，教也；风以动之，教以化之。"此作风动、风教释者也。又云："上以风化下，下以风刺上。主文而谲谏，言之者无罪，而闻之者足以戒，故曰风。"此以风刺释者也。又云："是以一国之事，系一人之本，谓之风。"此又以风俗释者也。郑樵以风土之音曰风，亦同此意。

（二）朱熹云："吾闻之，凡诗之所谓风者，多出于里巷歌谣之作，所谓男女相与歌咏，各言其情者也。"

（三）何黄如云："列国之风化不齐，声气不类，而其体则一。义虽寓于音律之间，意常超于言辞之表，盖一如风之为物，轻扬和婉，托物而不著于物也。"此以风意释。

（四）梁任公云："依我看，'风'即'讽'字。但要训'讽诵'之'讽'，不要训'讽刺'之'讽'。"

以上四说，实可相通。朱熹之说，乃言风诗之来源，《大

———————
① 《春秋左氏》襄二十九传：为之歌《邶》《鄘》《卫》。曰："美哉！渊乎！忧而不困者也。吾闻卫康叔、武公之德如是，是其《卫风》乎？"

序》之说，乃言风诗之体制与效用。何黄如之说，则状其诗体之风格。任公之说，虽属泛释，亦属可通。汇合而观，风诗内容，可得大概。盖风诗既出于里巷歌谣，与男女言情，歌谣即可讽诵，言情即属质直恋歌，本无大深意，作者为里巷细民，更足以觇民情风俗。诗以言志为主，里巷歌谣，言志极真，表情极挚，袒白质直，绝不饰伪。此国风在文学上真值，所以较雅颂为高也。

风之义既明，然与南、雅、颂之别何在？则与音乐有关。盖风原属歌谣，谣为徒歌，故与南、雅之入乐者不同。惟既经采录，必按声制谱，亦属乐歌，谓之风者，志其原耳。

邶 风

柏舟 五章

泛彼柏舟，亦泛其流。耿耿不寐，如有隐忧。微我无酒，以敖以游。

我心匪鉴，不可以茹。亦有兄弟，不可以据。薄言往愬，逢彼之怒。

我心匪石，不可转也。我心匪席，不可卷也。威仪棣棣，不可选也。

忧心悄悄，愠于群小。觏闵既多，受侮不少。静言思之，寤辟有摽。

日居月诸，胡迭而微。心之忧矣，如匪浣衣。静言思之，不能奋飞。

【注释】

（1）"泛"，《毛传》："流貌。"与"汜"通。"耿耿"，《传》："微微也。"一作"炯炯"。"隐"，《传》："痛也。"李善引《韩诗》作"殷"，《齐诗》训为"大"，《鲁诗》训"幽"（见《吕氏春秋·贵生》篇高诱注）。以"大""殷"意为长，王引之曰："如，而也。"此言不得志而情莫解。

（2）"茹"，《毛传》训"度"，朱《传》从之，欧阳从《韩》训"容"，王夫之训"吞"，谓不可以茹，即不能吞而吐之，引起下文薄言往诉也。说较圆通。"薄"训"勉"。"言"训"而"，五章同。此章言穷而情莫诉。

（3）"棣棣"，《毛传》释"富而闲习"。"棣棣"犹"还还"，象也。"选"，《传》训"数"。段氏据《汉书》引作"算"，亦数也。席卷以方志固。《襄卅一年传》，卫北官文子引此二句评楚令尹。此章言自反无闷。

（4）"愠于群小"，"愠"，怒也，《笺》《疏》皆主诗人愠群小。朱《传》始照字释诗，"觏闵"指道不相容，己身对彼方有如冰炭，无处而不水火。"受侮"则指彼来攻，自处于受敌地位。比"觏闵"更深一层矣。"摽"，击也。"静"，审也。"审思此事，寤觉之时，以手拊心，至于擘击之也"（王先谦说）由辟而摽，状其痛心之甚也。此章言所遇皆穷。

（5）"日居月诸，胡迭而微"，"居""诸"，毛释为"乎"，各家以为语辞，宋孙奕《示儿篇》谓"诸"训"于"，"于"训"居"，《玉篇》《广韵》可证，诗谓日月皆有所至，未尝失其轨道，颇有理。"日""月"，郑以喻君臣，朱以比嫡庶，姚际恒以日月更迭而微，喻卫君臣皆不明之意，王先谦以"迭"《韩诗》作"秩"，"或"借"或"而训为"常",而读为"如",惟穷居苦节之妇,终日晦暗,若天日所不昭临,故言日月胡常如微,隐而不见。"如匪浣衣",言心忧如未浣之衣,积垢而未去也。末章言义未可去。

【诗说】

(1)《列女传》:卫宣夫人嫁于卫,至城门而卫君死,入持三年之丧,不允与弟同庖,因赋此诗。(此与历史不符,且刘向上封事,引此诗以为群小害贤,自相矛盾。)

(2)《潜夫论·断讼》篇:贞女不二心以数变,故有匪石之诗。

(3)《易林·屯之乾》:汎汎柏舟,流行不休。耿耿寤寐,心怀大忧。仁不逢时,退隐穷居。此《齐诗》说。

(4)《序》:言仁而不遇也。卫顷公之时,仁人不遇,小人在侧。

(5)朱《传》:妇人不得于夫。

(6)《孔丛子》:孔子读诗自二南至于小雅,喟然叹曰:"吾于二南见周道之所以成,于《柏舟》见匹夫执志之不易,于《淇澳》见学之可以为君子,于《考槃》见遁世之志而无闷于世,于《木瓜》见苞苴之礼行,于《缁衣》见好贤之至也。"

(7)姚际恒:此诗是贤者受谮于小人之作。

(8)方玉润:贤臣忧谗悯乱莫能自远也。

（9）俞平伯：观其措词，观其抒情，有幽怨之音，无激亢之语。殆非男子之呻吟也。

【今说】

此诗文情悱恻，委宛缠绵，满腔穷厄，怨而不怒。《序》谓仁而不遇，朱谓妇不得夫，俱就诗文推测而得。姚际恒以篇中无一语涉夫妇事，亦无一语像妇人语。若夫"饮酒""威仪棣棣"，尤皆男子语。故从《序》说。俞平伯以忧思喻不浣之衣，就近取譬，更足想为女子之诗。又言"不能奋飞"，若为男子，曲终奏雅或不若是其卑弱也。余案：二说俱可通。"愠于群小"一语，刘向释为小人成群，不能奋飞，即屈子之睊睊顾而不行，不能谓为卑弱也。年代湮远，事迹渺茫，况诗词比兴，常意在言外，执一以求，则无殊盲人摸象矣。

附录

《春秋左氏》襄卅一年传：《卫诗》曰："'威仪棣棣，不可选也'，言君臣上下，父子兄弟，内外大小，皆有威仪也。"

《孟子·尽心下》：孟子曰："士憎兹多口。《诗》云'忧心悄悄，愠于群小'，孔子也。"

《荀子·宥坐篇》：是以汤诛尹谐，文王诛潘止，周公诛管叔，太公诛华仕，管仲诛付里乙，子产诛邓析、史付。此七子者，皆异世同心，不可不诛也。《诗》曰："忧心悄悄，愠于群小"，小人成群，斯足忧矣。

《韩诗外传》卷一：故新沐者必弹冠，新浴者必振衣，莫能以己之皭皭，容人之混污然，《诗》曰："我心匪鉴，不可以茹。"又王子比干杀身以成其忠，柳下惠杀身以成其信，伯夷叔齐杀身以成其廉，此三子者皆天下之通士也。岂不爱其身哉？如夫义之不立，名之不显，则士耻之。《诗》曰："我心匪石，不可转也。我心匪席，不可卷也。"此之谓也。

《新序·节士》：苏武留十余岁，竟不降下，可谓守节臣矣。《诗》云："我心匪石，不可转也。我心匪席，不可卷也。"苏武之谓也。

绿衣 四章

绿兮衣兮，绿衣黄里。心之忧矣，曷维其已？
绿兮衣兮，绿衣黄裳。心之忧矣，曷维其亡？
绿兮丝兮，女所治兮。我思古人，俾无讹兮。
绨兮绤兮，凄其以风。我思古人，实获我心。

【注释】

（1）"绿兮衣兮"，即绿衣也，"绿"，间色，"黄"，正色，《易林·观之革》曰："黄里绿衣，君服不宜。"足见三家诗与毛同。"曷"，何也。"已"，止也。"维"，感叹助词，故毛训"何时能止"也。"其"，代"忧"字用，即何时忧可已也。

（2）"曷维其亡"，王引之谓"亡"为"忘"之假，忘已也，即"曷维其已"也。

（3）《毛传》："绿"，末也，"丝"，本也。"女"，毛："女子"，姚际恒谓指"治丝之人"，俱通。"讪"，即尤，《毛传》释为"怒"，黄节释为"怨"，谓绿衣之成，由于绿丝之染，不特可忧，亦且可怨矣。然孰能使我无怨者，惟有古人耳，言古人绝望于其夫可知。

（4）"绤绤"当暑所用，今当寒风，以喻失时。"其"，状词，凄之状，讪然也。黄节引班婕妤《自悼赋》"绿衣兮白华，自古兮有之"，释我思古人二句。谓妇人为夫所弃，自古有之，我何讪然！且惟古之同病者，始得我心耳。亦通。

【诗说】

（1）《序》：卫庄姜伤己也，妾上僭，夫人失位，而作是诗也。朱子、姚际恒、方玉润因之。

（2）崔述：据史实及词意，此诗绝非庄姜[①]口气，因力辨此下四篇非庄姜所作。谓："此二诗者，或系妇人不得志于夫者所作。其所处之地，必有甚难堪者，断非庄姜诗也。"

【今说】

此诗与《柏舟》同为幽怨之诗，俱以衣裳，就近取喻。毛公只言"绿，间色，黄，正色"，未涉及嫡庶[②]，最为谨慎。

---

① 整理者按：原书误作"姜庄"。
② 整理者按：原书误作"未涉及嫡庶广"。

盖间正可以喻小人君子，或亡国遗民与新兴士夫阶级俱无不可。崔述否认为庄姜所作，固有卓识，仍谓妇人不得志于夫所作，未免疑古不勇耳。

附录

《春秋左氏》成九年传：穆姜出于房，再拜曰：大夫勤辱，不忘先君，以及嗣君①。敢拜大夫之重勤，又赋《绿衣》之卒章而入。《国语·鲁语下》：公父文伯之母，欲室文伯，飨其宗老，而为赋《绿衣》之三章。

燕燕 四章

燕燕于飞，差池其羽。之子于归，远送于野。瞻望弗及，泣涕如雨。

燕燕于飞，颉之颃之。之子于归，远于将之。瞻望弗及，伫立以泣。

燕燕于飞，下上其音。之子于归，远送于南。瞻望弗及，实劳我心。

仲氏任只，其心塞渊。终温且惠，淑慎其身。先君之思，以勖寡人。

---

① 整理者按：原书误作"不忘先君"。

【注释】

（1）"颉"与"页"同音，"页"古文作"䭫"①，飞而下如䭫首焉，故曰"颉之"。"颃"即"亢"字，引申为"高"也，故曰"颃之"。"远于将之"之"于"，往也，将送也。"伫立"，久立也。

（2）《毛传》：飞而上曰"上音"，飞而下曰"下音"。

（3）"仲"，《毛传》《笺》《疏》朱《传》，俱以为戴妫字，"任"训"大"。宋王质《诗总闻》："仲"，次女，"任"，其所适之姓。"塞"，实也。"渊"，深也。"终"，既也。"惠"，顺也。"淑"，善也。"勖"，勉也。《礼记》《列女传》引作"畜"，孝也，好也，不如毛训"勉"为佳。黄即谓"以勖寡人"，犹寡人以勖，言先君而勖女弟也。

【诗说】

（1）《列女传》：定姜者，卫定公之夫人，公子之母也。公子既娶而死，其妇无子，毕年之丧，定姜归其妇，自送于野，因此作诗。按：此《鲁诗》说。

（2）《礼记·坊记》：《诗》云："先君之思，以畜寡人"。郑注云："定姜无子，立庶子衍，是为献公。'畜'，孝也。献公无礼于定姜，定姜作诗，言献公当思先君定公，以孝于寡人。"此《齐诗》说。

（3）王氏《诗说考》：谓《韩诗》，以为定姜归其姊，送之而作，《后汉书·和熹邓王后纪》"太后赐周、冯贵人策

----

① 整理者按：原书误作"䭫"。

曰：'今当以旧典分归外园，惨结增叹，《燕燕》之诗，曷能喻焉。'"此即用《韩诗》说。

（4）《序》：卫庄姜送归妾也。《笺》云"完立而州吁杀之，戴妫于是大归，庄姜远送于野，作诗以见志"。朱子、姚际恒、方玉润从之。

（5）王质：二月玄鸟至，当是国君送女弟适他国在此时而作。"仲氏"，次女也。"任"，氏也，任当是薛国，其女所嫁之家也。称先君者，思其父而念其女弟，又况既孤乃始出适。益伤其父之不见，而念其妹①之愈切也。

（6）崔述：此篇之文，但有惜别之意，绝无感时悲遇之情。而诗称"之子于归"者，皆指女子之嫁言之，未闻有称大归为于归者。

【今说】

按：王质、崔述之说，较得诗旨。

日月 四章

日居月诸，照临下土。乃如之人兮，逝不古处。胡能有定，宁不我顾？

日居月诸，下土是冒。乃如之人兮，逝不相好。胡能有

---

① 整理者按：原书误作"女弟"。

定，宁不我报？

日居月诸，出自东方。乃如之人兮，德音无良。胡能有定，俾也可忘。

日居月诸，东方自出。父兮母兮，畜我不卒。胡能有定，报我不述。

【注释】

（1）"逝"，朱子、王引之谓"发语辞"，陈奂："及也"。"逝不古处"，不及以古处也。"宁"，陈奂："犹胡也"，"不顾"，颜色不亲也。马瑞辰以"古"为"故"，即故旧之道相处，"宁""乃"一声之转，"宁"，"乃"也。马说较顺可从。

（2）《毛传》："冒，覆也。"《笺》："犹照临也。""不报"，声问且绝也。

（3）《毛诗稽古编》以"德音无良"为倒话，即"无良德音"也。一说德音指天子言语，所谓德有凶有吉。末二句胡承珙释为"何时能定，而使我可忘其忧"。较顺。

（4）王质曰："畜我不卒，言不如其死也。""日""月""父""母"，亦人穷则反本之意。"述"，《毛传》："循也。"《笺》："谓不循礼也。"陈奂谓应作"遹"，道也，"不遹"，无道也。陈说较顺。

【诗说】

（1）《列女传》：宣姜杀伋寿二子，而立朔，竟终无后，乱及五世。至戴公而后宁，《诗》云："乃如之人兮，德音无良。"此之谓也。

（2）《序》：卫庄姜伤己也。遭州吁之难，伤己不见答于先君，以至穷困之诗也。

（3）朱子：庄姜不见答于庄公。姚际恒、方玉润从之。

（4）王质：此诗当是在位者为人所间，君忘故情，已失故处，望是人甚深，不斥言之，为君故婉也。

（5）崔述：妇人不得于夫君所作。春秋传文，绝无庄姜失位而不见答之事。且使庄姜果贤，即庄公不见答，犹当委婉措词，而《诗》云"乃如之人兮，德音无良"，何至于是？彼《谷风》之弃妇，又当作何语乎？

（6）黄节：崔说夫妇，王说君臣，义则一而已矣。

【今说】

按：黄节之说，名通可从。

终风 四章

终风且暴，顾我则笑。谑浪笑敖，中心是悼。

终风且霾，惠然肯来。莫往莫来，悠悠我思。

终风且曀，不日有曀。寤言不寐，愿言则嚏。

曀曀其阴，虺虺其雷。寤言不寐，愿言则怀。

【注释】

（1）"终风"，《毛传》释"雨土也"，谓风扬土下如雨也。

（2）《毛传》：阴而风曰"曀"。"有"，又也。"嚏"与"疐"通，欲言中止也。"霮言"之"言"乃语助，而也。"愿言"，毛训"言"为"我"，郑训"愿"为"思"，谓我思则嚏。按："愿言"诗又二见：一见于《二子乘舟》，一见于《卫风·伯兮》，陈奂于《二子乘舟》据《毛传》释"愿"为"每"、为"虽"，而"言"为"曰"，独于此处遵郑《笺》①。实则此处"愿"训"思"，"言"字直解或作"而"字尚较顺也。

（3）《毛传》：如常阴曀曀然，暴若震雷之声虺虺然。"怀"，止也。

【诗说】

（1）《序》：卫庄姜伤己也，遭州吁之暴，见侮慢而不能正也。

（2）朱《传》：庄公为人，狂荡暴疾。庄姜不忍斥言之，故但以终风且暴为比。姚际恒、方玉润从之。

（3）崔述：详其词意，绝与庄姜之事不类。年远事湮，诗说失传者多。

（4）黄节：此君子思乱之诗。"终风且暴"，兴国乱已速矣。国乱所当忧伤。"顾我则笑"，"顾"，语辞，不惟笑而已，且相与戏谑，然虽戏谑，而心则甚伤也。"终风且霾"，乱已至矣顷之戏谑者，至是且绝往来矣。"肯"，可也，可来，言

---

① 整理者按：原书误作"郑《疏》"。

不可来也。往来既绝，我独悠悠思耳，终风且暳，不旋日而又暳，乱莫已矣。暳暳其阴，虺虺其雷，乱久且长矣，我觉而有言，欲言则又止。君子居乱世，知言之无益，故有是诗。

【今说】

按：黄氏之言，最委宛而沉痛，其与此诗作者，有共鸣之感乎? 惟细绎诗文，则似怀人之诗也。

击鼓 五章

击鼓其镗，踊跃用兵。土国城漕，我独南行。

从孙子仲，平陈与宋。不我以归，忧心有忡。

爰居爰处，爰丧其马。于以求之? 于林之下。

死生契阔，与子成说。执子之手，与子偕老。

于嗟阔兮，不我活兮。于嗟洵兮，不我信兮。

【注释】

（1）"镗然"，击鼓声也。"漕"，卫邑，今河南滑县地。郑《笺》："或役土功于国，或修理漕城，而我独见使从军南行伐郑[1]，是尤劳苦之甚者。"

（2）"以"，《笺》："与也。""不我以归"犹不与我归也。

（3）"爰"，于也，"爰居爰处"，恐死伤疾病不能还也。此军士恐

---

[1] 整理者按：原书误作"而我独见使从军"。

惧豫忖之辞。"于以"，于何处也。

（4）"契阔"，《毛传》，"劳苦也"，《韩诗》，"约束也"。唐以后用作间别。马瑞辰以此处应作"离合"，与生死连文，亦间别意也。

（5）"阔"，即阔别疏远意。"活"，马瑞辰谓当读为"佸"，会也，与"阔"对。然不活亦死别，意亦通"洵"。《毛传》，"远也"，朱《传》，"信约也"。"信"，用也。

【诗说】

（1）《序》：击鼓怨州吁也。州吁用兵暴乱，使公孙文仲将而平陈与宋，国人怨其勇而无礼也。郑《笺》谓即隐四年州吁伐郑之役。

（2）朱《传》：卫人从军之词。盖从王肃说，从军者别其家人之词也。

（3）崔述与姚际恒力辩《序》说之非，姚说尤详。谓此说与经不合者六：当时以伐郑为主，经何以不言郑而言陈宋，一也。卫本要宋伐郑，而陈蔡亦以睦卫而助之，何以陈宋并言，主客无分？二也。且何以但言陈而遗蔡？三也。未有同陈宋伐郑，而谓之平陈与宋者。平者，因其乱而平之，即伐也，若是乃伐陈宋矣。四也。隐四年夏，卫伐郑。《左传》云：围其东门，五日而还，可谓至速矣，经何以云不我归，及为此处居马之词，与死生莫保之叹乎，绝不相类。五也。闵二年，卫懿公为狄所灭，宋立戴公，以庐于曹，其后僖十二年《左传》曰：诸侯城卫楚邱之郭，《定之方中》诗：

文公始从楚邱，升庐望楚。毛、郑谓升漕墟望楚邱。楚邱与漕不远，皆在河南。夫《左传》曰庐者，野处也，其非城明矣。州吁之时，不特漕未城，即楚丘亦未城。安得有城漕之语乎？六也。按：此诗乃卫穆公背漕丘之盟救陈，为宋所伐。平陈宋之难，数兴军旅，其下怒之而作此诗也。旧谓诗下迨陈灵，以陈风之《株林》诗为据。考陈灵亡于宣公之年，此正宣公时事。春秋宣十二年宋师伐陈，卫人救陈。《左传》曰："晋原縠、宋华椒、卫孔达、曹人盟于清邱，曰：'恤病、讨贰。'于是卿不书，不实其言也。"又曰："宋为盟故，伐陈，卫人救之。孔达曰：'先君有约言焉，若大国讨，我则死之。'"又曰："君子曰：'清邱之盟，惟宋可以免焉。'"杜注曰："宋伐陈，卫救之，不讨贰也。故曰'不实'。其言宋伐陈，讨贰也。背盟之罪，惟宋可免。于是晋以卫之救陈讨卫，卫遂杀孔达以求免焉。"揆此，穆公之背盟争斗，师出无名，轻犯大国致衅，兵端相寻不已，故军士怨之以作此诗。因陈、宋之争而平之，故曰"平陈与宋"。陈、宋在卫之南，故曰"我独南行"。其时卫有孙恒子良夫，良夫之子文子林父，良夫为大夫，忠于国，林父嗣为卿，穆公亡后为定公所恶，出奔。所云"孙子仲"者，不知即其父若子否也？若城漕之事，他经传无见。穆公为文公孙，或因楚邱既城，此时始成漕耳。城漕自是城楚邱后事，亦约略当在穆公时。

（4）方玉润：细玩诗意，乃戍卒嗟怨之词，非军行劳苦之诗。当是救陈后，晋、宋讨卫之时，不能不戍兵防隘，久而不归，故至嗟怨！发为诗歌。

【今说】

按：姚际恒之说极是，可从。

<h2 style="text-align:center">凯风 四章</h2>

凯风自南，吹彼棘心。棘心夭夭，母氏劬劳。

凯风自南，吹彼棘薪。母氏圣善，我无令人。

爰有寒泉，在浚之下。有子七人，母氏劳苦。

睍睆黄鸟，载其好音。有子七人，莫慰母心。

【注释】

（1）"凯风"，南风也。"棘心"难长，以兴子女养育之艰。"夭夭"，盛貌。"劬劳"，病苦也。"令"，善也。

（2）"爰"，曰也。"浚"，卫邑名，今直隶大名府开州南。寒泉灌溉所资，有益于浚，兴子不能报母也。

（3）"睍睆"，好貌，郑《笺》：以兴颜色之悦。好其音者，兴其辞，令顺也。"睍睆"从目，似宜作目之流盼解。

【诗说】

（1）《孟子》：《凯风》，亲之过小者也。赵注：言莫慰母心不说，知亲之过小也。

（2）《序》：美孝子也，卫之淫风流行，虽有七子之母，犹不能安其室。故美七子能尽其孝，以慰其母心而成其志尔。

（3）朱子：亦赞同《序》说，惟以此乃七子自责之辞，非美七子之作。姚际恒、方玉润从之。

（4）魏源：以后汉姜肱感《凯风》之义，存事继母兄弟同眠，定此诗为事继母之诗，黄节同。

【今说】

此确七子自责之词，至如何莫慰母心，莫慰母心过由于亲或由于子，则诗文简略，不能考矣。魏源、黄节以姜肱事定为事继母之诗，亦失于凿，不可从。

雄雉 四章

雄雉于飞，泄泄其羽。我之怀矣，自诒伊阻。
雄雉于飞，下上其音。展矣君子，实劳我心。
瞻彼日月，悠悠我思。道之云远，曷云能来？
百尔君子，不知德行。不忮不求，何用不臧？

【注释】

（1）"泄泄"，兴其乐也。"泄泄"同"洩洩"，舒散自得也。"伊"，此也。

（2）"展"，《毛传》：诚也，俞樾谓"寋"之借，难也。

（3）"忮"，《毛传》：害也。马瑞辰谓当训"很"，很怒与谄求，相对成文。

【诗说】

（1）《序》：刺卫宣公也，淫乱不恤国事，军旅数起，大夫久役，男女怨旷，国人患之而作。

（2）朱子：妇人念其君子从役而作，姚际恒以此意三章可通，末章难通，不敢强说。

（3）刘克：合四章求之，无淫乱之风，而有贞一之旨，义以雄雉为主，前三章皆雄雉专一之情，未尝有他志也。首章言雉之求偶如此，我怀此志，自成阻隔也。二章雉求之切，我闻其声，思之劳结也。三章日月之久不得合偶以居也。卒章则秉志之纯，凡百君子，我不知其德行如何，但秉此一心，内无所忮，外无所求，则无往不善矣。自勉以坚守也，此诗乃女子属心于吉士之情而作。黄节以为可从，并以末章为尔君子应释作指属心之人以外言之。谓若人以外，吾不知其德行如何，惟若人求偶，虽在未得之时，不很怒，又不谄求，其德行不得以为不善矣。"用"，以也。

（4）方玉润：期友不归，思以共①勗也。

---

① 整理者按：原书误作"其"。

【今说】

刘克、黄节之说，较近诗旨。

附录

《论语》：子曰"衣敝缊袍，与衣狐貉者立，而不耻者，其由也欤！不忮不求，何用^①不臧？"《韩诗外传》：夫利为害本，而福为祸先。唯不求利者为无害，不求福者为无祸。《诗》曰："不忮不求，何用不臧？"

匏有苦叶 四章

匏有苦叶，济有深涉。深则厉，浅则揭。

有瀰济盈，有鷕雉鸣。济盈不濡轨，雉鸣求其牡。

雝雝鸣雁，旭日始旦。士如归妻，迨冰未泮。

招招舟子，人涉卬否。人涉卬否，卬须我友。

【注释】

（1）"匏"，瓠也。《正义》引《义疏》云：匏叶少时可为羹，又可淹煮，极美矣。八月中坚强不可食。以衣涉水为"厉"，褰衣涉水为"揭"。

（2）"瀰"，深水也。"鷕"，雌鸟声。"有"，状物之词也。车轴两端

———————————————

① 整理者按：原书误作"未"。

之辀头为轨。"不",则也,与《常棣》"鄂不韡韡"之"不"同。济盈濡轨,以兴雊鸣求牡。

（3）"雝雝",鸣声和也,纳采用雁。"旭",日始出貌。"泮",散也。郑《笺》云:雁者随阳而处,似妇人从夫,故婚礼用焉。"冰未泮",正月中前也。

（4）"招招",号召貌。"卬",我也。

【诗说】

（1）《序》:刺卫宣公也。公与夫人,并为淫乱。《疏》:夫人谓宣姜也。姚际恒从之。

（2）朱子:此刺淫乱之诗。

（3）魏源:夫子在卫,荷蒉引《诗》曰:"深则厉,浅则揭。"以讽夫子之求仕。又申之曰:"莫己知也,斯己而已矣。"即末章"人涉卬否"之义。《后汉书·张衡传》曰:"深厉浅揭,随时为义。捷径邪至,我不忍以投步;干进苟容①,我不忍以歇肩。虽有犀舟劲楫,犹②人涉卬否,有须者也。"陆机《演连珠》云:"遁世之士,非受匏瓜之性。……穷愈达,故凌霄③之节厉。"此皆鲁韩之谊同于荷蒉。则是卫贤者感遇自重之词。盖此喻于涉者,外度于时也,所喻于牝牡男女者,内度其身也。时未可而济,是小盈而不知濡轨,义不合而就。

---

① 整理者按:原书误作"合"。
② 整理者按:原书误作"以"。
③ 整理者按:原书误作"雲"。

是等男女于牝牡之相求也。男子未尝不欲仕，又恶不由其道，是以既审诸身，又决诸同道之友。此《左传》引畏我朋友之诗，甚矣。深涉之不可轻济也。黄节亦从此说。

（4）方玉润：刺世礼义澌灭也。

【今说】

此疑女子求偶之诗。匏有苦叶，即过时而不采，将随秋草萎意也。济有深涉，喻求偶之有难易也。下二句则志在必济。二章表明原意。三章婚须及时，急不及待，意见乎词矣。末章则破釜沉舟意，无偶不返。我友者，偶也。

附录

《春秋左氏》襄十四年传：夏诸侯之大夫从晋侯伐秦，使六卿帅诸侯之师以进，及泾，不济。叔向见叔孙穆子，穆子赋《匏有苦叶》。叔向退而具舟，鲁人莒人先济。

《国语》亦纪此事，载叔向曰：夫苦匏不材，于人共济而已。

《白虎通·嫁娶篇》：嫁娶必以春何？春者天地交通，万物始生，阴阳交际之时也。《诗》云："士如归妻，迨冰未泮。"

《盐铁论·结和篇》：《诗》云："雍雍鸣雁，旭日始旦。"登得前利，不念后咎。故吴王知伐齐之便，而不知干遂之患；秦知进取之利而不知鸿门之难，是以知一而不知十也。按：

此乃《齐诗》文,《淮南·氾论》"鴶"作"乾",云:"乾雀知来而不知往。"

谷风 六章

习习谷风,以阴以雨。黾勉同心,不宜有怒。采葑采菲,无以下体。德音莫违,及尔同死。

行道迟迟,中心有违。不远伊迩,薄送我畿。谁谓荼苦,其甘如荠。宴尔新昏,如兄如弟。

泾以渭浊,湜湜其沚。宴尔新昏,不我屑以。毋逝我梁,毋发我笱。我躬不阅,遑恤我后?

就其深矣,方之舟之。就其浅矣,泳之游之。何有何亡,黾勉求之。凡民有丧,匍匐救之。

不我能慉,反以我为雠。既阻我德,贾用不售。昔育恐育鞫,及尔颠覆。既生既育,比予于毒。

我有旨蓄,亦以御冬。宴尔新昏,以我御穷。有洸有溃,既诒我肄。不念昔者,伊余来墍。

【注释】

(1)"谷风",《毛传》:"东风也。""习习",和舒貌。严粲谓:"来自大谷盛怒之风,习习然连续不绝!喻其夫之暴怒无休息也!"王质谓:"登途而遇风雨,触感兴怀。""黾勉"《韩诗》作"蜜勿",勉力之意。

"葑""菲"各家说不同。按:《本草》"葑"名"芜菁",又名"九荬菽"，又名"诸葛菜"，即今之白菜，根短小不可食，无以下箸者，不用其根茎也，葑菲之菜，不以其下恶而弃其善，以喻夫妇之好，不以其后衰而弃其初。及尔同死，犹与子偕老意。

（2）"违"，相背也。朱《传》谓："盖其足欲前，而心有所不忍，如相背焉。""伊"，是也。"勉"，勉也。"畿"，门限也。何楷以此为弃妇希望词。"谁谓荼苦，其甘如荠"异说甚多，朱《传》释为"己之见弃，其苦有甚于荼"得之。此以己之苦，益形故夫新婚之乐。

（3）"泾以渭浊"二句，异说亦多，多以泾浊渭清。俞平伯以泾清渭浊，释为泾亦有清处，以与渭合流而形其浊，犹己本有姿容，以夫有新婚之故，见其老丑也。"沚"，止水也，故下文"不我屑以"，"屑"，洁也。"以"训"与"，言我本有洁处，乃尔安于新婚，故不与我洁也。"毋逝"二句，郑、朱并以为戒谕新婚，无取我为室家之道，比喻而非叙述，"发"，乱也，陈乔枞曰："梁以障水，苟①承梁空。其曲竹非一，必理之使与空关相承，乃可捕鱼，故云'毋乱我笱'②，谓勿移散之使鱼得脱也。""我躬"三家诗引作"我今"③。"阅"，容也。"遑"，暇也，俞樾释为："况我今尚不容，何暇忧我去之后。"

（4）"方"，郑、朱释为"桴筏也"。王夫之据《说文》释为"并船"。姚际恒谓："深浅喻有亡，泳游喻勉求。""何有何亡"，言必得也。此极意形容其黾勉持家，不辞劳苦，遥应首章"黾勉同心"之文，为一意转折，而非两事平列。此其状心中之黾勉，非罗举其劳绩也。方舟泳游，有何劳迹之足云。

（5）"不我能慉"④，《说文》注引作"能不我慉"，俞樾释"能"为

---

① 整理者按：原书误作"筒"。
② 整理者按：原书误作"所云'勿乱我笱'"。
③ 整理者按：原书误作"'我躬'《左传》哀廿五年引作'我今'。"
④ 整理者按：原书误作"我不能慉"。

“甯”，曾也。“慉”，好也。“阻”，朱：拒却，喻妇尽心力于夫而见拒却，如贾不见售也。“昔育恐育鞫”，“育”，生养也；“鞫”穷也。于此有二说：一昔育作逗，谓昔与共生活之时，常恐生活之穷，而致一同颠覆；一以昔育恐作逗，谓昔生于恐惧，生于穷困之中。“比”，王先谦据《吕览》高诱注云：“比，致也。”解为致我于苦毒。

（6）“旨蓄”，郑训为“聚美菜”。“亦”，则也。“洸”，武也，“溃”，怒也，有洸有溃无温润之色也。“诒”，遗也。“肄”，劳苦也。“慉”，《毛传》训“恩”，王引之释“慉”为“忾”，怒也。“伊”，维也，“来”，犹是也，皆语词也。即惟我是怒也。马瑞辰以“塈”为“炁”，惠也，故释“为维余是爱”。

【诗说】

（1）《序》：刺夫妇失道也。卫人化其上，淫于新婚，而弃其旧室。夫妇离绝，国俗伤悲焉。

（2）朱《传》：妇人为夫所弃，故作此诗。

（3）方玉润：逐臣自伤也。

【今说】

此诗大义显明，弃妇之词，自无可疑。与《小雅·谷风》，题同意同，而此特详。顾颉刚以此经文人修饰，理或然欤。

附录

《春秋左氏》僖卅三年传：臼^①季使过冀，见冀缺耨，其妻馌^②之，敬，相待如宾。与之归，言诸^③文公，请用之。公曰："其父有罪，可乎？"臼季对曰："舜之罪也殛鲧，其举也兴禹。管敬仲，桓之贼也，实相以济。《诗》曰：'采葑采菲，无以下体'，君取节焉可也。"

《礼记·孔子闲居》：子夏曰："敢问何谓三无？"孔子曰："无声之乐，无体之礼，无服之丧。"孔子曰："威仪棣棣，不可选也，无体之礼也。凡民有丧，匍匐救之，无服之丧也。"

《列女传·赵衰妻传》：姬曰："《诗》不云乎？'采葑采菲，无以下体，德音莫违，及尔同死。'与人同寒苦，虽有小过，犹与之同死而不去，况于安新忘旧乎？"《诗》曰："燕尔新婚，不我屑以"，盖伤之也。君子其逆之，毋以新废旧。又《息君夫人传》：夫义动君子，利动小人，息君夫人，不为利动矣。《诗》云："德音莫违，及尔同死"，此之谓也。

《白虎通·嫁娶》：出妇之义，必送之，接以宾客之礼。君子绝愈小人之交。《诗》云："薄送我畿。"

---

① 整理者按：原书误作"舅"。
② 整理者按：原书此处留白。
③ 整理者按：原书误作"之"。

式微 二章

式微式微，胡不归？微君之故，胡为乎中露？

式微式微，胡不归？微君之躬，胡为乎泥中？

【注释】

（1）"式微"，《笺》："式"，发声也①，重言之者，微乎其微也。"中露""泥中"，《传》俱以为卫东之邑名，朱《传》以为露中，言有霑濡之辱，而无所庇覆也。"故"，马瑞辰释为"患难"，较通。"露"与路通。"中路"犹"路中"也。

（2）马瑞辰谓古"躬"与"穷"通。"泥""坭"通，地名。朱子释"泥中"为有陷溺之难，而不见拯救也。

【诗说】

（1）《列女传》：黎庄公夫人者，卫侯之女也。既往而不同欲，所务者异，未尝得见，甚不得意。其傅母闵夫人贤，公反不纳，怜其失意，又恐其已见遣而不以时去，谓夫人曰："夫妇之道，有义则合，无义则去，今不得意，胡不去乎？"乃作《诗》曰："式微式微，胡不归？"夫人曰："夫妇之道，一而已矣。彼虽不吾以，吾何以离于妇道？"乃作《诗》曰："微君之故，胡为乎中路？"终执贞一，不违妇道，以俟君

---

① 整理者按：原书误作"已也"。

命。君子故序之以编诗。

（2）《序》：黎侯寓于卫，其臣劝以归也。朱子从之。方玉润亦以为可从。

（3）崔述：此与下诗，序与春秋传史实不合，谓细玩诗词，或有邻国之君寓于卫，或别有所指，而传者失之，均未可知。

（4）黄节：亦赞同《序》说，谓不得归而思归之词。

【今说】

此为亡国之臣思归嗟叹之诗。必流离颠沛，故语颇凄怆。崔述攻《序》极是，必求史实，则牟应震谓卫成公事，庶几近之。

附录

《春秋左氏》襄二十九年传：公还，及方城，季武子取卞，公欲无入，荣成伯赋《式微》乃归。

旄丘 四章

旄丘之葛兮，何诞之节兮？叔兮伯兮！何多日也？
何其处也？必有与也。何其久也？必有以也。
狐裘蒙戎，匪车不东。叔兮伯兮，靡所与同。

琐兮尾兮，流离之子。叔兮伯兮，褎如充耳。

【注释】

（1）前高后下曰"旄丘"，一作地名，在大名府开州治西。"诞"，阔也。胡承珙谓与"覃"通，延也。马瑞辰谓："之"，其也。何延其节也。以葛起兴，当春秋之交。三章乃严冬，此诗言多日之证。

（2）《毛传》："与"，仁义也，"必以"，有功德。郑《笺》：我君何以处于此乎，必以卫有仁义之道，故也。责卫今不行仁义。我军何以久留于此乎，必以卫有功德故也。《疏》："与""以"互文，"以"者自己于彼之词，与者从彼于我之词。己望彼以事与己惟仁义功德耳。朱《传》以"处"为"安处"，"与"为"与国"。承上"何多日"而言，何安处而不来？必俟与国。何其久而不来，或有他故耳，以他故也。朱说较顺。

（3）"蒙戎"，乱也。《笺》以为刺卫臣不以车来迎复国，朱子以为客久而裳弊①，非我车不东告于汝。但叔兮伯兮，不肯与我同心耳，微讽切之。马以"同"为"同力"。

（4）《传》《笺》皆以"琐尾"为"少好貌"，流离鸟，皆以讥卫大夫者。朱子以"琐尾"为"细末"，"流离"为"漂散"，黎君臣自言。俞樾以"尾"与"微"通。王夫之《诗经稗疏》引《盐铁论》注：枭，流离也，关西人谓枭为流离。枭夜则攫②，昼则为众鸟所逐，窜伏茫昧，无所容身，故曰琐尾。言其卑末，伏窜之象，以比黎侯之迫逐于狄人。此说较通。"褎"，《毛传》释"盛服"，朱《传》释"笑貌"。

---

① 整理者按：原书误作"狐幣"。
② 整理者按：原书误作"攉"。

【诗说】

（1）《序》：责卫伯也，狄人迫逐黎侯，黎侯寓于卫。不能修方伯连率之职，黎之臣子，以责于卫也。朱《传》从之。方玉润以为劝君勿望救于卫。

（2）魏源：从《列女传》说，以《式微》与此诗皆黎庄夫人所作。

（3）崔述：说见上篇诗词。

（4）牟应震《毛诗质疑》云：《式微》一诗与左氏僖廿八年二月卫侯出居襄牛，五月间楚师败，惧，出奔楚，遂适陈事合，疑卫臣劝成公归国之诗。僖廿八年冬，晋文公执成公归京师，至三十年乃释归。故曰：何多日也？归于京师。而周人听之，置之深室，故曰：何其处也？必有与也。晋文公出奔时与卫有宿怨，故曰：何其久也，必有以也。"有以"犹"有故"也。狐裘蒙戎，即用晋士蒍语。卫在晋东，晋之大夫，必有常至卫者，故曰："匪车不东。"卒不与成公同来，故曰："靡所与同？"则《旄丘》一诗，盖卫臣责晋文公也。而《序》不与此事实之者，《序》以时代定先后，《新台》《乘舟》俱属宣公，自不肯于宣公前，实以成公事耳。

【今说】

牟说较有理，可从。

附录

《吕氏春秋·重言》：荆庄王①立三年，不听而好隐②，成公贾入谏。明日朝，所进者五人，所退者十人。群臣大说，荆国之众相贺也。故《诗》曰："何其久也，必有以也，何其处也，必有与也。"其庄王之谓邪！《韩诗外传》卷一：故禄过其功者削，名过其实者损。情行合名，祸福不虚至矣。《诗》云："何其处也，必有与也。何其久也，必有以也。"故中心存善而日新之，虽独③居而乐，德充而形。《诗》曰："何其处也，必有与也。何其久也，必有以也。"卷九：是故君子不徼幸，节嗜欲，务忠信，无毁于一人，则名声常存④，称为君子矣。《诗》曰："何其处也，必有与也。"

简兮　四章

简兮简兮，方将万舞，日之方中，在前上处。

硕人俣俣，公庭万舞，有力如虎，执辔如组。

左手执籥，右手秉翟，赫如渥赭，公言锡爵。

山有榛，隰有苓，云谁之思？西方美人。彼美人兮，西

---

① 整理者按：原书误作"荆王"。
② 整理者按：原书误作"隐"。
③ 整理者按：原书误作"则往"。
④ 整理者按：原书误作"称尊"。

方之人兮。

【注释】

（1）《毛传》："简"，大也。以干羽为万舞。朱《传》以"简"为"简易不恭"之意，郑《笺》："简，择也。"俞樾谓当作"倜"，武貌，《鲁诗》作"柬"，谓伶官名。"万舞"，武舞也，胡承珙以万为大舞，舞之总名，则以朱说较通。"在前上处"，在前列上头处也。

（2）"硕"，大也。"俣俣"，大貌。"组"，丝织为之，如组言其柔而能御也，《毛传》："比有文章能治众。"

（3）"籥"，六孔之笛，雉羽为"翟"，此指文舞言。"赫"，赤貌。"渥"，厚渍也。"赭"，赤色也，此言其容色之充盛。《毛传》释末句："君徒赐其爵而已。""言"，语词，说。"公言"，显然也。

（4）"榛"，似栗而小。下湿曰"隰"。"苓"，今甘草也。此比硕人反处非其位。"西方"指西周，"美人"指硕人，乃两周之廷臣也。

【诗说】

（1）《序》：刺不用贤也。卫之贤者，仕于伶官，皆可以承王事者也。姚际恒从之。

（2）朱子：贤者自作，且有轻世肆志之心。

（3）方玉润：贤者自伤失位而抒所怀也。

【今说】

此诗是咏伶官而有婉惜意，朱子以为贤者自作，而语气不像。

附录

《吕氏春秋·先己》篇：故欲胜人者^①必先自胜，欲论人者必先自论，欲知人者必先自知。《诗》曰："执辔如组。"孔子曰："审此言也，可以为天子。"

泉水 四章

毖彼泉水，亦流于淇。有怀于卫，靡日不思。娈彼诸姬，聊与之谋。

出宿于沸，饮饯于祢。女子有行，远父母兄弟。问我诸姑，遂及伯姊。

出宿于干，饮饯于言。载脂载辖，还车言迈。遄臻于卫，不瑕有害。

我思肥泉，兹之永叹。思须与漕，我心悠悠。驾言出游，以写我忧。

【注释】

（1）"毖"，泉水始出貌。"淇"，卫水。泉水流淇，兴嫁女之归卫。"娈"，好貌。"聊"，愿也，且也。

---

① 整理者按：原书误作"也"。

（2）"沛祢"，卫近郊地。

（3）"于言"，《毛传》以为所适国郊，朱《传》谓适卫所经之地。以油使轮轴滑利曰"脂"，以木键轴末曰"辖"。"载"，乃。"遄"，疾。"臻"，至。"瑕"，远也。言至卫亦非远而有害也。马瑞辰曰："'瑕''遐'古通，'遐之'言'胡也'，'胡''无'一声之转，故'胡宁'又转为'无宁'。凡诗言'遐不'犹言'胡不'，信之之辞也，易其辞则曰'不瑕'，犹之'不无'，疑之之辞也。"此说较顺可从。

（4）"肥"，泉水名，为朝歌城北之水会合诸水名。"须漕"，卫邑名。"兹"，滋也，"之"，此也，"滋此"，长叹也。"言"，而也，"写"，除也。

【诗说】

（1）《序》：卫女思归也。嫁于诸侯，父母终，思归宁而不得，故作是诗以自见也。朱子从之。

（2）何楷：此篇及《竹竿》一例与《载驰》为许穆夫人不能救卫，思控于他国之作。

（3）姚际恒：此卫女媵于诸侯，思归宁而不得之诗。以诗中有诸姑伯姊，即诸侯娶妻，嫡长有以侄娣从者也。思归而不得，故与之谋。

（4）方玉润：卫媵女和《载驰》作也。《载驰》云："载驰载驱，归唁卫侯。"此则云："饮饯于祢，饮饯于言。"《载驰》云："驱马悠悠，言至于漕。"此则云："思须与漕，我心悠悠。"《载驰》云："控于大邦，谁因谁极。"此则云："娈彼诸姬，聊与之谋。"《载驰》云："大夫君子，无我有尤。"此则云："问我诸姑，遂及伯姊。"词锋相对，语带虚设，非唱和而何？至其立言亦各有体。嫡本欲咎大夫君子，媵则但问^①诸姑伯姊。嫡本欲控于大邦，媵则但谋彼诸姬。嫡欲驰至于漕，媵则但思须与漕。嫡欲归唁卫侯，媵则但饯于祢于言。嫡媵口吻各如其分，绝不相陵。故又知其为妾和，非夫人作也。盖媵亦卫女，故同关心，亦人情之常耳。

【今说】

此卫女思归之作，《序》谓父母终固妄，姚谓媵妾，方谓和《载驰》亦俱凿矣。

北门 三章

出自北门，忧心殷殷。终窭且贫，莫知我艰。已焉哉！天实为之，谓之何哉！

王事适我，政事一埤益我。我入自外，室人交徧谪我。已焉哉！天实为之。谓之何哉！

王事敦我，政事一埤遗我。我入自外，室人交徧摧我。已焉哉！天实为之，谓之何哉！

---

① 整理者按：原书误作"问"。

【注释】

（1）"殷殷"，忧也。无财以为礼曰"窭"，无财以为活曰"贫"。陈奂以"已焉"为"既然"，即既如是也，承上转下之词。"谓之何"即如之何。

（2）"适"，《毛传》训"之"。陈奂："至也。"马瑞辰谓"擿"之误，投也。按："投""至"皆不切文意，疑或"迫"字之误，下章"敦我"，胡承珙谓《释文》引《韩诗》，敦迫也，有督促意，可证。"埤"，厚也。顾炎武谓凡交于大国会盟朝聘之事谓之"王事"。国内之事，谓之"政事"。

（3）"遗"，加也。"摧"，排挤也。

【诗说】

（1）《序》：刺仕不得志也。言卫之忠臣不得其志尔。朱子从之。

（2）方玉润：贤者安于贫也①。

【今说】

《序》谓仕不得志，极是，但只贫仕自嗟之词，而无刺意。方玉润谓安于贫，何以释忧心殷殷欤?

---

① 整理者按：原书误作"贤者安于贫仕也"。

北风 三章

北风其凉，雨雪其雱。惠而好我，携手同行。其虚其邪，既亟只且。

北风其喈，雨雪其霏。惠而好我，携手同归。其虚其邪，既亟只且。

莫赤匪狐，莫黑匪乌。惠而好我，携手同车。其虚其邪，既亟只且。

【注释】

（1）"雱"，盛貌。"其"，状词。"惠"，爱也。"邪"，作"徐"，《尔雅·释训》："其虚其徐，威仪容止也。""虚邪"，陈奂以即"委蛇"，委随顺从之意也。胡承珙引欧《本义》言："无暇宽徐当亟去。"刘克曰："其，疑词。其可以虚徐乎，势既急矣。""只且"，语辞，犹耳矣。牟应震曰："只且，行不进也。"通作"趑趄"，又通作"次且"，言时已亟矣，而犹只且不疾行乎，其释《君子阳阳》之"只且"亦云"徘徊旁徨也"，此牟创说，亦通。

（2）"喈"，疾貌。"霏"，雨雪分散状。

（3）《毛传》：狐赤乌黑，莫能别也。《笺》：犹今君臣相承，为恶如一。

【诗说】

（1）《序》：刺虐也。卫国并为威虐，百姓不亲，莫不相携持而去焉①。

（2）朱子：言北风雨雪，以比国家危乱将至，故欲与其相好之人②，去而避之。郑《笺》独谓在位之臣，实不可从。

（3）姚际恒：此篇自是贤者见几之作，不必说及百姓。方玉润从之。

【今说】

《序》言刺虐固谬，朱子以北风雨雪，比国危将至亦无据。诗文不见有贤者意。三章俱注重同行，同归，同车，其亦民间恋歌欤?

静女 三章

静女其姝，俟我于城隅。爱而不见，搔首踟蹰！

静女其娈，贻我彤管。彤管有炜，说怿女美。

自牧归荑，洵美且异。匪女之为美，美人之贻。

【注释】

（1）"姝"，美色。"爱"许慎引作"僾"，郭璞引作"薆"，隐蔽也。"其"，犹之也。

（2）"娈"，美貌。"彤管"或以为笔管（毛、郑），或以为箴管乐

---

① 整理者按：原书误作"莫不携持而去焉"。
② 整理者按：原书误作"比国家危乱将至，故欲与相好之人"。

（宋人），朱子谓不详，刘大白谓即"荑"，董作宾谓即荑外面裹的嫩红色的叶托。

（3）"牧"，牧田也。"归"，诒也。"荑"，茅之始生也。"洵"，信也。

【诗说】

（1）《易林·师之同人》：（少卫姬）"季姬踟蹰，结衿待时，终日至暮，百两不来。"《同人之随》："季姬踟蹰，望我城隅，终日至暮，不见齐侯，居室无忧。"戴震曰："此媵侯迎之礼，诸侯冕其亲迎，惟嫡夫人耳，媵则至乎城下以俟迎者而后入，故《诗》云：'俟于城隅。'"

（2）《序》：刺时也，卫君无道，夫人无德。

（3）朱子：引欧阳《本义》，以此为淫奔期会之诗。

（4）王质：当是其夫出外为役，妇人思而候之。

（5）姚际恒：此刺淫之诗也。

（6）方玉润：刺卫宣公伋妻也。

（7）俞平伯：今仍依朱立说，谓是男子之词，佳期夕张，裴徊城阴。故作此也。

【今说】

此诗首章乃男子写期待心情。爱而不见，睹物思人，古诗此物何足贵，但感别经时，即此意也。惟"彤管"二字，至今争论未决，实则只注在美人之贻，笔管亦可，乐管亦可，甚至茅荑亦可，诗人已往矣，何能起九原而询其真相乎？强求甚解，即属固凿，非以意逆志之道。至《毛传》释以古人之法，又谓古者后夫人，必有彤管之法，则固陋可笑甚矣。

附录

《春秋左氏》定①九年传：郑驷歂杀邓析而用其竹刑。君子谓子然："于是不忠。苟有可以加于国家者，弃其邪可也。《静女》之三章，取彤管焉。"

《韩诗外传》：精气阗溢而后伤，时不可过也。不见道端，乃陈情欲，以歌道义。《诗》曰："静女其姝，俟我乎城隅。爱而不见，搔首踟蹰。"急时之辞也。

新台 三章

新台有泚，河水瀰瀰。燕婉之求，籧篨不鲜。

新台有洒，河水浼浼。燕婉之求，籧篨不殄。

鱼网之设，鸿则离之。燕婉之求，得此戚施。

【注释】

（1）"泚"，台影鲜明貌。"瀰瀰"，水盛貌。"燕"，安。"婉"，顺。

---

① 整理者按：原书误作"宣"。

"籧篨"，病不能俯者。"鲜"，善也。

（2）"洒"，高峻也。"浼"，《韩诗》作"浘"，亦盛貌。"殄"，绝也，郑谓当作"腆"，善也。

（3）"离"，读为"罹"。"则"，乃也。鸿罹鱼网兴燕婉之求，得此戚施也。"戚施"，病不能起者，《韩诗》释为蟾蜍。

【诗说】

（1）《序》：刺卫宣公也。纳伋之妻，作新台于河上而要之，国人恶之而作是诗。朱子、姚际恒从之。

（2）王质：此非咏宣公之诗。当是此地之人，娶妻不如始言，故下有不悦之辞，本求燕婉乃得恶疾者为可恨也。

（3）崔述：此乃父夺子妻，所谓言之丑者。乃但笑其籧篨戚施，若憎老丑者。少知名义者，肯为是言乎？既至而知其美，故夺取之，未至而先筑台，又不于国而于河上，欲何为者？与《传》不类，非宣公事。

（4）方玉润：刺齐女之从卫宣公也。

【今说】

王崔二氏之说，极有所见，考《毛传》只言反于河上而为淫昏之行。至郑《笺》、卫《序》，始以伋事实之，诗文实无据。

二子乘舟 二章

二子乘舟，泛泛其景。愿言思子，中心养养。

二子乘舟，泛泛其逝。愿言思子，不瑕有害。

【注释】

（1）"景"通"憬"（王引之语），远行貌。陈奂"愿"训"每"又训"虽"，末二句"言"虽曰"思子"，徒忧其心养养然也，"养养"即"恙恙"，忧也。

（2）"瑕"，远也。"有"，语词。陈奂释作"虽曰思子，不能远于害也"，一释作"不能远避而致有害"。"不瑕"，犹言"不无"，疑之之辞也。

【诗说】

（1）《序》：《二子乘舟》，思伋寿也。卫宣公之二子，争相为死，国人伤而思之，作是诗也。（《左传》桓十六年事）朱子从之。

（2）《新序·节士篇》：伋方乘舟，时伋傅母恐其死也，闵而作诗。魏源赞同此说，谓泛泛乘舟不瑕有害，则非既死之词，诗作于事前，不能害诸水而后改谋害之陆，至伋载尸还至境自杀，则当以《干旄》诗证之。

（3）崔述：寿死于盗，伋始至莘^①，诗何以称二子乘舟？自卫至齐皆遵陆而行，特^②济水时偶一乘舟耳。既非于河上遇盗^③，何不言其乘车，而独于其乘舟咏之思之？细玩二诗之词，与《传》所载伋寿之事，了不相涉，其非此事明矣。宣公烝^④于夷姜生急子，在公子时乎？则当庄桓之世必不敢，而在邢又不能，且石蜡^⑤讨贼立君，必亦择其贤者。左公子洩，右公子职^⑥，何人不可立，而必立此淫乱之人乎？谓烝夷姜在已为君后乎？则宣公在位仅十有九年，急之娶少亦当十四五岁，早亦当在宣公十六七年之时，则宣公卒时，寿、朔皆在襁褓，寿安能盗旌而先，即朔亦不能搆急也。因《左传》^⑦采摘太广，不暇辨是非虚实。况此事乃后日所追述，非若朝聘侵伐，史臣按月而书者比，固未可尽执为实也，嗟乎！《左传》犹不能以无误，况于《诗序》，乌在其可以尽信乎！按：惠周惕已有此说，胡承珙已辨之，谓《史记》载庄公死后十六年然后桓公被弑，宣公嗣位去其父卒已十六年，其居邢或早烝夷姜而与共处矣。崔说此二诗非咏急子事可从，疑及《左传》则太过也。

---

① 整理者按：原书误作"莘"。
② 整理者按：原书误作"将"。
③ 整理者按：原书误作"既非河上遇盗"。
④ 整理者按：原书误作"蒸"。
⑤ 整理者按：原书误作"碏"。
⑥ 整理者按：原书误作"左公子职，右公子洩"。
⑦ 整理者按：原书误作《史记》。

（4）黄节：魏氏说良有见，姚际恒、胡承珙皆疑《新序》附会，盖未审之也。

（5）方玉润：讽卫伋寿以远行也。

【今说】

此诗各家皆谓咏伋、寿二子事，惟崔述辨之，毛奇龄亦谓莘在河西，齐在河东，盗杀二子于莘，未尝渡河，无乘舟事，姚际恒疑《新序》附会，极有所见。此诗似送人之作，二子为何人，则不可考矣。

鄘　风

柏舟 二章

泛彼柏舟，在彼中河。髧彼两髦，实维我仪。之死矢靡它。母也天只，不谅人只！

泛彼柏舟，在彼河侧。髧彼两髦，实维我特。之死矢靡慝。母也天只，不谅人只！

【注释】

（1）"髧"，《说文》引《诗》作"紞"，释作"冕冠塞耳者"。"髦"，剪发夹囟，此髦乃状其垂至两耳者，《毛传》以为子事父母之饰。"仪"为"偶"之假借，《毛传》故训"匹"。"母也天只"，《毛传》以"天"为"父"，朱子释作"母恩于我如天罔极"，似顺。"之"，至也，"之""至"一声之转。"矢"，誓也。"只"，语已词，义如"哉"。

（2）"特"，《毛传》训"匹"，《韩诗》作"直"，当也。"慝"，《毛传》："邪也。"一作"忒"，更也。

【诗说】

（1）《序》：共姜自誓也，卫世子共伯早死，其妻守义，父母欲夺而嫁之，誓而弗许，故作是诗以绝之。朱子从之，崔述亦以为或然。

（2）姚际恒：此诗不可以事实之，当是贞妇有夫早死，其母欲嫁之，而誓死不愿之作。方玉润从之。

【今说】

今按诗意，只述女子有爱人，不谅于母，而以死自誓。姚、方谓贞妇有夫早死，于何见之乎？亦与《序》附会共姜等耳。

附录

《列女传·汉孝平王后传》：后曰："何面目以见汉家。"自投火中而死。君子谓平后体自然贞淑之行，不为存亡改意，可谓节行不亏污者矣。《诗》曰："髧彼两髦，实惟我仪，之死矢靡他。"此之谓也。

墙有茨 三章

墙有茨，不可埽也。中冓之言，不可道也。所可道也，言之丑也。

墙有茨，不可襄也。中冓之言，不可详也。所可详也，言之长也。

墙有茨，不可束也。中冓之言，不可读也。所可读也，言之辱也。

【注释】

（1）"茨"，蒺藜也，马瑞辰以《左传》有"人之有墙，以蔽恶也"，此以墙茨起兴，取以蔽恶之义，以墙茨之不可埽，所以固其墙，兴内丑不可外扬，所以隐其恶。"中冓"，各家皆训为"舍中交积材木"，即以为闺中隐奥之处，其言即闺门暧昧之言。洪颐煊《读书丛录》以"冓"乃男女媾精之省。

（2）"襄"，除也。"长"，《传》训为"长恶"之"长"，朱子训为"语①长难竟"。

（3）"束"，束而去之。胡承珙曰："道者约言之，详者多言之，读者反复言之。诗意盖谓约言尚不可，况多言之乎？复言之乎②？三章自有次第。"

————————————

① 整理者按：原书误作"太"。
② 整理者按：原书误作"诗意约言之尚不可，况多言之反复言之乎"。

【诗说】

（1）《序》：卫人刺其上也。公子顽通乎君母，国人疾之，而不可道也。朱子、姚际恒、方玉润从之。

（2）魏源：以《周礼·地官·媒氏》注引此诗，贾疏以为刺卫宣公之诗近是。

【今说】

各家多本《序》说刺宣姜，魏源则谓刺宣公，俱揣度之词，诗无明文。诗词但刺闺房之私，中薵之言不可道耳。至何人淫乱，如何淫乱，既未述及，难强以事实合之。

君子偕老 三章

君子偕老，副笄六珈。委委佗佗，如山如河，象服是宜。子之不淑，云如之何！

玼兮玼兮，其之翟也。鬒发如云，不屑髢也。玉之瑱也，象之揥也，扬且之皙也。胡然而天也？胡然而帝也？

瑳兮瑳兮，其之展也。蒙彼绉缔，是绁袢也。子之清扬，扬且之颜也。展如之人兮，邦之媛也。

【注释】

（1）"副"，后夫人之首饰，编发为之。"笄"，衡笄。"珈"，笄饰之最盛者。《后汉书·舆服志》："熊、虎、赤羆、天鹿、辟邪、南山丰大特，六兽，《诗》所谓'副笄六珈'者。""委委佗佗"，《尔雅·释训》云："美也。"毛释以"行委曲，德平易。""象服"，谓揄翟阙翟，象鸟羽而画之，尊者所服。末二句，《毛传》谓以为有子若是，可谓不善乎？言其善也，陈奂以"之"是也，朱《传》以为不善，诗只有颂赞，《毛传》为长。

（2）"玼"，鲜盛貌。"之"，语词。"翟"，羽也，画羽以为饰也。此二句犹言鲜明兮其翟羽之饰也。"扬且之皙""其之展"意同。"鬒"，黑发也。"屑"，絜也，与"结"通。"髢"，发鬄，即假发也。"瑱"，塞耳也。"象"，象骨用以搔首以为饰，名曰"揥"。眉上广曰"扬"。"而"毛训"如"。"且"一作"俎"，美也。

（3）"瑳"古本皆作"玼"，故朱《传》亦训为"鲜盛貌"。"展"，《礼记》作"襢"，以丹縠为衣之名。葛之精曰"绤"，其尤精者为"绉"。"绁袢"，束缚意，视清明曰"清"，额角丰满为"颜"。"展"，《新方言》："乃也。"美女曰"媛"。

【诗说】

（1）《序》：刺卫夫人也，夫人淫乱，失事君子之道，故陈人君之德，服饰之盛，宜与君子偕老也。郑《笺》：夫人宣公夫人，惠公之母也，朱子、姚际恒、方玉润从之。

（2）魏源：《诗》云："展如之人兮，邦之媛也。"《释文》引《韩诗》云："佗佗，德之美貌。媛，助也，言君子之援助然。夫贤德内助，岂所以颂淫乱之人？"郑《笺》："媛者，邦所依倚以为援助。"正用韩义。但又释"子之不淑"为"不善无礼之行"，忽讪忽颂，忽刺忽誉。风雅刺诗，激则激，隐则隐，隐激杂者，未之有也。考钟鼎古文"叔"字皆作"茅"，与"弔"形近，故凡经传"不弔"皆"不淑"之讹。古"淑"字作"叔"。《尔雅》因谓"淑""弔"皆训"善"，其实无二字也。《节南山》："不弔昊天。"哀公诔孔子曰："昊天不弔。""弔"当为"淑"，犹言昊天不祥也，是《诗》之"子之不淑，云如之何！"即《杂记》之"如何不淑"，亦犹《左传》"如之何不弔"，皆不祥不禄之谓，言如之何若斯不幸也。寻绎韩训，当为卫人哀贤夫人之诗，故首言君子偕老之荣，以见今不偕老之不幸也。次章胡然二句即《招魂篇》巫阳从彭咸意。故曰："魂兮归来，何为四方些，魂兮归来，君毋上天些。"皆悼挽之词也。末乃诔之曰："展如之人，询乃君子之内助，邦人所依倚而胡为不获偕老乎？胡为魂归于天，徒伤不淑乎。"

【今说】

按：魏源之说，颇近诗旨。考《毛传》绝无刺意，以为刺者，皆误解"淑"字，始于卫宏，康成助之，遂相率以为刺矣。以姚、方之勇于疑古，而仍不敢不从，足见《诗序》潜力之大，而诗之真相不易明也。惟魏源进以为"哀夷姜刺宣姜"，则为蛇足而不可从，诗有求甚解而反凿反陋者极多，此其一也。

附录

《列女传·齐桓卫姬传》：桓公与管仲谋伐卫。罢朝入闺。卫姬请卫之罪。桓公曰："吾与卫无故，姬何请耶？"姬曰："今妾望君举趾高，色厉音扬，意在卫也，是以请也。"桓公许诺。君子谓卫姬信而有行。《诗》曰："展如之人兮，邦之媛也。"

桑中 三章

爰采唐矣？沫之乡矣。云谁之思？美孟姜矣。期我乎桑中，要我乎上宫，送我乎淇之上矣。

爰采麦矣？沫之北矣。云谁之思？美孟弋矣。期我乎桑中，要我乎上宫，送我乎淇之上矣。

爰采葑矣？沫之东矣。云谁之思？美孟庸矣。期我乎桑中，要我乎上宫，送我乎淇之上矣。

【注释】

（1）"唐"，即女萝，菟丝也。"沫"即纣都朝歌，卫邑也。"桑中""上宫"皆沫之小地名。卫县尚有上官台云。"姜""弋""庸"皆姓也。"爰""云"语词，"要"犹"迎"也。

【诗说】

（1）《序》：刺奔也。卫之公室淫乱，男女相奔，至于世族在位，相窃妻妾，期于幽远。政散民流而不可止。朱《传》从之，但定为奔者自作。

（2）方玉润：以诗中事未必如是巧且奇，于一日之中，即同会于一席之地，是诗中非有其人，真有其事，特赋诗人虚想所采之物，所游之地，所思之人耳，此后世所谓无题诗也。

【今说】

按：方氏太误会诗意，诗固未尝定此二章为一日之事也。顾颉刚亦疑姜、弋、庸实同一人。实则古代诸侯一娶九妻，而世族在位者外遇自多，外妇三人何得为奇。且"桑中"为幽期别名，春秋时已然，《左传》成二年巫臣窃夏姬以逃，申叔跪遇之曰："夫子有三军之惧，而又有桑中之喜，宜将窃妻以逃也。"则桑中、上宫等地，为卫地男女幽会之所，虚想也明矣！崔述以全诗皆美羡之词，而无刺义。刘彝曰："采唐麦葑者，亦是欲适幽远，行其淫乱，不敢正名，托欲采此也，此以为赋。"

鹑之奔奔 二章

鹑之奔奔，鹊之彊彊。人之无良，我以为兄。

鹊之彊彊，鹑之奔奔。人之无良，我以为君。

【注释】

（1）"鹑"，鹌属，鹌也。"之"，毛训"则"。"奔奔""彊彊"，居有定匹，飞则相随貌。《韩诗》谓："乘匹之貌"，乘匹者，通淫别名。

（2）"君"，《毛传》："国小君。"郑谓指宣姜。朱：小君也，仍指公子顽。实则泛言君，绝非小君，郑、孔已辨之。

【诗说】

（1）《序》：刺卫宣公也，卫人以为宣姜鹑鹊之不若也，朱子从之。

（2）魏源：左公子洩，右公子职，皆宣公庶弟，故以伋、寿属之。及伋、寿死，而二公子怨宣公。故曰："人之无良，我以为兄也。"若公子顽乃惠公之兄，乃何诗人曰"我以为兄"与"我以为君"同词乎？若代为惠公之词，则古无称母为君。且惠公安得斥其母为无良之人，而曰"我以为君"乎？《左传》（襄廿七年）伯有赋此诗，赵伯谓志诬其上，杜注谓伯有义取无良之人，我以为君，孔《疏》谓伯有赋此，有嫌君之意，《礼记》引此诗以君命逆则臣有逆命，此皆不以君为小君，如君与兄为一人，则非宣公而何？此诗刺宣公称君兄，非左右公子而何？按：襄廿七年伯有赋此诗，讥赵孟让楚先歃，赵孟故为不喻，以床笫之言不踰阈为词，特推开耳。

（3）方玉润：代卫公子刺宣公也。

【今说】

此诗词意率直，直唾怒骂，在三百篇中极为少见。诗词谓以为兄以为君，则必卫君之弟，魏源因《序》说刺卫宣，故定为公子洩、职所作，实则卫君何人，仍不能强定也，存疑可耳。

附录

《礼记·表记》：子曰："唯天子受命于天，士受命于君。故君命顺则臣有顺命。君命逆则臣有逆命。诗曰：'鹊之姜姜，鹑之贲贲，人之为良，我以为君。'"郑注："姜姜贲贲，争斗恶貌。言以恶人为君，亦使我恶，如大鸟姜姜于上，小鸟贲贲于下。"《韩诗外传》：子路曰："人善我，我亦善之，人不善我，我不善之。"子贡曰："人善我，我亦善之。人不善我，我则引之进退而已矣。"颜回曰："人善我我亦善之，人不善我我亦善之。"三子所持各异，问于夫子。夫子曰："由之所言，蛮貊之言也。赐之所言，朋友之言也。回之所言，亲属之言也。

诗曰：'人之无良，我以为兄。'"

定之方中 三章

定之方中，作于楚宫，揆之以日，作于楚室。树之榛栗，椅桐梓漆，爰伐琴瑟。

升彼虚矣，以望楚矣。望楚与堂，景山与京。降观于桑，卜云其吉，终然允臧。

灵雨既零，命彼倌人，星言夙驾，说于桑田。匪直也人，秉心塞渊，騋牝三千。

【注释】

（1）"定"，星名，《尔雅》释为"营室"，即水星，毛谓视定星以正南北。朱子谓昏而正中，乃夏之十月。王引之曰："'于'即'为'也，古通。""之"，"以"也。揆之以日，度日影以定方向也。"爰"，"以"也，梓实桐皮曰"椅"。古人建庙朝官府，皆植名木。"爰伐琴瑟"者，谓六木中有可伐作琴瑟者，若榛栗则无与于琴瑟也。

（2）"虚"，《毛传》以为漕虚，楚丘旁有"堂邑"。"京"亦高邱。"楚丘"，今河北滑县东六十里。"允"，信。"臧"，善也。

（3）"灵"，善也。"零"，落也。"倌人"，主驾者也。"星"，见星也。"言"，而也，则也。"说"，舍止也。"匪直也人"，王引之以"匪"为"彼"，《毛传》释"非徒庸君"。朱释"非独此人"。范家相谓此句承上起下之词。言公之勤于农桑，匪直为人，民如是也，其秉心之允塞，用意之渊深，无所不到。即畜牧之孳息，已有騋牝三千矣。诗义折中以直为但,谓不但人也。说较捷。马七尺以上曰"骒"。

【诗说】

《序》:美卫文公也。卫为狄所灭,东徙渡河,野处漕邑。齐桓攘夷狄而封之,文公徙居楚丘,始建城市,而营宫室。得其时制,百姓说之,国家殷富焉。朱《传》、方玉润从之。

【今说】

按:此诗二章应在一章先,疑有错简。诗似颂体,在国风中极不类也。《伪传》以为鲁僖公城楚邱以备戎,史克颂之。然诗在卫风,当属卫事,《序》谓美卫文公,尚可从。旧说十三国为变风,此诗足证其不确。

附录

《列女传·陈寡孝妇传》:孝妇曰:"夫为人妇,固养其舅姑者也。夫不幸先死,不得尽为人子之礼。今又使妾去之,莫养老母,是明夫之不肖,而着妾之不孝。不孝不信且失义,何以生哉!"因欲自杀。君子谓孝妇备于妇道。《诗》云:"匪直也人,秉心塞渊。"此之谓也。

蝃蝀 三章

蝃蝀在东，莫之敢指。女子有行，远父母兄弟。

朝隮于西，崇朝其雨。女子有行，远兄弟父母。

乃如之人也，怀婚姻也，大无信也，不知命也。

【注释】

（1）"蝃蝀"即蟏蝀，虹也。马瑞辰谓："雄虹莫敢指，喻女有廉耻，不肯先求男也。""行"，谓嫁也。

（2）"隮"，虹升也。"崇"，终也。郑《笺》云："朝有升气于西，终朝而雨气应自然，以言妇人生而有适人之道，亦自然也。"

（3）"之"，是也。"命"为父母之"命"，《韩》《鲁诗》以为性命之"命"。

【诗说】

（1）《韩诗序》：刺奔女也，（见《后汉书·杨赐传》注）朱子从韩说。

（2）《序》：止奔也，卫文公能以道化其民，淫奔之耻，国人不齿也。

（3）朱子：此刺淫奔之诗。

（4）姚际恒：刺奔虽近似，而未敢强解。

（5）方玉润：代卫宣姜答《新台》也。

【今说】

此诗刺奔，文意显然。至刺何人，如何淫奔，已不可考。方玉润谓代卫宣姜答《新台》实为强解，彼亦自知无证矣。

附录

《韩诗外传》：男八月生齿，八岁而龀齿，十六而精化小通。女七月生齿，七岁龀齿，十四岁而精化小通。是故阳以阴变，阴以阳变。故不肖者精化始具而生气感动，触情纵欲，反施乱化，是以年寿匹天，而性不长也。《诗》曰："乃如之人也，怀昏姻也，大无信也，不知命也。"《列女传·陈女夏姬传》：巫臣见夏姬，谓曰："子归，我将娉汝。"及恭王即位，巫臣娉于齐，尽与其室俱，至郑，使人召夏姬曰："尸可得也。"夏姬从之。巫臣使介归币于楚，而与夏姬奔晋。大夫子反怨之，遂与子重灭巫臣之族，而分其室。《诗》云："乃如之人兮，怀昏姻也，大无信也，不知命也。"言嬖色殒命也。

相鼠 三章

相鼠有皮，人而无仪。人而无仪，不死何为？

相鼠有齿，人而无止。人而无止，不死何俟？

相鼠有体，人而无礼。人而无礼，胡不遄死？

【注释】

（1）"相"，视也。"止"，容止也。"体"，支体也。"遄"，速也。

【诗说】

（1）《序》：刺无礼也。卫文公能正其群臣，而刺在位承先君之化，无礼仪也。朱子以文公时未有考，方玉润从《序》说。

（2）《白虎通·谏诤篇》：此妻谏夫之词。魏源采之，以为夷姜以死谏宣公事，其曰"不死何为""不死何俟""胡不遄死"，皆以死自誓，而非以死斥夫也。

（3）崔述：《相鼠》刺无礼仪，足见风俗之美。

【今说】

此诗明刺无礼，自无疑义。再涉及卫文公，便成蛇足。朱子谓未有考，极是。至魏源采《白虎通》说，以为夷姜谏宣公之词，则凿矣。

附录

《春秋左氏》襄①二十七年传：齐庆封来聘，其车美。叔孙②曰："豹闻之：'服美不称，必以恶终。'美车何为？"叔孙

---

① 整理者按：原书误作"哀"。
② 整理者按：原书误作"孙叔"。

与庆封食，不敬，为赋《相鼠》，亦不知也。又《昭三年传》：郑伯如晋，公孙段相，甚敬而卑，礼无违者。晋侯嘉焉，授之以策。伯石再拜稽首，受策以出。君子曰："礼，其人之急也乎！伯石之汰也，一为礼于晋，犹荷其禄，况以礼终始乎！《诗》曰：'人而无礼，胡不遄死。'其是之谓乎？"又《定十年传》：晋赵鞅围卫，涉佗以徒七十人旦门焉，日中不启门，乃退。反役，晋人讨卫之叛故，曰："由涉佗、成何。"于是执涉佗，以求成于卫。卫人不许，晋人遂杀涉佗，成何奔燕。君子曰："此之谓弃礼，必不钧。《诗》曰：'人而无礼，胡不遄死？'涉佗亦遄矣哉！"

《礼记·礼运》：孔子曰："夫礼，先王以承天之道，以治人之情，故失之者死，得之者生。《诗》曰：'相鼠有体，人而无礼；人而无礼，胡不遄死？'"

《晏子春秋·谏上》：晏子蹴然改容曰："凡人之所以贵于禽兽者，以有礼也。故《诗》曰：'人而无礼，胡不遄死？'礼不可无也。"又《外篇》云："婴闻之，人君无礼，无以临其邦；大夫无礼，官吏不恭；父子无礼，其家必凶；兄弟无礼，不能久同。《诗》曰：'人而无礼，胡不遄死。'故礼不可去也。"

干旄 三章

孑孑干旄，在浚之郊。素丝纰之，良马四之。彼姝者子，何以畀之？

孑孑干旟，在浚之都。素丝组之，良马五之。彼姝者子，何以予之？

孑孑干旌，在浚之城。素丝祝之，良马六之。彼姝者子，何以告之？

【注释】

（1）"孑孑"，特出貌。"干旄"，以旄（牛尾）注于旗干之首而建之车后也。"浚"，卫邑名（见《凯风》）。"纰"，组织也。以素丝组织而维之也。"姝"，美也。

（2）鸟隼画旗为"旟"。

（3）析羽设在干首为"旌"。"城"，都城也。"祝"，织也。

【诗说】

（1）《序》：美好善也，卫文公臣子多好善，贤者乐告以善也。方玉润从《序》说，朱子、姚际恒亦从之，惟以文公时无据。

（2）魏源：此诗可证《二子乘舟》之诗，皆国人伤二子，欲告以远害之词。《史记》：与太子白旄，而告界盗，见持白旄者杀之。《列女传》：宣姜阴使力士待界上，俟有白旄四马至而要杀之。案：四马即良马四之也。白旄易于识别，故诗言"孑孑干旄"，必三言素丝组之也。浚在大名府开州西南，莘在山东东昌府北莘亭，此卫东境近齐之地。寿自卫适齐渡河在浚，由是东行至莘被杀。故伋载其尸还于浚，由郊而都而城，遂不复北渡而自杀也。始四马而后五六者，寿先假车马以行，及伋追至，故并寿马为五六也。《列女传》述孟母三迁之教，而引《诗》曰："彼姝者子，何以予之。"又述断机之教而引《诗》曰："彼姝者子，何以予之。"《论衡》引《诗传》曰："彼姝者子，何以予之。譬彼染丝，染之蓝则青，染之朱则赤。丹朱、商均已染于唐、虞之化，然丹朱傲而商均虐者，至恶之质，不受蓝朱变也。"皆以"子"为父子之"子"，"姝"训忠顺貌。盖前二章言彼忠顺之子，何以予界之，然后足申吾爱慕乎？言其足以有国为君者也。末章何以告之，则闵其未闻大杖则走之义，而陷父于不慈也。盖乘舟之诗，欲杀之河而不遂，此诗则杀寿于莘，而伋还复自杀于浚。《新序》与《左氏》《史记》《列女传》义互相备，而伋、寿二诗之情事千载如见矣。

【今说】

魏源之说，辨矣而近于凿，且解"予界"二字仍不切实。此诗既作于二子死后，何绝无半点伤感意？故《序》说尚顺。

建旄乘马指大夫，卫之大夫来浚之郊、都、城咨访贤者，彼姝者子则诗人指贤者，予畀告则以慰大夫之咨询也。

载驰 五章

载驰载驱，归唁卫侯。驱马悠悠，言至于漕。大夫跋涉，我心则忧。

既不我嘉，不能旋反。视尔不臧，我思不远。

既不我嘉，不能旋济。视尔不臧。我思不闷。

陟彼阿丘，言采其蝱。女子善怀，亦各有行，许人尤之，众稚且狂。

我行其野，芃芃其麦。控于大邦，谁因谁极？大夫君子，无我有尤。百尔所思，不如我所之。

【注释】

（1）"载"，乃也。"言"，而也。"大夫"，郑《笺》："卫大夫也。"

（2）俞平伯释为："尔既不以我为善，但我意已决，则不能旋返而旋渡矣，且我之视尔亦复不善，而我所思亦未必迂远而闭塞也。"

（3）"阿丘"，《毛传》训为"偏高之丘"，陈奂以为或地名。"蝱"本作"菌"，贝母也，以疗怀思郁结之疾。"众"指许人也。

（4）"芃芃其麦"，是春深时候，应是僖公元年春。"控"，《毛传》训为"引"，郑《笺》："援"，引也。"极"，至也。此乃思卫君之欲求援于大邦者，谁因乎由谁至乎？"无"，毋也。"有"，是也。"不如我所之"之，往也，《左传》文十三年子家赋此诗之末章，襄十九年穆叔又赋此章以为四章，宋儒苏辙、朱熹因以此诗为四章，强以二三两章合为一章。

【诗说】

（1）《左传》：（闵二年）初惠公之即位也少。齐人使昭伯烝于宣姜，不可，强之。生齐子、戴公、文公、宋桓夫人、许穆夫人。文公为卫之多患^①也，先适齐。及败，宋桓公逆诸河，宵济。卫之遗民男女七百有三十人^②，益之以共、滕之民为五千人。立戴公以庐于曹。许穆夫人赋《载驰》。

（2）《序》：许穆夫人作也。闵其宗国颠覆，自伤不能救也。卫懿公为狄人所灭，国人分散，露于漕邑。许穆夫人闵卫之亡伤，许之小力不能救。思归唁其兄，又义不得，故赋是诗也。朱子、方玉润从《序》说。

（3）《列女传》：许穆夫人者，卫懿公女也。初，许求之，齐亦求之，懿公将与许，女因其傅母而言，许小而远，齐大而近，如使边境有寇戎之事，赴告大国，妾在，不犹愈乎？今舍近而就远，离大而附小，一旦有车驰之难，孰可与虑社稷？卫侯不听，而嫁之于许。其后遇有狄难，齐侯往而存之，遂城楚丘以居。于是悔不用其言。当败之时，许夫人驰驱而

---

① 整理者按：原书误作"难"。
② 整理者按：原书误作"卫之男女七百有三十人"。

吊唁卫侯，因作诗云云，君子善其慈惠而远识也。

（4）严粲：味诗之意，夫人盖欲越境愬于方伯，以图救卫，而托归唁为辞耳。

【今说】

此诗为许穆夫人作，《传》有明文，自属可信。许穆夫人为爱国女诗人，此诗作于僖元年，即公元前六五九年，距今已二千五百九十五年矣。

卫 风

淇奥 三章

瞻彼淇奥，绿竹猗猗。有匪君子，如切如磋，如琢如磨。瑟兮僩兮，赫兮咺兮。有匪君子，终不可谖兮。

瞻彼淇奥，绿竹青青。有匪君子，充耳琇莹，会弁如星。瑟兮僩兮，赫兮咺兮。有匪君子，终不可谖兮。

瞻彼淇奥，绿竹如箦。有匪君子，如金如锡，如圭如璧。宽兮绰兮，猗重较兮。善戏谑兮，不为虐兮。

【注释】

（1）"奥"，水涯湾曲处。"绿"，《传》训"王刍"，通作"菉"，以《小雅》有"终朝采绿"之语。朱子训"色"，以为一物。"猗猗"，盛美貌。"匪"乃"斐"之误，有文章貌。"切磋磨琢"比其进德修学。"瑟"，矜庄貌。"僩"，威严貌。"赫咺"指威仪容止之显著。"谖"，忘也。

（2）"充耳"，瑱也。"琇莹"，美玉也。"会"，缝也，以玉会于弁中如星之明也。

（3）"箦"，《毛传》训"积"，谓郁然而茂积也。"金锡"言其练学之精。"圭璧"言其品学之纯。"绰"，从容也。"猗"孔《疏》作"依"，较朱子训为语词为顺。"重较"，毛谓卿士之车，实则车骑上之木为较，较上更饰以曲钩若平起者然，是为重较。末二句乐而有节意。

【诗说】

（1）《序》：美武公之德也。有文章又能听其规谏，以礼自防，故能入相于周，美而作是诗也。朱子疑得之，姚际恒以未有据，姑依之。方玉润从《序》说。

（2）《中论》：卫武公年过九十，犹夙夜不怠，思闻训道，命其群臣曰："无谓我老耄而舍我，必朝夕立戒。"又作《抑》诗以自儆也，卫人诵其德，为赋《淇奥》。

【今说】

此诗自是诵美之词，《序》说尚可信。

附录

《春秋左传》：昭三年韩宣子自齐聘于卫，卫侯享之，北宫文子赋《淇奥》。

《论语》：子贡曰："贫而无谄，富而无骄，何如？"子曰:"可也。未若贫而乐,富而好礼者也。"子贡曰:《诗》云'如切如磋,如琢如磨',其斯之谓欤?"

《礼记·大学》引诗第一章释云:"如切如磋者,道学也,如琢如磨者,自修也,瑟兮僩兮者,恂慄也,赫兮喧兮者,威仪也,有斐君子终不可谖兮者,道盛德至善,民之不能忘也。"

《荀子·大略》篇:人之于文学也,犹玉之于琢磨也。《诗》曰:"如切如磋,如琢如磨。"谓学问也。

《论衡·量知篇》:骨曰切,象曰磋,玉曰琢,石曰磨,切磋琢磨,乃成宝器,人之学问知能成就,犹骨象玉石,切磋琢磨也。

考槃 三章

考槃在涧,硕人之宽。独寐寤言,永矢弗谖。

考槃在阿,硕人之薖。独寐寤歌,永矢弗过。

考槃在陆,硕人之轴。独寐寤宿,永矢弗告。

【注释】

(1)"考",击也。"槃",乐器也。"宽",王质以为"莧"之假,细角山羊也。

(2)《毛传》:曲陵曰"阿"。"薖",宽大貌,《韩诗》作"偘",美貌,俞樾谓古"喝"与"和"通,当作"和"。此诗首章美其宽大,次章美其和平，各自成义。王质谓草名，"过"，去也。

（3）"轴"，《毛传》训"进"，以为"妯"之假。朱训"卷"，盘桓义。马瑞辰谓当训"强壮"。王质谓"车轴"。

【诗说】

（1）《序》：刺庄公也，不能继先公之业，使贤者退而穷处。

（2）朱子：此为美贤者穷处而能安其乐。

（3）王质：硕人，妇人也。受尊者所鄙弃，携承槃而在幽壤，有自伤之意，不敢有不平之词。"宽"从"苋"，细角山羊，性缓，亦作宽音。三章皆举物，宽与兽为伍也，芌与草为俦也，轴与车相守同处也，言妇人弃置幽独之状也。连篇皆称硕人，不应一为贤者，一为人夫人也。

（4）姚际恒：此诗人赞贤者隐居自矢不求世用之诗。

（5）方玉润：此美贤者隐居自乐之词。

（6）黄节：《传》释及诸家"宽""芌""轴"之释，莫如王质为允。"宽"即"苋"之假借，为细角羊，若梁鸿之学毕牧豕。"芌"，草也，若郑玄之所居生草。"轴"，车轴也，若张俭之阖门悬车古之隐沦，皆可想见。以此推诗意，不必曲为之说也。黄庭坚《和邢惇夫秋怀》诗："用人当其物，不但轴与芌。"则已以"芌""轴"为二物，不始王质矣。

【今说】

此为世所弃，独居自慰之词，固无可疑。诸家以硕人指贤者，惟王质根据下篇硕人之诗，谓硕人当指妇人，亦有所见，较指贤者似可信也。

附录

《孔丛子·记义》：于考槃，见遁世之士而不闷也。

《汉书·叙传》："窦后违意，考盘于代。"师古注曰："诗卫风曰：'考盤在涧'，考，成也；盘，乐也。"此叙言窦姬初欲适赵而向代，违其本意，卒以成乐也。

硕人 四章

硕人其颀，衣锦褧衣。齐侯之子，卫侯之妻，东宫之妹，邢侯之姨，谭公维私。

手如柔荑，肤如凝脂，领如蝤蛴，齿如瓠犀，螓首蛾眉。巧笑倩兮，美目盼兮。

硕人敖敖，说于农郊。四牡有骄，朱帻镳镳，翟茀以朝。大夫夙退，无使君劳。

河水洋洋，北流活活。施罛濊濊，鳣鲔发发，葭菼揭揭。庶姜孽孽，庶士有朅。

【注释】

（1）"顾"，长也。"褧"，禅衣，即外套也。"邢"，今河北邢台县地。姊妹之夫曰"私"。

（2）"荑"，茅也。"蝤蛴"，木虫，取其白而长。"瓠犀"，瓠子，取其方正洁白。"螓"，蜻蜓也，额广而方正。"蛾"，眉细而长曲。口辅之美曰"倩"，黑白分明曰"盼"。

（3）"敖敖"，长貌。"说"，舍也。"骄"，壮貌。"朱幩"，镳饰。"镳"，马衔外铁，"镳镳"，盛也。"翟"，羽车也。"茀"，蔽也。

（4）"洋洋"，盛大。"活活"，流也。"罛"，鱼罟。"濊"，水入罟中之声。大鲤为"鳣"，一作黄鱼。"鲔"亦鲤类，一作黑鱼。"发发"，盛貌。"葭"，芦。"菼"，荻。"庶姜"谓侄娣。"孽孽"，盛饰。"揭"，武壮貌。

【诗说】

（1）《左传》：卫庄公娶于齐东宫得臣之妹曰庄姜，美而无子，卫人所为赋《硕人》也。（《隐公三年》）

（2）《序》：闵卫庄公也，庄公惑于嬖妾，使骄上僭，贤而不答，终以无子，国人闵而忧之。

（3）李光地：今以辞意观之，似其初来时宫中人之诗耳，未有刺讥闵惜之言，难以强说也。姚际恒引《伪传》及孙文融，亦以此当是庄姜初至卫时国人美之而作者。

（4）崔述：首章言其贵，次章言其美，三章婚成，四章言其媵众，绝无刺意，此作初婚时作。方玉润亦持此说。

【今说】

崔述之说极是，《序》说最无理。

附录

《论语》：子夏问曰："巧笑倩兮，美目盼兮，素以为绚兮，何谓也？"子曰："绘事后素。"曰："礼后乎？"子曰："起予者，商也，始可与言《诗》已矣。"

《中庸》：《诗》曰："衣锦尚䌹。"恶其文之著也。

《列女传·齐女傅母传》：傅母者，齐女之傅母也。女为庄公夫人，号曰庄姜。姜交好，始往，操行衰惰，有冶容之行，淫佚之心。傅母见其妇道不正，谕之云："子之家，世世尊荣，当为民法则。子之质，聪达于事，当为人表式，仪貌壮丽，不可不自修整。衣锦䌹裳，饰在舆马，是不贤德也。"乃作《诗》曰："硕人其颀，衣锦䌹衣，齐侯之子，卫侯之妻，东宫之妹，邢侯之姨，谭公维私。"砥厉女之心以高节，以为人君之子弟，为国君之夫人，尤不可有邪僻之行焉。

氓 六章

氓之蚩蚩，抱布贸丝。匪来贸丝，来即我谋。送子涉淇，至于顿丘，匪我愆期，子无良媒。将子无怒，秋以为期！

乘彼垝垣，以望复关。不见复关，泣涕涟涟。既见复关，载笑载言。尔卜尔筮，体无咎言。以尔车来，以我贿迁。

桑之未落，其叶沃若。于嗟鸠兮，无食桑葚。于嗟女兮，无与士耽。士之耽兮，犹可说也。女之耽兮，不可说也。

桑之落矣，其黄而陨。自我徂尔，三岁食贫。淇水汤汤，渐车帷裳。女也不爽，士贰其行。士也罔极，二三其德。

三岁为妇，靡室劳矣。夙兴夜寐，靡有朝矣。言既遂矣，至于暴矣。兄弟不知，咥其笑矣。静言思之，躬自悼矣。

及尔偕老，老使我怨。淇则有岸，隰则有泮。总角之宴，言笑晏晏。信誓旦旦，不思其反。反是不思，亦已焉哉！

【注释】

（1）"蚩蚩"，《毛传》训"颜色敦厚"，似较朱训"无知"为优。春季始蚕，孟夏卖丝。"即"，就也。"顿丘"，在淇水南。"将"，愿也。

（2）"垝"，毁也。"载"，语词，此处训"则"。"尔"指男子，此女子追述之词。"体"乃兆卦之体，"龟"卜"蓍"筮。

（3）"沃"，柔也。"沃若"与"阿那"一声之转。孔《疏》^①谓女以桑之落否，兴己色之盛衰。"鸠"，鸣鸠也。"葚"，桑实也。"耽"，乐也。此章郑《笺》以当时贤者刺此妇人见诱，故于嗟而戒之。朱子以为妇人被弃后深自愧悔之词。陈奂以为此妇人自明持正以礼，即下章女也不爽之意，陈说得之。

（4）"汤汤"，水盛貌。"渐"，渍也。"帷裳"，车幨也。"爽"，差也。毛、郑以为淇水二句为补述嫁时情形，朱子以为渡水以归。毛以从

---

① 整理者按：原书误作"孔《笺》"。

上，朱以从下，俱通，《左氏》成八年传引此章末四句，谓士之二三其德，犹丧妃耦，何况霸主？

（5）上四句俞樾谓自言有功于夫家宜见恩礼意，言自我三年为妇，则一家之人无居室之劳矣。我凤兴起寐，则一家之人无有朝起者矣。"言"，语词，乃也。下"言"作"而"。兄弟二句，毛、郑《笺》以为悬想，朱子以为归家后情形。"静"，寂也，审也。"咥"，笑貌。

（6）"泮"读为"畔"，涯也。《笺》言："淇与隰皆有厓岸以自拊持，今君子放恣心意，曾无此拘制。""总角"指为妇事。"宴"，安也。"晏晏"，和柔貌。"旦旦"，作"怛怛"，言其恳恻款诚。后三句，黄节以"思其"为语助，不思其反，言不反也。指上信誓旦旦言，反是不思，"思"亦语已词，言不反是反也。谓当时信誓，曾矢言不反，今是不反乎？则亦已焉而已矣。

【诗说】

（1）《序》：刺时也。宣公之时，礼义消亡，淫风大行，男女无别，遂相奔诱。花落色衰，复相弃背，或乃困而自悔，丧其妃耦，故序其事以风焉。美反正，刺淫佚也。

（2）朱子：此非刺诗，宣公未有考。故序其事以下亦非是，其曰美反正者尤无理。因定此乃淫妇为人所弃自述之词。

（3）方玉润：为弃妇作也。

【今说】

此弃妇之词，自无可疑。朱子以为弃妇自述，方玉润谓为弃妇作，皆通。因全诗俱作自述口气，谓自述固不大谬，而诗人代作亦可能。以从贸布氓之弃妇，谅不能作此宛曲尽致之长诗，则方说较长矣。

附录

《礼记·坊记》：子云："善则称人，过则称己，则民不争；善则称人，过则称己，则怨益亡。《诗》云：'尔卜尔筮，履无咎言。'"于履礼也。

《盐铁论·错币篇》：古者市朝无刀币，各以其所有易无，抱布贸丝而已。

竹竿 四章

籊籊竹竿，以钓于淇。岂不尔思？远莫致之！
泉源在左，淇水在右。女子有行，远兄弟父母。
淇水在右，泉源在左。巧笑之瑳，佩玉之傩。
淇水滺滺，桧楫松舟。驾言出游，以写我忧。

【注释】

（1）"籊籊"，《毛传》："长而杀也。""尔"，当指卫，或在卫游钓之乐，尔犹如此也。

（2）"泉"，即百泉，陈奂曰："水以北为左，南为右，百泉在朝歌北，故曰'左'，淇水则屈转于朝歌南，故曰'右'。"朱子曰："思二水之在卫，而自叹不如也。"

（3）"瑳"，胡承珙引《一切经音义》云通"齜"，开口见齿也，故《毛传》训巧笑貌。"傩"，行有道也。此悬想诸姑姊妹之嬉游，而己之思归不得也。

（4）"滺滺"，流貌。"桧"，圆柏也，言淇水有舟楫遨游之乐，今既不能，惟有驾而出游以除我忧耳。

【诗说】

（1）《序》：卫女思归也。适异国而不见答，思而能以礼者也。方玉润从《小序》说。黄节从《序》说。

（2）朱子：卫女思归不得之作。姚际恒从之。

（3）王质：此去家归人，犹在卫，故不离淇水也。举目不见，举足难至，虽近亦以远。所谓寸步千里，前人已常见吟咏之间。

【今说】

按：朱子之说极是，前二句乃想象之词，王质以为实指误矣。

芄兰 二章

芄兰之支，童子佩觿。虽则佩觿，能不我知。容兮遂兮，垂带悸兮。

芄兰之叶，童子佩韘。虽则佩韘，能不我甲。容兮遂兮，垂带悸兮。

【注释】

（1）"芄兰"，《毛传》：草也。马瑞辰谓："纵横蔓衍之貌，故草之蔓曰'芄兰'，泪之出亦曰'汍澜'。""支"，《说文》引作"枝"。"觿"，以象骨为之，可以解结，成人之佩也。沈括谓："芄兰英支出于叶间，正如解结锥，疑古人为觿之制，亦当与芄兰之叶相似。"《陆疏》："芄兰一名萝藦。"《本草纲目》言其实尖如锥，叶复曲如张弓指彄。王引之释"能"为"而"。"遂，容"，容裔之转，行貌。"悸"《韩诗》作"萃"，垂貌，俞樾引《说文》释为"心动"，较佳。

（2）"韘"，玦也，即今之指环而缺，能射御则佩韘。"甲"，狎也。

【诗说】

（1）《序》：刺惠公也。骄而无礼，大夫刺之。

（2）刘克：以国家之尊，虽曰年幼，而以童子刺之，尚谓其骄欤？诗人之词，谓以童子而服成人之服，虽则服之，谁不知其为童子而狎之乎？"容兮遂兮，垂带悸兮"，谓不胜其服也，人不因其佩而尊之也。朱子、王质、姚际恒亦同此旨，皆不以刺卫公为然。

（3）方玉润：此诗不过刺童子之好躐等而进，诸事骄慢无礼，以见先进恂恂退让之风，无复存者。

【今说】

此讽童子服不称身之诗，刘克之说可从。

河广 二章

谁谓河广？一苇杭之。谁谓宋远？跂予望之！

谁谓河广？曾不容刀。谁谓宋远？曾不崇朝！

【注释】

（1）"苇"，蒹葭之类，"一苇"谓一束也。"杭"，渡也。"跂"与"企"通，举足也。

（2）"刀"，小船也，《释名》云："二百石以上曰'艇'，三百石以上曰'刀'。"此言河之狭也。"崇"，终也。"曾"，《说文》：词之舒，读如增，乃也，则也。

【诗说】

（1）《序》：宋襄公母归于卫，思而不止，故作是诗也。朱子、方玉润亦从毛、郑说：宣姜之女，为宋桓夫人，生襄公而出归于卫，襄公即位，夫人思之而义不可往。胡承珙曰："卫都朝歌在河北，宋都睢阳在河南，自卫适宋必涉河，自鲁闵二年狄入卫后，戴公始渡河而南，是《河广》之诗，作于卫未迁之时，宋桓犹在，襄公方为世子，卫戴、文俱未立。郑《笺》与朱《传》误矣。"

（2）王质：此宋人侨居卫地者欲归而作。

（3）牟应震曰："美宋桓公也，狄灭卫，宋桓公逆诸河，宵济，卫遗民欢颂之也。"

【今说】

此诗当是宋人侨卫者还乡之作。一章是思归，二章则已归矣。

附录

《盐铁论·执务篇》：孔子曰："吾于《河广》，知德之至也。而欲得之，各反其本，复诸古而已。"又曰："有求如《关雎》，好德如《河广》，何不济不得之有？"

伯兮 四章

伯兮朅兮，邦之桀兮。伯也执殳，为王前驱。

自伯之东，首如飞蓬。岂无膏沐？谁适为容。

其雨其雨，杲杲出日。愿言思伯，甘心首疾。

焉得谖草？言树之背。愿言思伯，使我心痗。

【注释】

（1）"朅"，武貌。"桀"，特出也。"殳"，长丈二无刃。

（2）"蓬"，草名，花如柳絮，聚而乱飞。"逆"，《毛传》：主也，陈奂释为"匹"，马引《一切经音义》释为"悦"。

（3）"其"，语词，古"其""维"通用，此二句喻思伯而伯不来。"愿言"，每日也。"甘"，犹痛也，如《左传》言痛心疾首也。

（4）"背"，屋后也。"谖"朱释"合欢"，食之令人忘忧。孔《疏》以"谖"训"忘"，非草名。此悬想之词，非实有其物也。

【诗说】

（1）《序》：刺时也。言君子行役，为王前驱，过时不返焉。郑《笺》：即桓五年，蔡人、陈人、卫人从王伐郑之事，姚际恒从之。

（2）朱子：妇人以夫久从役而作是诗。

（3）方玉润：此诗为妇人思夫之词，且寄远作也。

【今说】

此妇人思夫从役之诗，朱子、方玉润之说得之。

有狐 三章

有狐绥绥，在彼淇梁。心之忧矣，之子无裳。

有狐绥绥，在彼淇厉。心之忧矣，之子无带。

有狐绥绥，在彼淇侧。心之忧矣，之子无服。

【注释】

（1）"绥绥"，《传》训"匹行"，朱训"求匹"，或训"安闲不
逼貌。"

（2）"厉"，水深可涉之处。

【诗说】

（1）《序》：刺时也。卫之男女失时，丧其妃耦①焉。古
者国有凶荒，则杀礼而多昏，会男女之无夫家者，所以育人
民也。

（2）朱子：国乱民散，丧其妃耦②，有寡妇见鳏夫而欲
嫁之。

（3）胡承珙《毛诗后笺》引《续读诗③记》曰：《有狐》，
国人作也。狐多媚故有匹，多疑不涉水。故在淇梁与岸侧，
绥绥然安闲不迫。卫之男子失时，故有感于狐，言未有妃
耦④，犹之可也，衣带之属，无与治之，此可念尔。

（4）姚际恒：此诗是妇人以夫从役于外，而忧其无衣之
作。方玉润从之。

（5）崔述：狐在淇梁，寒将至矣，衣裳未俱，何以御
冬？其为丈夫行役，妇人忧念之诗显然。

---

① 整理者按：原书误作"配"。
② 整理者按：原书误作"偶"。
③ 整理者按：原书误作"书"。
④ 整理者按：原书误作"配偶"。

【今说】

按：诗用"之子"二字，多指女人，胡承珙之说似近诗旨。

木瓜 三章

投我以木瓜，报之以琼琚。匪报也，永以为好也。

投我以木桃，报之以琼瑶。匪报也，永以为好也。

投我以木李，报之以琼玖。匪报也，永以为好也。

【注释】

（1）"琼"，玉之美者。"琚"，佩玉名。"瑶""玖"俱玉佩名。"木瓜"实如小瓜，生熟俱可食。

【诗说】

（1）《孔丛子》：引孔子读诗，于《木瓜》见苞苴之礼行。

（2）《序》：美齐桓也。卫国有狄人之败，出处于漕，齐桓公救而封之，遗之车马器服焉。卫人思之，欲厚报之而作是诗也。

（3）朱子：此亦男女赠答之词。

（4）崔述：夫齐桓存卫，其德厚矣，何以通篇无一语及之，而但言木瓜之投，感人之德，固如是乎？且卫于齐有何报，而乃自以为琼琚也？投桃报李，诗有之矣。木瓜琼琚，施于朋友遗赠之事，未尝不可，非若子嗟、子国、狡童、狂且之属，必荡子、游女而后有此语也。即以寻常赠答视之可也。姚际恒亦同此说。

（5）方玉润：此诗非美齐桓，乃讽卫人以报齐桓也。

【今说】

此诗为赠答之词，男女朋友俱可，不必执一也。

附录

《左传》：昭二年，韩宣子自齐聘于卫，卫侯享[1]之，宣子[2]赋《木瓜》。《新书·礼篇》：故礼者，所以恤下也。《诗》曰："投我以木瓜，报之以琼琚，匪报也，永以为好也。"上少投之，则下以躯偿矣。弗敢谓报，愿长以为好，古之蓄其下者，其施报如此。

---

① 整理者按：原书误作"亨"。
② 整理者按：原书误作"北宫文子"。

王风释

王而称风，约有四说：

（1）《郑谱》云："平王以乱故，徙居东都王城，于是王室之尊与诸侯无异，其诗不能复雅，故贬之谓之王国之变风。"郑意似谓诗人之作，自降为风。王应麟《困学纪闻》已驳之。

（2）陈潜室云："雅诗多朝会燕飨乐章，及公卿大臣规谏献纳之作。东迁之后，朝廷既无制作，公卿又无献纳，故雅诗遂亡。独有民俗歌谣，其体制音节，与列国之风同也。"此以体制分者。

（3）黄实夫云："周室未迁，则其声天下正声也。平王迁而东之，则其音乃东土之音耳。故曰王国风。"此以声调分者。

（4）顾炎武云："邶、鄘、卫、王，列国之名。……采于商之故都者，则系之邶、鄘、卫。采于东都者，则系之王。采之列国者，则各系之其国。"《虞东学诗》云："先儒以《王风》系平王，犹以《周南》《召南》系二公，其失同也。周为周之南，召为召之南，王则涧水东，瀍水西之王城，皆以地言，不应从人立说，曲言《黍离》降风也。"此以地域分者。

以上四说，除郑玄之贬降外，体制、声调、地域皆有所见。盖王确为地名，而风则体制声调自异于雅也。王风之次于邶、鄘、卫，孔颖达以为诗作后于卫顷，成伯瑜则以土地又狭于卫。然排列次序，未必有深意，朱熹、顾亭林已皆以为未必有意，今日之诗，已失古人之次矣。

《王风》诗十篇，或感乱伤怀，或隐居避乱，或征夫远戍，思妇长嗟，或室家相弃，流离失所。词语哀怨，声调惆怅。真所谓乱世之音怨以怒。季札闻王之歌曰：美哉！思而不惧，其周之东乎？观诗可以觇民风，其或然欤？

王　风

黍离 三章

彼黍离离，彼稷之苗。行迈靡靡，中心摇摇。知我者，谓我心忧，不知我者，谓我何求。悠悠苍天，此何人哉？

彼黍离离，彼稷之穗。行迈靡靡，中心如醉。知我者，谓我心忧，不知我者，谓我何求。悠悠苍天，此何人哉？

彼黍离离，彼稷之实。行迈靡靡，中心如噎。知我者，谓我心忧，不知我者，谓我何求。悠悠苍天，此何人哉？

【注释】

（1）"彼"，《毛传》训"宗庙宫室"，言宗庙宫室尽为禾黍也。《太平御览》引《韩诗》曰："离离，黍貌也。诗人求亡不得[①]，忧懑不识于

---

① 整理者按：原书误作"诗人求己兄不得"。

物，视彼黍离离然，忧甚之时，反以为稷之苗①，乃自知忧之甚也。"刘
瓛曰："思亲者莪蒿不分，闵周者黍稷莫辨。"亦用韩义。"离离"，垂貌。
按：黍之离离，不若黍之苗，毛义较优。"迈"，行也。"靡靡"，迟迟
也。朱子以"离离"兴"靡"，"苗"兴"摇摇"。远视天体苍苍然，故
曰"苍天"。"悠悠"，远貌。《尔雅·释天》："春曰苍，夏曰昊，秋曰旻，
冬曰上，总名曰皇天。""此何人哉"，朱子以为追怨之词。

（2）"穗"，秀也，稷穗下垂，兴心之醉。朱道行曰："如醉之感深
而沉冥也。"

（3）"噎"，咽喉闭塞貌。稷之实，兴心之噎。朱道行曰："如噎之
郁结而息滞也。"按：秀穗实表时之进，摇醉噎表忧之深，此谓一回相
见一回怨，情感越思而越伤。孔《疏》以为行役之人未得还归，失之。

【诗说】

（1）《鲁诗》说：卫公子寿闵其兄伋且见害，作忧思之
诗，《黍离》之诗是也。（《新序·节士篇》）

（2）《韩诗》说：伯封作也。（《太平御览》四六九又
八四二引）陈思王植《令禽恶鸟论》：昔尹吉甫信后妻之谗，
而杀孝子伯奇，弟伯封求而不得，作《黍离》之诗。（《诗考》
引。）

（3）《说苑·奉使篇》：魏文侯封太子击于中山，三年不
使往来。舍人赵仓庚为太子奉使于文侯。文侯曰："子之君何
业？"仓庚曰："业《诗》。"文侯曰："于《诗》何好？"仓

---

① 整理者按：原书误作"反以为稷之苗"。

庚曰："好《晨风》《黍离》。"文侯读《黍离》曰："子之君怨乎？"仓庚曰："不敢，时思耳。"

（4）《序》：闵宗周也，周大夫行役，至于宗周，过故宗庙宫室，尽为禾黍，闵周室之颠覆，仿徨不忍去，而作是诗也。朱子、方玉润从之，姚际恒以为偶中。

（5）王质：东周怀恩抱义之士，来陈秦庭，以奉今王归旧都为意。

（6）崔述：玩"心忧""何求"之语，乃忧未来之患，亦不似伤已往之事也……《黍离》忧周室之将陨，亦犹《园有桃》忧魏之将亡也。若待故宫为禾黍而后忧之，不亦无及于事乎？

【今说】

此诗感慨悲伤，呼天抢地，乃实境而非悬想。韩、鲁二家之说，不如《序》说之长，胡承珙已辨之。崔述以为忧未来之患，谓"若待故宫为禾黍而后忧之，不亦无及于事乎？"殊属无理。使作于乱前，又何补于故宫禾黍耶？惟目睹故宫禾黍而后忧思益深，不能自己耳。

附录

《列女传·鲁漆室女传》：漆室女曰："夫鲁国有患者，君臣父子，皆被其辱，祸及众庶，妇人独①安所避乎？吾甚忧之。"君子曰："远矣，漆室女之思也！"《诗》云："知我者，谓我心忧，不知我者，谓我何求？"此之谓也。

君子于役 二章

君子于役，不知其期，曷至哉？鸡栖于埘，日之夕矣，羊牛下来。君子于役，如之何勿思？

君子于役，不日不月，曷其有佸？鸡栖于桀，日之夕矣，羊牛下括。君子于役，苟无饥渴？

【注释】

（1）"埘"，凿墙而为鸡巢也。

（2）"不日不月"言于役之久，不能以日月计也。"其"，语词。"佸"，会也。"桀"，"榤"之假，杙也。"佸"，至也。"苟"郑训"且"，朱子训为"庶几"，"且"义较顺，且无饥渴者，疑仍之词，即能无饥渴乎？

【诗说】

（1）《序》：刺平王也。君子行役无期度，大夫思其危难以风焉。

（2）朱子：《诗序辩说》以为国人行役，而室家念之之词。

---

① 整理者按：原书误作"往"。

《集传》又以为大夫行役，室家思而赋之。

（3）王质：引班叔皮《北征赋》"日晻晻其将暮兮，睹牛羊之下来，寤旷怨旷之伤情兮，哀诗人之叹时"四句，以此诗为室家之思。

（4）姚际恒：此妇人思夫行役而作。伪说谓戍申者之妻所作，虽凿而亦略近。

（5）方玉润：妇人思夫远行无定也。

【今说】

此妇人思念征夫久戍之词，日暮兴怀，情景迫肖，怨而不怒，真佳作也。

君子阳阳 二章

君子阳阳，左执簧，右招我由房。其乐只且。

君子陶陶，左执翿，右招我由敖。其乐只且。

【注释】

（1）"阳阳"，即扬扬，自得貌。"簧"，《传》训"笙"，孔、朱以为笙中金薄叶。"由"毛训"用"，郑从。王引之谓宜释作"于"，一说作"为"。"房"，毛释房中之乐，郑训"房中"。"只且"，语助辞。

（2）"陶陶"，和乐貌。"翿"，羽旄之属，舞者所持。"敖"，舞位也，陈奂释为"以遨"，俞樾谓鷔夏之乐。

【诗说】

（1）《序》：闵周也，君子遭乱，相招为禄仕，全身远害而已。

（2）朱子：此诗疑亦前篇妇人所作，盖其夫既归，不以行役为劳，而安于贫贱以自乐，其家人又识其意而深叹美之，皆可谓贤矣。或曰《序》说亦通，宜更详之。

（3）王质：当是妇人之词，以酒销忧，夫妻相为乐也。

（4）姚际恒：大抵乐必用诗，故作乐者亦作诗以摹写之，然其人其事不可考矣。

（5）方玉润：贤者自乐仕于伶官也。

【今说】

朱子之说，较近诗旨。盖君子与我对称，前诗《君子于役》之君子指征夫，此处接连，亦当指男子，我为妇人自称，亦极可通。姚际恒以为据"房"之一字为说，而评为"更鄙而稚"，太武断矣。

扬之水 三章

扬之水，不流束薪。彼其之子，不与我戍申。怀哉怀哉，曷月予还归哉？

扬之水，不流束楚。彼其之子，不与我戍甫。怀哉怀哉，曷月予还归哉？

扬之水，不流束蒲。彼其之子，不与我戍许。怀哉怀哉，曷月予还归哉？

【注释】

（1）"扬"毛训"激扬"，朱训"悠扬"。"不"孔《疏》以为"岂不"，陈奂谓："可谓不能流束薪乎"。此兴平王频急之政，趋远民。"彼其之子"，郑、孔、朱谓指家室，欧阳、程、苏俱谓指别国诸侯。"不与我"句，"不"亦语词，"与""以"通。"申"，平王母家，今河南信阳也。

（2）"楚"，荆木也。"甫"，即吕，在申之西北。

（3）"蒲"，草也。"许"亦姜姓，今河南许州。孔以为"申""许"借以变文，非事实。陈奂云："甫""申"同壤，而"许"去"申"远，昭廿六年《左传疏》刘炫引《汲①冢纪年》：平王奔申，申侯、鲁侯、许文公立平王于申。据此，许有立平王之大功，时有侵伐故兼戍之欤。

【诗说】

（1）《序》：刺平王也，不抚其民，而远屯戍于母家，周人怨思焉。

（2）朱子：从《序》《笺》说，以申近楚被侵，故遣戍焉。戍者怨思，故作此诗。

（3）王质：当是役夫远戍而悯其妻贫苦独处，愿与之同

---

① 整理者按：原书误作"伋"。

戍而有所不可，则逆计月以数归期也。

（4）崔述：细玩诗词，但伤王室之微弱，初无刺王之意，故以扬水喻王室，以束薪之不流喻诸侯不肯敌王所忾。盖因荆楚日强，故戍三国以遏其锋，以为私其母家，固已失之。因《序》谓刺，遂谓之忘仇报施，则更冤矣。方玉润亦同崔说。以徵调不均，爪代又难必，故戍辛怨耳。

【今说】

按：王质之说，较近诗旨，以激扬之水不能流束薪，兴有室家而不能共栖戍所，只有怀思不已，默数归期而已。

中谷有蓷 三章

中谷有蓷，暵其干矣。有女仳离，嘅其叹矣。嘅其叹矣，遇人之艰难矣！

中谷有蓷，暵其修矣。有女仳离，条其歗矣。条其歗矣，遇人之不淑矣！

中谷有蓷，暵其湿矣。有女仳离，啜其泣矣。啜其泣矣，何嗟及矣！

【注释】

（1）"蓷"，草名，方茎白花，花生节间，今之益母草。"暵"，《毛传》：菸貌，《说文》引作"鸂"，干也。"仳"，别也。"嘅"，叹声。

（2）"修"，《毛传》：且干也，朱训长貌。"条"，长也。蹙口出声曰"歗"。

（3）"湿"，王引之曰："湿亦且干也。"《广雅》有'㬥'字，曝也。《众经音义》引《通俗文》曰："欲燥曰'㬥'。"《玉篇》：㬥，丘立切，欲干也。古字假借，但以湿为之耳，草干谓之修亦谓之湿，犹肉干谓之脩亦谓之㬥。湿脩与干同义，故状之同以暵。"唈"，泣貌。王夫之云："男子之泣，口张而若吐，妇人之泣，唇聚而若吸，一若唈羹，故曰唈。""何嗟及矣"当作"嗟何及矣"。

【诗说】

（1）《序》：闵周也，夫妇日以衰薄，凶年饥馑，室家相弃尔。

（2）朱子：凶年饥馑，室家相弃，妇人览物起兴而自述其悲叹之词也。

（3）姚际恒：此诗闵妇人遭饥馑而作。方玉润从之。

【今说】

各家多本《序》，凶年饥馑，室家相弃，惟细绎诗旨，乃弃妇之叹词。菸干起兴，正喻女以色之衰而见弃。《毛传》绝未述及饥馑意，只言陆草生于谷中伤于水，郑《笺》忽谓遇衰乱凶年，犹菸之生谷中，得水则病将死，实比喻不伦。各家俱从《序》言饥馑，足见《序》《笺》势力之大，摆脱正不易也。

兔爰 三章

有兔爰爰，雉离于罗。我生之初，尚无为，我生之后，
逢此百罹。尚寐无吪！

有兔爰爰，雉离于罦。我生之初，尚无造，我生之后，
逢此百忧。尚寐无觉！

有兔爰爰，雉离于罿。我生之初，尚无庸，我生之后，
逢此百凶。尚寐无聪！

【注释】

（1）"爰爰"，缓意，孔《疏》："无所拘制爰然而缓。""离"，遭也。
"罹"，纲也，"罹"本作"离"，忧也。"为"，伪也。"吪"，动也。首二
句毛、郑以为有缓有急，喻王政之不均，朱以为君子得祸而小人独免，
实则首句起三四句。

（2）"罦"，捕鸟之覆车。"造"，亦"为"也。

（3）"罿"，即"罦"也，或曰施纲于车上也。"庸"，用也。

【诗说】

（1）《序》：闵周也。桓王失信，诸侯背叛，构怨连祸，
王师伤败，君子不乐其生焉。孔《疏》谓即隐三年周郑交恶
事，及桓五年王以诸侯伐郑，射王中肩事。

（2）《鲁诗遗说考》载皇甫谧曰：桓王失信，礼义陵迟，男女淫奔，谗伪并作，九族不亲，故诗人刺之，今王风自《兔爰》至《大车》四篇是也。

（3）朱子：周室衰微，诸侯背叛，君子不乐其生而作此诗。为此诗者盖犹及西周之盛。

（4）崔述：以此诗我生二句，谓其人当生于宣王末年，王室未骚，是以谓之无为。既而幽王昏暴，戎狄侵凌，平王播迁，室家飘荡，是以谓之逢此百罹。若以为在桓王之时，则其人当生于平王之世，仳离迁徙之余，岂得反谓之无为？而诸侯不朝，亦不始于桓王。惟郑于桓王之世始不朝耳，其于皇室初无所大加损，岂得遂谓之百罹百凶也哉？窃谓此三篇（指此及《中谷有蓷》《葛藟》三篇）皆自镐迁洛所作。盖迁徙之际，弃旧营新，最易失所，非上大有以安辑之不可。……平王不能安抚其民，以致父子兄弟夫妇不能相保，是以其诗云然，吾故读此三诗，而知周之不复振也。仳离犹云流离，终远兄弟，非迁徙之故，何以至是？王族即使衰微，亦必不至于谓他人父谓他人母也。细玩其词，其为东迁之人所作明甚，非但与王族无涉，亦不必定在凶年饥岁时也。至以桓王伐郑事附会之，尤失之远矣。

（5）方玉润：伤乱始也。

【今说】

此忧时伤乱之诗。声调缴越，词意凄怆。朱、崔之说
得之。

葛藟 三章

绵绵葛藟，在河之浒。终远兄弟，谓他人父。谓他人父，
亦莫我顾。

绵绵葛藟，在河之涘。终远兄弟，谓他人母。谓他人母，
亦莫我有。

绵绵葛藟，在河之漘。终远兄弟，谓他人昆。谓他人昆，
亦莫我闻。

【注释】

（1）"绵绵"，长不绝貌。"浒"，水涯也，郑、孔皆谓葛藟得河润
而生长，兴己不受王恩。按：此不过兴己身之流离失所，不若葛藟之依
河而绵绵耳。

（2）"涘"，厓也。"有"谓相亲有也。

（3）"漘"，亦水涯，一释为岸为水，釐曰漘。

【诗说】

（1）《序》：王族刺平王也，周道衰微，弃其九族焉。

（2）朱子：世衰民散，有去其乡里家族而流离失所者，

作此诗自叹。姚际恒、方玉润从之。

（3）王质：皆以兄弟为词，当是为不友之兄弟所隔，而不得安处者也。

（4）崔述说见前诗。

【今说】

细绎"终远兄弟"一语，当是兄弟离散，漂泊无依者之词。近人顾颉刚、陆侃如俱谓乞丐的诗亦近之。

采葛 三章

彼采葛兮，一日不见，如三月兮！

彼采萧兮，一日不见，如三秋兮！

彼采艾兮，一日不见，如三岁兮！

【注释】

（1）"萧"，荻也，白叶茎粗，科生，有香氛，采于秋，故言三秋。

（2）"艾"，蒿属，草之可以灸病者。艾必三年方可治病，故言三岁。

【诗说】

（1）《序》：惧谗也。

（2）朱子：淫奔者之词，托以指其人而言思念之深也。

（3）姚际恒：即谓妇人思夫，亦奚不可，何必淫奔？然非义之正，当作怀友之诗可也。

（4）方玉润：此诗明明千古怀友佳章，自《集传》以为淫奔者所托，遂使天下后世士夫君子皆不敢有寄怀作也。

【今说】

此是怀人诗，自无可疑。所怀者谁？朱以为情人，姚、方以为朋友，二者俱可通。照诗文看来，以所怀在即采葛、萧、艾者为顺。采葛、萧者多属妇人，则朱说似较长也。

大车 三章

大车槛槛，毳衣如菼。岂不尔思？畏子不敢。

大车啍啍，毳衣如璊。岂不尔思？畏子不奔。

穀则异室，死则同穴。谓予不信，有如皦日。

【注释】

（1）"大车"，大夫之车也，见《公羊·昭廿五年传》"乘大路"何休注。"槛槛"，车声，乃"轞"之假借。"毳"，《说文》：毳衣之属。毳乃兽之细毛，衣绘而裳绣，五色皆备，其青者如菼。菼乃芦之初生者，其色青，乃天子大夫之服。

（2）"啍啍"，毛、朱皆训"重迟之貌"。"啍"，《说文》引诗训为"口气"，故当为车之声。"璊"，《说文》释为玉赤色。

（3）"穀"，生也。"皦"，白也，马瑞辰谓首二句乃古夫妇相誓之词，《列女传》以为息夫人作，说本三家诗，然此四句为誓词。《笺》以"谓予不信"，刺今之大夫，失之。

【诗说】

（1）《列女传·贞顺传》：楚伐息，破之。虏其君使守门，将妻其夫人而纳之于宫。楚王出游，夫人遂出见息君。谓之曰："人生要一死而已，何至自苦？妾无须臾而忘君也，终不以身更二醮，生离于地上，岂如死归于地下哉！"乃作诗曰："谷则异室，死则同穴。谓予不信，有如皦日①。"息君止之，夫人不听，遂自杀，息君亦自杀。

（2）《序》：刺周大夫也。礼义陵迟，男女淫奔。故陈古以刺今大夫不能听男女之讼焉。

（3）朱子：周衰，大夫犹能以刑政治其私邑者，故淫奔者畏而歌之如此。然其去二南之化则远矣，此可以观世变也。

（4）姚际恒引伪传说以为周人从军，讯其室家之诗，似可通。尔指室家。子指主之者，奔逃亡也。方玉润从之。

【今说】

此疑亦情诗。尔即指乘大车而衣毳衣者，子当属妇人之子。所谓恨不相逢未嫁时也。至死则同穴，慰情无聊之词。

---

① 整理者按：原书省略为"谷则……皦日"。

此所谓发乎情止乎义者欤？

丘中有麻 三章

丘中有麻，彼留子嗟。彼留子嗟，将其来施施。

丘中有麦，彼留子国。彼留子国，将其来食。

丘中有李，彼留之子。彼留之子，贻我佩玖。

【注释】

（1）"留"毛训为姓，朱训"留居"之"留"。"施施"，毛训"难进"，郑训"舒行，伺闲独来见己之貌"①，朱训"喜悦貌"。《颜氏家训》云江南旧本，悉单为"施"，陈奂、胡承珙、马瑞辰、俞樾俱以为单施是。马、俞训"施"，为也。马以"食"亦为意，俞则以子国为子嗟之父，年老不须作事，愿其来而以饮食颐养之。俞说若从《序》意则较长，朱义亦通。

（2）"玖"，玉之次者。"之子"，毛无训。郑云留氏之子，于思者则朋友之子，俞樾、马瑞辰俱以为子嗟之子，朱则谓并指子嗟、子国二人。姚际恒谓助词，无理。

【诗说】

（1）《序》：思贤也。庄王不明，贤人放逐，国人思之而作是诗也。按：苏东坡《次韵正辅》诗："相携行到水穷处，

---

① 整理者按：原书误作"舒行，伺闲独见己之貌"。

庶几一见留子嗟。"弟辙咏司马温公独乐园诗:"子嗟丘中亲
藝麻,邵平东陵亲种瓜。"皆用《序》说。姚际恒亦从《序》
说。

（2）朱子:妇人望其所与私者而不来,故疑丘中有麻之
处,复有与之私而留之者,今安得施施然来乎?

（3）方玉润:招贤偕隐也,以国为家之国谓其国不可以
久留也,何以就我? 丘中有麻,可以绩而衣,有麦可以种而
食,并有李可以相馈遗,其乐孰甚焉。

【今说】

此诗极晦,留子嗟三字,各家不同,《序》说朱说尚可
通。姚说最无理。

郑风释

郑本在西都咸林（今陕西西安地），宣王以封其弟友为采地，后为司徒而死于犬戎之难，是为桓公。其子武公掘突，定平王于东都，亦为司徒，又得虢、桧之地。乃徙其封，而施旧号于新邑，是为新郑（今河南新郑县）。郑风所以次于王者，方玉润谓以其地密迩周京都，故观风首殷、周三都外，即次及于郑焉。

《汉书·地理志》云：郑国，今河南之新郑，右雒左沛，食溱洧焉。土陿而险，山居谷汲。男女亟聚会，故其俗淫。《郑诗》曰："出其东门，有女如云。"又曰："溱与洧，方涣涣兮，士与女方秉蕳兮。""询讦且乐，惟士与女，伊其相谑。"此其风也。

《左传》襄二十九年，吴季札闻郑歌曰："美哉，其细已甚，民弗堪也。是其先亡乎。"

朱子辨说，谓孔子"郑声淫"一语，可断尽二十一篇。

许氏《五经异义》，言郑诗二十篇，说妇人者九，故郑声淫也。魏源谓："九篇乃《遵大路》《女曰鸡鸣》《有女同车》《丰》《东门之墠》《子衿》《出其东门》《野有蔓草》《溱洧》。"后人有辨非必淫诗：陈启源谓："声者，音乐也，非诗词也。淫者，过也，非专指男女之欲也。乐之五音十二律，长短高下，皆有节焉。郑声靡曼以渺，无中正和平之色致。使闻之者导欲增悲，沉溺而忘返，故曰淫也。"今细读郑诗，倚靡流连之咏特多，则"郑声淫"一语，何必曲解哉？

郑 风

缁衣 三章

缁衣之宜兮，敝，予又改为兮。适子之馆兮，还，予授子之粲兮。

缁衣之好兮，敝，予又改造兮。适子之馆兮，还，予授子之粲兮。

缁衣之蓆兮，敝，予又改作兮。适子之馆兮，还，予授子之粲兮。

【注释】

（1）"缁"，《毛传》：黑色。《考工记》谓"七染为缁"。《笺》：大夫居私朝之服。"敝""还"具一字句。"粲"，餐也。

（2）"蓆"，大也。

【诗说】

（1）《序》：美武公也，父子并为周司徒，善于其职，国人宜之，故美其德，以明有国善善之功焉。

（2）朱子：旧说郑桓公、武公相继为周司徒，善于其职，周人爱之，故作是诗。

（3）崔述：言好贤也。……适子之馆，屈身以见贤也。孟子所谓"廪人继粟，庖人继肉"是也。故曰："好贤为缁衣，恶之如巷伯。"（《礼记·缁衣》）夫如是安有不得贤者？郑开国之规模，其在此矣！解《序》说者谓诸侯入为卿士，皆受给于王室，故云适于之馆。夫郑本以王之支庶而为卿士，非由诸侯之入仕王朝者，其居此宫久矣，何特别授以馆？况适馆授餐者皆上施于下之词，而人君爵尊禄厚，亦非民之所当为之改衣授餐者也。朱子亦用《序》说，殊不可解。

（4）姚际恒：引季明德说课美武公好贤之诗，方玉润从之。

【今说】

改衣适馆授餐，自是国君好贤之诗。若必谓桓公、武公则邻于凿矣。

附录

《孔丛子·记义》：于缁衣，见好贤之至也。

将仲子 三章

将仲子兮！无逾我里，无折我树杞。岂敢爱之？畏我父母。仲可怀也，父母之言，亦可畏也！

将仲子兮！无逾我墙，无折我树桑。岂敢爱之？畏我诸兄。仲可怀也，诸兄之言，亦可畏也！

将仲子兮！无逾我园，无折我树檀。岂敢爱之？畏人之多言。仲可怀也，人之多言，亦可畏也！

【注释】

（1）《毛传》："将，请也。""仲子"，毛以为祭仲。"逾"，越。"里"，居也。俞谓在野曰"庐"，在邑曰"里"，"里"即"庐"也。马瑞辰谓"将"《韩诗》释作词，为楚人发语之"羌"。朱子谓仲子乃男子之字。按：朱说较明。"杞"，柳属，生水傍，叶粗而白，色理微赤。季明德谓折乃因踰墙而压折，非采折之折。

（2）"檀"，皮青滑泽，材质强韧，可为车。

【诗说】

（1）《序》：刺庄公也。不胜其母，以害其弟。弟叔失道，而公弗制，祭仲谏而公不听，小不忍以至大乱焉。

（2）朱子：事见《春秋传》，然莆田郑氏樵谓此实淫奔之诗，无与于庄公、叔段之事，《序》盖失之。而说者又从而巧为之说以实其事，误亦甚矣。今从其说，姚际恒亦从郑说序。

（3）崔述：细玩此诗，其言婉而不迫，其志确而不渝①，此必有恃②势以相强者，故托为此言以拒之。既不干彼之怒，亦不失我之正，与唐张藉却李师古聘而赋《节妇吟》之意相类③。所谓仲可怀者，犹所谓感君缠绵意也。所谓岂敢爱之，畏我父母诸兄云者，犹所谓君知妾有夫，还君明珠双泪垂也。此岂果爱其人哉？特不得不如是立言耳。又按《春秋传》，齐侯郑伯为卫侯故如晋，晋侯言卫侯之罪，使叔向告二君④。子展赋将仲子兮，晋侯乃许归卫侯，其取义正与此诗语意相合，无怪其能诗感平公而使之许也。然则此诗固善于词令者，故孔子曰："不学诗，无以言。"反复读之，其意自见。若以为淫奔，以为刺庄公，而言语之妙，遂泯然不复可识矣。

按：子展赋此诗，见《左传》襄廿六年，只取人之多言，亦可畏也意，崔述举例，未免言之过甚也。

（4）方玉润：此诗难保非采自民间闾巷鄙夫妇相爱慕之

---

① 整理者按：原书误作"移"。
② 整理者按：原书误作"情"。
③ 整理者按：原书误作"与唐张藉之却李师古聘而赋《节妇吟》之意相类"。
④ 整理者按：原书误作"使叔向告于二君"。

词，然其义有合于圣贤守身大道，故太史录之，以为涉世法。

【今说】

此乃女子情义相衡，以人言可畏，婉言以谢男子之诗。谓之淫奔固冤，谓夫妇爱慕之词亦谬。

叔于田 三章

叔于田，巷无居人。岂无居人？不如叔也，洵美且仁。

叔于狩，巷无饮酒。岂无饮酒？不如叔也，洵美且好。

叔适野，巷无服马。岂无服马？不如叔也，洵美且武。

【注释】

（1）"田"，田猎也。

（2）"服"，乘也。

【诗说】

（1）《序》：刺庄公也。叔处于京，缮甲治兵，国人悦而归之。

（2）朱子：国人之心，二于叔，而歌其田猎适野之事，初非以刺庄公，亦非说其出于田而后归之也。或曰：段以国君贵弟受封大邑，有人民甲兵之众，不得出居闾巷，下杂民伍。此诗恐亦民间男女相悦之词耳。

（3）方玉润：刺庄公纵弟田猎自喜也。

【今说】

叔非指共叔段，崔述已详言之。朱子引或说以为民间男女相悦之词，得之。

大叔于田 三章

叔于田，乘乘马。执辔如组，两骖如舞。叔在薮，火烈具举。襢裼暴虎，献于公所。将叔无狃，戒其伤女。

叔于田，乘乘黄。两服上襄，两骖雁行。叔在薮，火烈具扬。叔善射忌，又良御忌。抑磬控忌，抑纵送忌。

叔于田，乘乘鸨。两服齐首，两骖如手。叔在薮，火烈具阜。叔马慢忌，叔发罕忌。抑释掤忌，抑鬯弓忌。

【注释】

（1）"乘乘"，上坐下驾，一驾四马，在内者为"服"，两旁为"骖"。"如舞"，言其谐和中节而有行列也。"薮"，泽也，毛释为禽兽所居之地。"烈"，毛作"列"，《笺》释为列[1]人持火具举。"襢裼"，肉袒也。空手以搏曰"暴"。"狃"，习也。

（2）"黄"，黄马也。"襄"，驾也。郑、朱释上为马之最良者，王引之谓"上襄"犹言前驾，谓并驾于车前，即下章之"两服齐首"也。

---

① 整理者按：原书误作"别"。

"雁行"谓在旁而差后如雁行然，即下章之"两骖如手"也。按：王说是。"忌"，词也，陈奂以为即"彼己之子"之己。毛、郑、朱俱以骋马曰"磬"①，止马曰"控"，发矢曰"纵"，从禽曰"送"，马瑞辰、俞樾俱以磬、控、纵、送为双声叠韵，不应如《毛传》各自为义，此不过言御者骋逐之貌。此专承御者言，犹下章末二句专承射言也。按：马说是。"抑"，洪颐煊谓与"懿"通，美也。此作于是解。

（3）骊白杂毛之马曰"鸨"，今之乌骢也。"阜"，盛。"发"，发矢。"罕"，少。"掤"，以覆矢筒也。"鬯"与"韔"同，弓囊也。此言猎事将毕，收马止射，释矢弢弓也。

【诗说】

（1）《序》：刺庄公也。叔多才而勇，不义而得众也。

（2）朱子：谓与上篇同义。非刺庄公，下句得之。

（3）崔述:《叔于田》二篇，叔者男子之字，周人尚叔，郑之以叔称者，当不下十之五。共叔国之介弟也，诗人果称美之②，当举卿士大夫以为拟，乃仅曰"巷无居人""巷无服马"，彼共叔者岂但与里巷之人较优劣乎？共叔之在郑也，如二君矣，收二鄙为己邑，其目中岂复有庄公者？而《诗》曰"襢裼暴虎，献于公所。"彼共叔者，岂尚肯获禽而献于庄公者乎？子封之伐京也，京叛共叔，祭仲子封之谏也，庄公若不为意者。盖庄公已早策共叔之愚庸，不能抚恤其众而下皆

---

① 整理者按：原书误作"毛、郑、朱俱以骋曰'磬'"。
② 整理者按：原书误作"诗人果美之"。

有叛心。而《序》乃云:"国人说而归之。"朱《传》亦云:"郑人爱之。"段不能结京人之心,而况[①]能得郑国之人之爱且悦乎?且共叔之在京也,抚大都,收二鄙,缮甲兵,具卒乘。爱共叔者,何不述其都邑之雄富,车甲之强盛,而惟田猎之是言乎?取二篇之诗,逐文而求其义,未见有一言之合于共叔者,然则其非共叔明矣。

(3)姚际恒引匡衡封事曰:郑伯好勇,而国人暴虎。匡称善说诗者,不曰叔段而曰国人,然则此两篇,亦未必为叔段矣。

(4)方玉润:刺庄公纵弟恃勇而胜众也。

【今说】

此只写猎者之勇捷,叔为何人,置之可也。

清人 三章

清人在彭,驷介旁旁。二矛重英,河上乎翱翔。

清人在消,驷介麃麃。二矛重乔,河上乎逍遥。

清人在轴,驷介陶陶。左旋右抽,中军作好。

---

① 整理者按:原书误作"说"。

【注释】

（1）"清"，卫邑，今河南中牟县双泊小清河，在县西南五十里，亦名清水口，即故清人城。（据顾氏《方舆纪要》）"彭"，毛谓在卫之河上，郑之郊，今不可考。马瑞辰以为"彭"为"清"字之讹。"介"，甲也，古音通"假"。"旁旁"，犹彭彭，盛貌。"重"，增益也。"英"为画刻之饰。

（2）"消"，毛训河上地。"麃"，武貌。"乔"，《韩诗》作"鷮"，谓重以鷮羽为饰也。"鷮"，走鸣长尾雉也。

（3）"轴"，毛亦训河上地。"陶"，驱驰之貌，朱训为乐而自得貌。左为卫者，习旋车；右为车名，抽刃，将居中军，聊为容好而已！

【诗说】

（1）春秋闵二年冬十二月，狄入卫，郑弃其师。《左传》曰："郑人恶高克，使率师次于河上，久而不召，师溃而归，高克奔陈。郑人为之赋《清人》。"

（2）《序》：刺文公也。高克好利而不顾其君，文公恶而欲远之，不能，使高克将兵而御狄于竟。陈其师旅，翱翔河上，久而不召，众散而归，高克奔陈。公子素恶高克，进之不以礼，文公退之不以道，危国亡师之本，故作是诗也。（马瑞辰谓据《序》知所谓郑人即公子素也。焦循谓公子素即僖廿年帅师入滑公子士也。）

（3）朱子：郑文公恶高克，使将清邑之兵，御狄于河上，久而不召，师散而归，郑人为赋此诗。

（4）方玉润：刺郑文公弃其师也。

【今说】

此诗本事，见于《左传》。《左传》苟非后人伪造，自当可信。按：鲁闵公二年，即周惠王十六年，公元前六六〇年，民元前二五七一年。

羔裘 三章

羔裘如濡，洵直且侯。彼其之子，舍命不渝。

羔裘豹饰，孔武有力。彼其之子，邦之司直。

羔裘晏兮，三英粲兮。彼其之子，邦之彦兮。

【注释】

（1）"羔裘"，古大夫之服。"如濡"，润泽也。"洵"，信。"侯"，美也。"舍"，郑、朱训"处"，王肃训"忧"。"渝"，变也。"彼其之子"，《左传》襄廿七年引此诗作"彼己之子"。可见"其""己"通用，此句犹夫己氏也。

（2）"邦之司直"，毛：司，主也。孔释为一邦之人主从为直。王引之曰：直乃谓正人之过也。王说可从。

（3）"晏"，鲜盛貌。"三英"，毛以为"三德"。郑谓即刚克，柔克，正直。朱谓"三英"即"裘饰"，未详其制。古者以丝英饰裘。马瑞辰以古者以素丝英饰裘，俞樾以直侯武为"三英"，陈奂以《荀子·富国篇》举忠信、调和、均辨为三德。"洵"，均也，即调和均辨意。"直",即忠信,释"侯"为"君",即修正在我之旨。也似俱不如朱《传》之捷。

【诗说】

（1）《序》：刺朝也,言古之君子,以风其朝焉?

（2）朱子：盖美其大夫之词,然不知其所指矣^①。姚际恒、方玉润从之。

【今说】

此诗只述衣服称身,威仪棣棣,绝无刺意。朱子谓美大夫而不知所指,泂然。

附录

《左传》昭十六年：郑六卿饯韩宣子,子产赋郑之《羔裘》。宣子曰："起不堪也。"

《列女传·楚成郑瞀传》：子瞀退而与其保言曰："且王闻吾死,必寤太子之不可释也。"遂自杀。君子曰："非至仁孰能以身诫。"《诗》曰："舍命不渝。"此之谓也。

《左传》襄二十七年：子罕曰："以诬道蔽诸侯,罪莫大焉。纵无大讨^②,而又求赏,无厌之甚也。"削而投之。君子

---

① 整理者按：原书误作"然不知断指矣"。
② 整理者按：原书误作"计"。

曰："彼己之子，邦之司直。"乐喜之谓乎！

《韩诗外传》卷九：晏子曰："邓聚！汝为吾君主鸟而亡之，是一罪也。使吾君以鸟之故而杀人，是罪二也。使四国诸侯闻之 ①，以吾君重鸟而轻士，是罪三也。天子闻之，必将贬绌吾君，危其社稷，绝其宗庙，是罪四也。此四罪者，故当杀无赦，臣请加诛焉。"景公曰："止！此亦吾过矣。愿夫子为寡人敬谢焉。"《诗》曰："邦之司直。"卷二述石奢事，卷九述解狐事，皆引此诗句。

遵大路 二章

遵大路兮，掺执子之祛兮。无我恶兮，不寁故也。

遵大路兮，掺执子之手兮。无我魗兮，不寁好也。

【注释】

（1）"遵"，循。"掺"，揽。"祛"，袖。"寁"，毛、朱训"速"。……俞樾曰："'寁'从走声，'接'从妾声，两声相近，凡以速得声者，并有接义，此诗谓无以恶我、魗我之故，而不接续继故旧之情好也。"

（2）王引之谓此章之"路"当作"道"，与"手""魗""好"为韵，"魗"与"丑"通。

---

① 整理者按：原书误作"使四国闻之"。

【诗说】

（1）《序》：思君子也，庄公失道，君子去之，国人思望焉。方玉润从之。

（2）朱子：淫妇为人所弃，故于其去也，揽其袪而留之。宋玉赋"遵大路，揽子袪"之句，亦男女相悦之词也。

（3）姚际恒：此只是故旧于道左言情，相和好之词。今不可考，不可强以事实之。

【今说】

此似弃妇留男之词，朱说较长。

女曰鸡鸣 三章

女曰："鸡鸣。"士曰："昧旦。""子兴视夜，明星有烂。""将翱将翔，弋凫与雁。"

"弋言加之，与子宜之。宜言饮酒，与子偕老。"琴瑟在御，莫不静好。

"知子之来之，杂佩以赠之。知子之顺之，杂佩以问之。知子之好之，杂佩以报之。"

【注释】

（1）"昧"，晦。"旦"，明。"昧旦"乃将明未明之际，即昧爽也。

"明星"谓启明，乃先日而出者。"弋"，《毛传》：射也，谓以生丝系矢以射也。"凫"，水鸭。

（2）"加"，中也。"言"，而也。"之"指凫雁。"宜"，毛训"肴"，郑言其"气味相成"，朱训为"和其所宜"，较顺。

（3）此章毛只训"杂佩"乃珩璜琚瑀衡牙之类，我则豫储杂佩，去则以送子也。"子"，指二章之子，则下"之"字，子为何人无释，郑释为"我若知子必来。"孔谓："古者贤士，与异国宾客宴饮相亲，设词以愧谢之。"朱子释为："我苟知子之所致而来，及所亲爱者，则当解此杂佩以送遗报答之。盖不惟治其门内之职，又欲其君子亲贤友善，结其欢心，而无所爱于服饰之玩也。"陈奂亦赞同此说，谓"知"读为"相知"之"知"，知子与君相知者也。王引之谓"来"当训"勤"，《尔雅》："劳来。"言知子之恩勤之，则杂佩以赠之也。则"之"字皆指宾客言。按：下"之"字当代此言。

【诗说】

（1）《序》：刺不说德也。陈古义，以刺今不说德而好色也。

（2）朱子：此诗人述贤夫妇相警戒之词。

（3）崔述亦同朱说，但以弋凫雁饮酒非贤，又以末章不私所亲为可取。姚际恒谓见此士女之贤矣。

（4）方玉润：贤妇警夫以成德也。

【今说】

此男女未结婚前之恋歌。一章男女会合之词，二章男慰女之词，三章女答男之词，孔、朱、方各家以三章忽指宾容，殊为迂曲。

有女同车 二章

有女同车，颜如舜华。将翱将翔，佩玉琼琚。彼美孟姜，洵美且都。

有女同行，颜如舜英。将翱将翔，佩玉将将。彼美孟姜，德音不忘。

【注释】

（1）"舜"，本字为蕣，木槿也，树如李，其花朝生暮落。"姜"，姓。"孟"，号。"都"，闲雅也。

（2）"英"，亦花也。"将将"，玉声，《楚词》引作"锵锵"。

【诗说】

（1）《序》：刺忽也。郑人刺忽之不昏于齐。太子忽尝有功于齐，齐侯请妻之，齐女贤而不取，卒以无大国之助，至于见逐，故国人刺之。严粲以女为忽所娶他国之女，所以同车者，将取其色尔。如木槿之花，朝荣暮落，不足将也。翱翔佩玉，徒有服饰之可观，而无益于事也。曷若彼齐国之长女，洵美且都，而德音不可忘乎？

（2）朱子：此淫奔之诗。

（3）王质：《左氏》郑忽辞齐昏之事甚详，此专拾其说，不惟寻诗无见，而亦与《左氏》不合，当是因姜姓为齐女，遂与郑忽附之。

（4）崔述：细玩此诗，皆赞女子之美。或男子所作，或女子所作，均不可知。要不过称其容颜之丽①，服饰之华②，初未尝有一语称其贤也。

（5）方玉润：讽郑太子忽以昏齐，事前劝之也。

【今说】

此诗只写女子容颜之艳，服饰之华，态度之冶，确无一语称贤。故朱子疑亦淫奔之诗，颇得诗旨。

附录

《左传》昭十六年：子旗赋《有女同车》，杜注：有女同车取其洵美且都，爱乐宣子之志。

《列女传·楚白贞姬传》：楚君子谓贞姬廉洁而诚信。夫任重而道远，仁以为己任，不亦重乎？死而后已，不亦远乎？《诗》云："彼美孟姜，德音不忘。"此之谓也。

又《张汤母传》：君子谓张汤母能克己感悟时主。《诗》云："彼美孟姜，德音不忘。"此之谓也。

---

① 整理者按：原书误作"故鹿"。
② 整理者按：原书误作"盛"。

《白虎通·衣裳》：何以知妇人亦佩玉？《诗》云："将翱将翔，佩玉将将，彼美孟姜，德音不忘。"

山有扶苏 二章

山有扶苏，隰有荷华。不见子都，乃见狂且。

山有乔松，隰有游龙。不见子充，乃见狡童。

【注释】

（1）"扶苏"，毛、朱俱训为"扶胥"，小木也。俞樾以"胥"乃"楈"之假借字，楈者，樱之属也。"狂且"之"且"，毛、朱俱训语词，实乃"伹"或"怚"之假借。"伹"，钝也，"怚"，骄也。按："且""兹"声近，兹，子也。

（2）"乔"，高也大也。"游龙"，红草也，一名水红，一名马蓼，叶大而色白，生水泽中，高丈余。"子充"亦犹"子都"。《广韵》："充，美也。"想亦古之美者。

【诗说】

（1）《序》：刺忽也，所美非美焉。方玉润赞同《大序》说。

（2）朱子：淫女戏其所私者之词。

（3）王质：当是媒妁始以美相欺，相见乃不如所言，怨怒之词也。

（4）许谦：此诗恐是淫女见绝于男子而复私人，乃思绝者之美，而厌所私者之狂狡也。

（5）朱道行：扶苏，荷花，俱体色可爱，以物之宜有者见之，兴人不宜见者反见之也。女谑男丑，一时调笑之词。

（6）崔述：赞同朱说，以同车，扶苏，狡童，褰裳，蔓草，溱洧之属，明明男女媟洽之词也。

【今说】

此明女戏男之词，朱、许、崔之说得之。

附录

《中论·审大臣》：以斯论之，则对俗之所不誉者，未必为非也。其所誉者，未必为是也。故《诗》曰："山有扶苏，隰有荷华①，不见子都，乃见往且。"言所谓好者非好，丑者非丑，亦由乱之所致也。治世则不然矣。

萚兮 二章

萚兮萚兮，风其吹女。叔兮伯兮，倡予和女。
萚兮萚兮，风其漂女。叔兮伯兮，倡予要女。

---

① 整理者按：原书误作"花"。

【注释】

（1）"萚"，毛训"落"，孔以为落叶，近之。王夫之引《山海经》，以为有萚树，似葵，近妄。"倡"，当作一顿。

（2）"漂"，与"飘"通，吹也。"要"，成也。

【诗说】

（1）《序》：刺忽也，君弱臣强，不倡而和也。

（2）朱子：此淫女之词。

（3）严粲：本苏氏说，此为小臣有忧亡，呼大夫而告之之词，谓槁叶风吹，不能久矣。岂可但坐视以为无与于己，叔伯大夫，其速图之，患其无倡，不患其无和也。方玉润赞同此说。

（4）姚际恒：或谓贤者忧国乱被伐，而望救于他国，亦可。

【今说】

萚遇风而陨，二句衰飒气象，与男女戏谑有殊，严粲之说，较得诗旨。

附录

《左传》昭十六年：郑六卿饯室子于郊，子柳赋《萚兮》，宣子喜曰："郑其庶乎！"注，取倡予和女。

《列女传·鲁公乘姒传》：姒曰："妇人之事，唱而后和，吾岂以欲嫁之故数子乎？"《诗》云："萚兮萚兮，风其吹汝。叔兮伯兮，倡予和汝。"

狡童 二章

彼狡童兮，不与我言兮。维子之故，使我不能餐兮。
彼狡童兮，不与我食兮。维子之故，使我不能息兮。

【注释】

（1）"维"，陈奂以三家诗作"唯"，《玉篇》：唯，为也。为子之故也。

【诗说】

（1）《序》：刺忽也。不能与贤人图事，权臣擅命也。

（2）朱子：此亦淫女见绝，而戏其人之词，言悦己者众，子虽见绝，未至于使我不能餐也。

（3）姚际恒：此篇与上篇，皆有深于忧时之意，大抵在郑之乱朝，其所指何人何事，不可知矣。

（4）方玉润：忧君为群小所弄也。

【今说】

此女子失恋之诗。不能餐不能忘，即寝食俱废也。

褰裳 二章

子惠思我，褰裳涉溱。子不我思，岂无他人？狂童之狂也且！

子惠思我，褰裳涉洧。子不我思，岂无他士？狂童之狂也且！

【注释】

（1）"溱"，《说文》《水经》皆作"潧"，《水经》谓出郑县西北平地绕县南面入于洧，世所称鄶水是。"且"，语词，疑即今粤之"啋"字。

【诗说】

（1）《序》：思见正也，狂童恣行，国人思大国之正己也。

（2）朱子：淫女语其所私者之词。

（3）姚际恒：既辨忽、突争国[①]，国人思正见说之非。又按昭十六年《左传》，子太叔赋《褰裳》，宣子曰："起在此，敢勤[②]子至于他人乎？"以为非淫诗，而为《序》说思见正所本。

（4）方玉润：思见正所益友也。

---

① 整理者按：原书误作"突国争"。
② 整理者按：原书误作"劳"。

【今说】

春秋赋诗，多断章取义，而非诗之本旨。实难引以释诗，此明明情诗，姚、方强解为思见正，足见《序》势力之大。朱子攻之，而清人尚崇之也。

附录

《吕氏春秋·求人》：晋人欲攻郑，令叔向聘焉，视其有人与无人。子产为之诗曰："子惠思我，褰裳涉洧。子不我思，岂无他士？"叔向归曰："郑有人，子产在焉，不可攻也。秦荆近，其诗有异心，不可攻也。"

丰 四章

子之丰兮，俟我乎巷兮。悔予不送兮！

子之昌兮，俟我乎堂兮。悔予不将兮！

衣锦褧衣，裳锦褧裳。叔兮伯兮，驾予与行。

裳锦褧裳，衣锦褧衣。叔兮伯兮，驾予与归。

【注释】

（1）"丰"，丰满貌。"悔予不送"，毛谓有违而不至者。朱子以妇人自悔不送。

（2）"昌"，盛壮貌。"将"，亦送也。

（3）"褧"，禅也，即外套。

【诗说】

（1）《序》：刺乱也，昏姻之道缺。阳倡而阴不和，男行而女不随。

（2）朱子：妇人所期之男子已俟乎巷，而妇人已有异志不从，既而悔之，而作是诗也。

（3）姚际恒：此女子于归自咏之诗。

（4）方玉润：此必寓言，非咏昏也，世衰道微，君子隐处不仕。朝廷初或以礼往聘，不肯速行。后被敦迫，驾车就道。不能自主，发愤成吟，以写其胸中愤懑之气，而又不敢显言贾祸，故借昏女为辞，悔从前不受聘礼之优，以致今日而有敦促之辱也。

【今说】

朱子之说最得诗旨。

东门之墠 二章

东门之墠，茹藘在阪。其室则迩，其人甚远。
东门之栗，有践家室。岂不尔思，子不我即。

【注释】

（1）"埠"，除地作町者，《释文》《正义》本作"壇"，谓古本通。"茹藘"，茜草，可以染绛。陂者曰"阪"。

（2）"栗"，毛训"行上栗"，郑曰："栗，人所啗食而甘者[1]，故女以自喻也。"俞樾以与"列"同声，似为"列"，列树为识。"践"，毛训"浅"。《韩诗》引作"靖"，善也。

【诗说】

（1）《序》：刺乱也，男女有不待礼而相奔者也。

（2）朱子：门之旁有埠，埠之外有阪，阪之上有草，识其所与淫者之居也。室迩人远者，思之而未得之辞也。[2]

（3）王质：此诗从容悄悒，与奔不同，盖谋昏而未谐也[3]，然以为奔则过也。

（4）姚际恒：男子欲求此女，此女贞洁自守，不肯苟从，故男子有室迩人远之叹。

（5）方玉润：有所思而未得见之词。

【今说】

寥寥数语，造境超远，一章隐括思字，手灵心活。《序》

---

① 整理者按：原书误作"人所食而甘"。

② 整理者按：原书误作"门之外有埠，埠之外有阪，阪上有草，识其所与同居者也。室迩人远者，思之而未得之词也"。

③ 整理者按：原书误作"此诗从容悄悒。与奔不同，盖谋昏而不谐也"。

谓淫奔之诗，而后人反以为思隐士，以为有所思而未得见，盖诗文绝无男女淫靡词句也。

风雨 三章

风雨凄凄，鸡鸣喈喈。既见君子，云胡不夷？

风雨潇潇，鸡鸣胶胶。既见君子，云胡不瘳？

风雨如晦，鸡鸣不已。既见君子，云胡不喜？

【注释】

（1）"夷"，毛训"悦"，陈奂以王逸注《楚辞》，"夷"，喜也。"喈喈"，众声和也。

（2）"潇潇"，毛：暴疾也。"胶胶"，扰扰杂乱之声。"瘳"，毛：愈也，俞樾谓当作"憀"，"憀"与"聊"同，乐也。与夷喜一致，若训"愈"则不伦矣。说是。

（3）"晦"，昼冥也。此章首句众醉独醒，不为环境所屈意。

【诗说】

（1）《序》：思君子也。乱世则君子不改其度焉。

（2）朱子：淫奔之女言，当此之时，见所期之人，而心悦也。

（3）崔述：风雨之见君子，拟诸①草虫隰桑之诗，初无

---

① 整理者按：原书误作"之"。

大异。

（4）方玉润：怀友也。

【今说】

朱子谓此诗之词，轻佻狎暱，非思贤之意，故定为淫奔之诗。今细绎诗文，则《序》说尚合也。

附录

《左传》昭十六年：子时赋《风雨》。注：取"既见君子，云胡不夷"。

子衿 三章

青青子衿，悠悠我心。纵我不往，子宁不嗣音？
青青子佩，悠悠我思。纵我不往，子宁不来？
挑兮达兮，在城阙兮。一日不见，如三月兮！

【注释】

（1）"青衿"，毛训学子所服，惟郑《笺》引《礼·深衣》文，以父母在，衣纯以青。朱子从郑，毛所以训学子之服者，乃因《后汉书·儒林传》建武五年乃修起太学，服方领，习矩步者，委佗乎其中。马援《传》注引前书《音义》云：颈下施衿领正方，学者之服也。此乃后起之义，故朱子不从之。"嗣"，《韩诗》作"诒"，寄也，郑曰："汝曾不传声问我"，是本韩义，较毛训"习"，朱训"继续"为佳。

（2）"挑达"，双声连绵字，毛训往来相见貌，孔训乍往乍来，朱以佻为轻儇跳跃貌，达，放恣也。"关"，马瑞辰谓趹之假借；趹，缺也，古者城阙 [①] 其南方，谓之趹。诸侯之城，三面皆设城台，惟南方之城无台，其台缺然，故谓之趹。借作阙，此说甚对。

【诗说】

（1）《序》：刺学校废也，乱世则学校不修焉。

（2）朱子：此亦淫奔之诗。

（3）王质：故人在野有所相思者，曹氏"青青子衿，悠悠我心，但为君故，沉吟至今。"正引此诗无爽。

（4）姚际恒：此疑亦思友之诗，玩"纵我不往"之言，当是师之于弟子也。

（5）方玉润：此盖学校久废不修，学者散处四方，或去或留，不能复聚如平日之盛，故其伤之而作是诗。

【今说】

朱子以此诗词意儇薄，施之学校，尤不相似，谓为淫奔之诗，极有卓见。及后作《白鹿洞赋》，又云"广青衿之疑问"，仍用《序》说，致启方玉润"是非之心难昧"之讥。盖朱子识见颇卓，而意志未见，故虽攻《序》而仍不免为《序》

---

① 整理者按：原书误作"缺"。

所范也。

扬之水 二章

扬之水，不流束楚。终鲜兄弟，维予与女。无信人之言，人实迋女。

扬之水，不流束薪。终鲜兄弟，维予二人。无信人之言，人实不信。

【注释】

（1）"扬"，激扬也。"终"，既也。"维"与"为"通。"迋"与"诳"通，毛以为不，语词也，朱不以为然。

【诗说】

（1）《序》：闵无臣也，君子闵忽弃忠臣良士，终以死亡，而作是诗也。

（2）朱子：淫者相谓，言扬之水则不流束楚矣，终鲜兄弟，则惟予与汝矣，岂可以他人离间之言而疑之哉①？彼人之言，特诳汝耳。

（3）王质：兄弟为人所间而不协者。

（4）方玉润：窃意此诗不过兄弟相疑，始因谗间，继乃

---

① 整理者按：原书误作"岂可以他人之言而疑之哉"。

悔悟，不觉愈加亲爱，遂相劝勉。

【今说】

方玉润之说，较近诗旨。

出其东门 二章

出其东门，有女如云。虽则如云，匪我思存。缟衣綦巾，
聊乐我员。

出其闉阇，有女如荼。虽则如荼，匪我思且。缟衣茹蔍，
聊可与娱。

【注释】

（1）"缟"，白色。"綦"，苍艾色。"匪我思存"，郑："非我思之所
存也。""员"，《广雅》：有也。此谓且乐我此所有之女也。

（2）毛训"闉"为曲城，"阇"，城台也。此犹言出其东门也。
"荼"，茅花，轻白可爱者也。"茹蔍"可以染绛，此以名衣服之色。
"且"，"徂"之假，亦存也。

【诗说】

（1）《序》：闵乱也，公子五争，兵革不息，男女相弃，
民人思保其家室焉。

（2）朱子：人见淫奔之女而念其室家之诗。

（3）姚际恒：郑国春月，士女出游。士人见之，自言无所系思，而室家聊足与乐也。

（4）方玉润：此诗亦贫士风流自赏，不屑与人寻芳逐艳，一旦出游，睹①此繁华，不觉有慨于心。

【今说】

此诗义极显明，朱、姚、方之说俱是。

野有蔓草 二章

野有蔓草，零露漙兮。有美一人，清扬婉兮。邂逅相遇，适我愿兮。

野有蔓草，零露瀼瀼。有美一人，婉如清扬。邂逅相遇，与子皆臧。

【注释】

（1）"零"，落也。蔓草而有露，谓仲春之时。"清扬"，眉目之间。"邂逅"，不期而遇也。"婉"，然，美也。

（2）"瀼瀼"，盛貌。

---

① 整理者按：原书误作"暗"。

【诗说】

（1）《序》：思遇时也，君之泽不下流，民穷于兵革，男女失时，思不期而会焉。

（2）韦昭：国多兵役，男女怨①旷，于是女感伤而思男，托采芳香之草②，而为淫佚之行，时草始生，而云蔓者，女情急，欲以促时。

（3）朱子：男女相遇于田野之间，故赋其所在欲以起兴。

（4）姚际恒：此似男女及时昏姻之诗。

（5）方玉润：朋友相期会也。

（6）陆侃如：这是叙野合的，写男子心满意足的神情颇与《唐风·绸缪》相似。

【今说】

此虽情诗，境颇幽远，陆说较合诗旨。

附录

《左传》襄二十七年：郑伯享赵孟于垂陇，子太叔赋《野有蔓草》③，赵孟曰："吾子之惠也。"又《昭十六年传》：子蠰赋《野有蔓草》，宣子曰："孺子善哉！吾有望矣。"

---

① 整理者按：原书误作"怒"。
② 整理者按：原书误作"托采芳番之草"。
③ 整理者按：原书误作"鄘白享赵于陇，子太敬赋《野有蔓草》"。

《说苑·尊贤》：孔子之郯，遭程子于途，倾盖而语终日，有间，顾子路曰："取束帛一，以赠先生。"子路不对。有间，又顾曰："取束帛一，以赠先生。"子路屑然对曰："由闻之也，士不中而见，女无媒而嫁，君子不行也。"孔子曰："由，《诗》不云乎：'野有蔓草，零露溥兮；有美一人，清扬婉兮；邂逅相遇，适我愿兮。'今程子天下之贤士也，于是不赠，终身不见。大德毋逾闲，小德出入可也。"

溱洧 二章

溱与洧，方涣涣兮。士与女，方秉简兮。女曰："观乎？"士曰："既且。""且往观乎？洧之外，洵讦且乐。"维士与女，伊其相谑，赠之以勺药。

溱与洧，浏其清矣。士与女，殷其盈矣。女曰："观乎？"士曰："既且。""且往观乎？洧之外，洵讦且乐。"维士与女，伊其将谑，赠之以勺药。

【注释】

（1）"涣涣"，春水盛也。"简"，兰也。"且往"之"且"，姑也。"讦"，大也，或"吁"之假借，喜也。"伊"，马瑞辰谓"臀"之假借，"臀"《玉篇》《广韵》并云"笑貌"。此犹"咥其笑矣"之"咥"，为笑貌也，此说极是，毛训"因"，朱训"维"，皆失之。

（2）"浏"，深貌。"殷"，众也。"其"，状词，然也。

【诗说】

（1）《序》：刺乱也。兵革不息，男女相弃，淫风大行，莫之能救焉。

（2）《吕览·本生篇》注云：郑国淫僻，男女私会于溱洧之上，有询讦之乐，芍药之和。

（3）朱子：此诗淫奔者自叙之词。

（4）姚际恒：此刺淫诗也，篇中女士字甚多，非士与女所自作明矣。方玉润赞同之。

【今说】

此亦写实情诗。玩乐调笑，情跃纸上，为后世冶游艳诗之祖。姚、方以为刺淫，实无刺意。

齐风释

齐乃禹夏青州之域，武王以封太公望，国号齐。其地东至海，西至于河，南至于穆陵，北至于无棣。地滨海，富盐渔之利，故泱泱成大国。其诗编次于郑者，因郑为畿内地，而齐为霸首也。

《郑谱》云："后五世哀公政衰，荒淫怠慢，纪侯谮之于周懿王，使烹焉，齐人变风始作。"孔《疏》以为当懿王时，《谱》以《鸡鸣》为刺哀公，惟诗文无考。至《南山》《敝笱》《载驱》三首，以为刺襄公，似尚可信。《国风》之作，多在春秋前半期，《齐风》《魏风》，比较尚早。

齐俗舒缓，阔达放恣。文有齐气，风亦迂慢。子夏言：齐音敖辟乔志，盖淫于色而害于德者焉。《汉书·地理志》：《齐诗》曰："子之营兮，遭我乎猺之间兮。"又曰："俟我于著乎而。"此亦文体舒缓之一证也。吴季札闻齐之歌曰："美哉！泱泱乎大风也哉！其太公乎？"孔《疏》谓："彼云美哉者，以《鸡鸣》有思贤妃之事,《东方未明》,虽刺无节,尚能促遽自警。诗人怀其旧俗,故有箴规。故季札美其声,非谓诗内皆是美事。"孔《疏》"美其声"之说甚是,因其体舒徐不迫,故推知为泱泱大国之风。齐地文体,至建安时代仍未尽变,故《典论·论文》评公幹诗有齐气也。

齐 风

鸡鸣 三章

"鸡既鸣矣，朝既盈矣。""匪鸡则鸣，苍蝇之声。"

"东方明矣，朝既昌矣。""匪东方则明，月出之光。"

"虫飞薨薨，甘与子同梦。""会且归矣，无庶予子憎。"

【注释】

（1）"朝"，当为"晨朝"之"朝"。"昌"，《说文》：日光也，《广雅·释言》：光也。

（2）"会"，陆侃如谓乃连词，引《公羊·隐元年传》"会及暨皆与也"作证。马释"庶"为"幸"。"无庶"即"庶无"之倒文。"则"，之也，见《助字辨略》。"予"，与也，贻也。此即无贻子憎也。一说释为母使吾子为人憎也，说太迁，与郑《笺》"无使众臣我故憎恶于子"俱曲。

【诗说】

（1）《韩诗序》：谗人也。薛君曰："鸡远鸣蝇声相似也。"
《太平御览》九四引。臧琳《经义杂记》申之曰："小雅青蝇
诗，以青蝇比谗言。彼乃直言，此为婉讽。以蝇声而非鸡鸣，
此闻其声而以为然。诗人欲其审听也。一二章欲其审视，三
章虫飞，比小人众多。多则乱，我甘与子同处此乱国哉？我
且欲归矣，子庶无予憎而兴谗矣。"

（2）《序》：思贤妃。哀公荒淫怠慢，故陈贤妃贞女，夙
夜警戒相成之道焉。

（3）丰坊伪《诗传》：齐桓公好内，卫姬箴之。

（4）朱子：贤妃当夙兴之时，心常恐晚，故闻其似者而
以为真。非心存警畏，而不留于逸欲，何以能此。故诗人叙
其事而美之也。

（5）姚际恒：此似刺齐侯之诗。严氏谓上二章太史奏鸡
鸣，公乃谓非鸡鸣，是苍蝇之声耳。以见其荒淫昏乱，似是。
二章仿此，三章为语其所昵之辞，亦可通。

（6）崔述：美勤政也。贤君惟恐视朝之晏，不得与大夫
士熟议国政[1]；而贤夫人亦惟恐其夫之耽于逸乐，而不勤[2]政，
是以儆[3]之，劝之。知其事者，作此诗以美之也。

---

① 整理者按：原书误作"不得与大夫熟议国政"。
② 整理者按：原书误作"议"。
③ 整理者按：原书误作"警"。

（7）方玉润：贤妇警夫早朝也。

（8）陆侃如：这是一首绝妙的私奔的诗。一个提心吊胆，一个留恋不去，神情真是逼肖。

【今说】

此确是私情对话之词，陆说得之。惟三章"虫飞薨薨，甘与子同梦"，乃反言之词，犹言使真苍蝇之声，则甘与子同梦。其时果鸡鸣天亮，不能不归。陆谓甲没法，只好仍然同梦，仍未达诗旨。

还 三章

子之还兮，遭我乎峱之间兮。并驱从两肩兮，揖我谓我儇兮。

子之茂兮，遭我乎峱之道兮。并驱从两牡兮，揖我谓我好兮。

子之昌兮，遭我乎峱之阳兮。并驱从两狼兮，揖我谓我臧兮。

【注释】

（1）"还"，毛、朱训"便捷貌"。《齐诗》作"营"，即"营丘"，地名。魏源谓"茂""昌"俱地名，王引之以《韩诗》作"云好貌"，谓当从《韩》，与二章"茂"训"美"，三章"昌"训"盛"相应。按：

魏说是。"猇",《方舆纪要》云：猇山在临淄县南十五里。兽三岁曰
"肩"。"儇"，利也，《韩诗》作"婘"，好貌，较佳。

（2）山南曰"阳"。"臧"，好也。

【诗说】

（1）《序》：刺荒也。哀公好田猎，从禽兽而无厌。国人
化之，遂成风俗，习于田猎谓之贤，闲于驰逐谓之好焉。

（2）朱子：猎者交错于道路，且以便捷轻利相称誉如此，
而不自知其非也。

（3）姚际恒：此无"君、公"字，乃民庶耳，则尤不当
刺，第诗之赠答处，若有矜诩之意①，以为见齐俗之尚功利则
可，若必曰："不自知其非"，曰："其俗不美"，无乃② 矮人观
场之见乎？

（4）方玉润：刺齐俗以戈猎相矜尚也。

【今说】

按：朱子之说较是。

著 三章

俟我于著乎而，充耳以素乎而，尚之以琼华乎而。

俟我于庭乎而，充耳以青乎而，尚之以琼莹乎而。

俟我于堂乎而，充耳以黄乎而，尚之以琼英乎而。

【注释】

（1）"著"通"宁"，毛、朱训"门屏之间也"。汪中谓"宁"有二，门屏之间，不过其一，乃人君视朝所宁立处，一是正门内两塾之间，时所称"著"是。王引之释"而"为绝句之词，以《论语》引《诗·唐棣之华》"偏其反而"，《微子篇》曰："已而已而"，宣四年《传》："若敖氏之鬼①，不其馁而。"按：王所引之"而"，其句末只一"而"字，释为句犹易，若连"乎"字，释以今语则应以"么啊"，每句之末有此"乎而"二字，疑入乐时衬音之用。王质谓"乎"字疑词，"而"，鄙词，今东人下流相语皆以"而"杀声，玩易之意也。"素"，毛训"象瑱"，孔《疏》谓充耳用素丝为"纮"，以悬琼华之石为"瑱"。"尚"，饰也。"我"，嫁者自谓，此讥齐俗之不亲迎也。"琼华"，毛训"士之服"，"琼莹"，卿大夫之服，"琼英"，人君之服，朱不从，以"琼"为"美玉"，似石者。一说"琼"，赤玉，"华、莹、英"则玉之色泽也，亦通。

【诗说】

（1）《序》：刺时也，时不亲迎也，方玉润从之。

（2）朱子引吕东莱曰："昏礼婿往妇家亲迎，既奠雁，御轮而先归，俟于门外，妇至则揖以入。时齐俗不亲迎，故女

---

① 整理者按：原书误作"若敖之鬼"。

至婚门，始见其俟己也。"

（3）王质：当是贵势专服饰，稍亏礼文，故女子有望词，三进而三见易服。

（4）姚际恒：此女子于归见婿亲迎之诗。

（5）胡适：此与朱庆馀的"妆罢低声问夫婿，画眉深浅入时无？"相似。

【今说】

此诗只描写女子娇态，绝无刺意，胡适之说极是。

东方之日 二章

东方之日兮，彼姝者子，在我室兮。在我室兮，履我即兮。
东方之月兮，彼姝者子，在我闼兮。在我闼兮，履我发兮。

【注释】

（1）毛以"日"喻君德盛，郑以为君不明，皆非。《韩诗》谓喻颜色美善，是。"姝"，毛指女，郑指男，朱从毛说。"履"，毛训"礼"。迂不可从。朱从"践履"之"履"，言此女蹑我之迹而相就也。

（2）"闼"，内门也。"发"，行去也。

【诗说】

（1）《序》：刺衰也，君臣失道，男女淫奔，不能以礼化也。

（2）欧阳修：彼姝之子，颜色美盛，履我即者，相邀以奔之词也。此述男女淫风，但知称其美色而相夸荣，而不顾礼义也。朱熹、姚际恒从之。

（3）方玉润：此诗刺淫，必有所指，非泛然也，故孔氏谓"刺哀公"，《伪传》说谓"刺庄公"，何玄[①]子谓"刺襄公"，虽皆无据，而寝闼之内，一任彼姝朝来暮往，则终日昏昏，内作色荒也可知，士庶之家，尚且不可，况宫闱乎？

【今说】

此亦写实情诗，绝无刺意，朱子谓此男女淫奔者自作，非有刺也，甚是。

东方未明 三章

东方未明，颠倒衣裳。颠之倒之，自公召之。

东方未晞，颠倒裳衣。倒之颠之，自公令之。

折柳樊圃，狂夫瞿瞿。不能辰夜，不夙则莫。

【注释】

（1）"晞"，明之始升也。

---

① 整理者按：原书误作"元"。

（2）"樊"，藩，篱也。"圃"，菜园也。"瞿瞿"，警顾貌。"辰"，毛训"时"，马瑞辰以为"伺"，朱子释此章谓："折柳樊圃，虽不足恃，然狂夫见之犹警顾，以比辰夜之限甚明，人此易知，今乃不能知，而不失之早，则失之暮也。"

【诗说】

（1）《序》：刺无节也。朝廷兴居无节，号令不时，挈壶氏不能掌其职焉。

（2）朱子：此诗刺人君兴居无节，号令不时，方玉润从之。

（3）王质：此臣当是狡①肠凶德者。旧说归过于君，恐未然。又归过于壶人，似无谓。

（4）姚际恒：小叙谓刺无节，然古人鸡鸣而起，鸡鸣时正东方未明，可以起矣。并不为早，何言"无节"乎？此泥后世晏起而妄论古，可笑也。末章难详。

【今说】

此诗述无节，《序》、朱俱谓刺朝廷，王质、姚际恒则归过臣。就诗文观之，则朱说似顺也。

---

① 整理者按：原书误作"忮"。

附录

《荀子·大略篇》：诸侯召其臣，臣不俟驾，颠倒衣裳而走，礼也。《诗》曰："颠之倒之，自公召之。"

《说苑·奉使》：文侯于是遣仓唐赐太子衣一袭，敕仓唐以鸡鸣时至。太子起拜受赐，发箧视衣，尽颠倒。太子曰："趣早驾，君侯召击也。"仓唐曰："臣来时，不受命。"太子曰："君侯赐击衣，不以为寒也。欲召击，无谁与谋。故敕子以鸡鸣时至。《诗》曰：'东方未明，颠倒衣裳，颠之倒之，自公召之。'"遂西至谒，文侯大喜。

南山 四章

南山崔崔，雄狐绥绥。鲁道有荡，齐子由归。既曰归止，曷又怀止？

葛屦五两，冠緌双止。鲁道有荡，齐子庸止。既曰庸止，曷又从止？

艺麻如之何？衡从其亩。取妻如之何？必告父母。既曰告止，曷又鞠止？

析薪如之何？匪斧不克。取妻如之何？匪媒不得。既曰得止，曷又极止？

【注释】

（1）"崔崔"，高大貌。"绥绥"，毛训"相随貌"，朱训"求匹貌"，李黼平《毛诗䌷义》云："'绥'，《说文》作'夊'，云行迟曳，文夊象人两腿有所躐也。"《玉篇》：夊云，行迟貌。引《诗》云"雄狐文夊"，云今作"绥绥"。故此当用行迟，曳意。"由"，于也。"怀"，毛、朱训"思"。

（2）《朱传》："两"，二屦也。"绥"，冠上饰也。屦必两，绥必双，物各有偶，不可乱也。《毛传》以屦卑绥①尊，文姜与侄娣五人为奇，而襄公住而双之。迂曲不可从。"庸"，由也。"之"，嫁于鲁也。既嫁矣，何又返齐而从兄耶？

（3）"鞠"，穷也。"极"，至也。谓桓公不合纵之，使其穷极淫欲也。

【诗说】

（1）《序》：刺襄公也。鸟兽之行，淫乎其妹，大夫遇是恶，作诗而去之。《笺》云：襄公之妹，鲁桓②公夫人文姜也。襄公素与淫通，及嫁公谪之。十八年与夫人如齐，夫人愬之襄公。襄公使公子彭生乘公而扼杀之，夫人久留于齐。庄公即位后乃来，犹复会齐侯于禚，于祝丘，又如齐师。齐大夫见襄公行恶如是，作诗以刺之，又非鲁桓公不能禁制夫人而去之。

---

① 整理者按：原书误作"冠"。
② 整理者按：原书误作"垣"。

（2）朱子：言南山有狐，以比襄公居高位而行邪。且文姜从此于归于鲁侯，襄公何如复思之乎？

（3）严粲：齐人不敢斥言其君之恶，而归咎于鲁之辞也。辞虽归咎于鲁，所以刺襄公者深矣。姚际恒从之。

（4）方玉润：刺襄公淫其妹，而鲁不能禁也。

【今说】

此诗刺齐襄淫其妹，尚有据可信。南山齐地，故以南山雄狐，以比襄公。二章则刺文姜之不应从兄，三、四章则讥鲁桓不能防闲其妻，以致杀身也。

附录

《孟子·万章上》：万章问曰："《诗》云：'娶妻如之何？必告父母。'信斯言也。宜莫如舜，舜之不告而娶。何也？"孟子曰："告则不得娶。男女居室，人之大伦也。如告则废人之大伦，以怼父母，是以不告也。"《孔丛子·论书》：《诗》云："娶妻如之何？必告父母。"父母在则宜图婚。若已殁，则己之娶，必告其庙。今舜之鳏，乃父母之顽嚚也。虽尧为天子，其如舜何？

《白虎通·嫁娶》：男不自专娶，女不自专嫁，必由父母，须媒妁，何？远耻防淫泆也。《诗》云："娶妻如之何？必告父母。"又曰："娶妻如之何？匪媒不得。"

《礼记·坊记》：子云："夫礼，坊民所淫，章民之别，使民无嫌，以为民纪者也。"故男女无媒不交，无币不相见，恐男女之无别也。以此坊民，民犹有自献其身。《诗》云："伐柯如之何？匪斧不克。娶妻如之何？匪媒不得。艺麻如之何？横从其亩。娶妻如之何？必告父母。"

甫田 三章

无田甫田，维莠骄骄。无思远人，劳心忉忉。

无田甫田，维莠桀桀。无思远人，劳心怛怛。

婉兮娈兮，总角丱兮。未几见兮，突而弁兮。

【注释】

（1）"无田"，无耕也。"甫"，大也。"莠"，害苗之草。"骄"为"乔"之假借，高也。"忉忉"，忧劳也。

（2）"桀桀"，即"揭揭"之假借，亦高也。"怛怛"，犹忉忉也。

（3）"婉娈"，少好貌。"丱"，两角貌。"弁"，冠名。

【诗说】

（1）《序》：刺襄公也。无礼义而求大功，不修德而求诸侯，志大心劳，所以求者，非其道也。

（2）朱子：戒时人厌小而务大，忽近而图远，将徒劳而无功也。

（3）何楷：此刺鲁庄公之诗。

（4）姚方二家俱谓未详。

【今说】

此怀恋旧侣之诗。一二章泛言无思远人，而实不能不思，故致切切怛怛。末章悬想昔日总角婉娈之恋人，若未几可见，必突而弁矣。

附录

《说苑·复恩》：舟之侨遂历阶而去，文公求之不得，终身诵《甫田》之诗。

《盐铁论·地广》：今中国弊落不忧，务在边境，意者地广而不耕，多种而不耨，费力而无功。《诗》云："无田甫田，维莠骄骄。"其斯之谓欤。

卢令 三章

卢令令，其人美且仁。

卢重环，其人美且鬈。

卢重鋂，其人美且偲。

【注释】

（1）"卢"，田犬名。"令令"，犬颔下环声也。

（2）"重环"，子母环也。"鬈"，《说文》：好貌。

（3）"锋"，一环贯二也。"偲"，多才也，《说文》：偲，彊力也。朱训为"于思"，多须貌。非是，《稽古篇》已驳之。陈奂曰："诗词与《郑风·叔于田》同。一章犹言洵美且仁也，二章美且鬈犹洵美且好也，三章美且偲犹云洵美且武也。"

【诗说】

（1）《序》：刺荒也。襄公好田猎毕戈，而不修民事，百姓苦之，故陈古以风焉。

（2）朱子：此诗大意与《还》略同。

（3）方玉润：刺好田也。

【今说】

齐俗好猎，此诗亦写民间夸美猎者之状，与襄公无关。

敝笱 三章

敝笱在梁，其鱼鲂鳏。齐子归止，其从如云。

敝笱在梁，其鱼鲂鲂。齐子归止，其从如雨。

敝笱在梁，其鱼唯唯。齐子归止，其从如水。

【注释】

（1）"筍"，捕鱼篓也。"鲂鳏"，毛、朱训"大鱼"，王引之以"鳏"即"鲲"。"从"指侄娣之从媵者。

（2）"鲟"亦鲂类，似鲂而头大，鱼之不美者。

（3）"唯唯"，出入不制也。王质谓："敝筍在梁，则鱼之恣适可知，齐姜之状如此。"

【诗说】

（1）《序》：刺文姜也。齐人恶鲁桓公微弱，不能防闲文姜，使为淫乱，为二国患焉。

（2）朱子：齐人以敝筍不能制大鱼，比鲁庄公不能防闲文姜，故归齐而从之众也。

（3）姚际恒：从《序》说，以归为于归。

（4）方玉润：以此诗作于公与夫人如齐之顷，而未薨于车之先。

【今说】

此当作于鲁桓公生前，方玉润之说得之。

载驱 四章

载驱薄薄，簟茀朱鞹。鲁道有荡，齐子发夕。
四骊济济，垂辔濔濔。鲁道有荡，齐子岂弟。

汶水汤汤，行人彭彭。鲁道有荡，齐子翱翔。

汶水滔滔，行人儦儦。鲁道有荡，齐子游敖。

【注释】

（1）"薄薄"，疾驱声。"簟"，方文席也。"茀"，车之蔽也。"朱"，朱漆。"鞹"，兽皮去毛者，此乃车以革为之而加朱漆也。"发夕"即夕晚出发也。

（2）"瀰瀰"，柔貌。"岂弟"，《毛传》：乐易也。欧阳谓无惭愧之色，游荡也。郑：读如闿圈，训为"开发"，即侵明而去，与发夕相对，谓文姜既遂所欲，至侵明而去，则垂辔瀰瀰如是之濡以缓也，较佳。

（3）"彭彭"，多也。

（4）"儦儦"，众也。

【诗说】

（1）《序》：齐人刺襄公也。无礼义，故盛其车服，疾驱于通道大都与文姜淫，播其恶于万民焉。

（2）朱子：齐人刺文姜乘此车而来会也。

（3）方玉润：刺文姜如齐无忌也。

【今说】

朱、方之说，较得诗旨。

猗嗟 三章

猗嗟昌兮！颀而长兮，抑若扬兮，美目扬兮，巧趋跄兮，射则臧兮。

猗嗟名兮！美目清兮，仪既成兮，终日射侯，不出正兮，展我甥兮。

猗嗟娈兮！清扬婉兮，舞则选兮，射则贯兮，四矢反兮。以御乱兮。

【注释】

（1）"猗嗟"，犹噫嗟也。"昌"，佼好貌。"颀"，长貌。"抑若"，美状，状其扬也。广额曰"扬"，下扬指眉之扬也，朱谓目之动。"跄"，趋翼如也。

（2）"名"，眉目之间为名。"侯"，即箭板，正即板中圆心。"展"，诚也。

（3）"清扬婉兮"，毛于《野有蔓草》释此句谓清扬，眉目之间，婉然美也，朱子以此释"眉"，故一章之"扬"，俱不释眉目，连"抑"同释，谓美之盛。"反"，反复也，复中其故处也。

【诗说】

（1）《序》：刺鲁庄公也。齐人伤鲁庄公有威仪技艺，然而不能以礼防闲其母，失子之道，人以为齐侯之子焉。姚际恒赞同刺庄公之说。

（2）《中论·务本》：鲁桓公容貌美丽，且多技艺。然而无君才大智，不能以礼防正其母，与齐侯淫乱不绝，驱驰道路。故《诗》刺之曰："猗嗟名兮，美目清兮。仪既成兮，终日射侯，不出正兮，展我甥兮。"

（3）朱子：齐人极道庄公威仪技艺之美如此，所以刺其不能以礼防闲其母。若曰：惜乎其独少此耳。

（4）王质：庄公早年，桓公已没，文姜挟母之尊，倚齐之贵，安可防闲？

（5）严粲：中间有"展我甥兮"一句，只一"甥"字，便见得是刺鲁庄公，另一"展"字，便见得是人以鲁庄为齐侯之子，诗人设为讳护之词以讥之。

（6）方玉润：此齐人初见庄公，而叹其威仪技艺之美，不失名门子。诚哉，其为齐侯之甥也！意本赞美，以其母不贤，自后人观之，而以为刺耳。

【今说】

诗文只赞美，绝无刺意，方玉润之说得之。

魏风释

魏，国名，周初以封同姓，其地南枕河曲，北涉汾水，虞夏故都，俭约之化犹存，过俭而流于褊啬。地与秦晋邻，国土日见侵削，故多忧时之歌。至惠王十六年，卒为晋所灭。以是知魏风多作于春秋初年。郑《诗谱》云："当周桓平之世，魏之变风始作。"亦以此考证也。

《魏风》次齐先唐，或由封祚。孔颖达云："魏国虽小，俭而能勤。踵虞舜旧风，有夏禹之遗化，故次于齐。"成伯瑜云："魏为晋献公所灭，晋灭同姓见贬，故升魏于晋之上焉。"方玉润则谓："先之所以见圣帝遗风，犹未尽泯，霸图盛业，于此方新云尔。"

《魏风》现存只七篇，风格特异，言情极少，写实较多，崔述云："《魏风》其诗朴茂深厚，元气未漓。盖其俗犹为近古焉。《葛屦》之刺褊心，止篇终一语，《彼汾》之讥贵游，仅微露其意，皆不失温柔敦厚之旨。《陟岵》有思亲之念，无怨上之心。……慈孝之情，尤为笃挚。《十亩》但言退居之乐，不及服官之难，意在言表，殊耐人思。《伐檀》命意尤高，托兴尤远，为美为刺，一毫不露圭角，而一唱三叹，诵之使人尘鄙之心都消。惟《园桃》与《硕鼠》，忧时感事，语颇沉痛，……惜乎其君之不有为耳。"

魏 风

葛屦 二章

纠纠葛屦，可以履霜。掺掺女手，可以缝裳，要之襋之，好人服之。

好人提提，宛然左辟，佩其象揥。维是褊心，是以为刺。

【注释】

（1）"纠纠"，犹"缭缭"，缠绕意。"掺掺"，犹"纤纤"。"要"为衣腰，"襋"为衣领。毛以"好人"为好女手之人①，郑以"服"为"整"，朱子以"好人"为大人，服裳之人。"可"，俞樾谓"何"字之假，古"何""可"通用，故《传》云："葛屦非所以履霜"，又曰："妇人三月庙见而后执妇功也。"

（2）"提提"，即"媞媞"，毛训"安谛"，一训"美好"。《毛传》：

① 整理者按：原书误作"毛以'好人'为女手之人"。

"'宛'辟貌，妇至门，夫揖而入，不敢当尊，宛然而左辟。"朱子只以让而避者必左，不主新妇之说。王夫之以"辟"与"襞"通，裳之缝也。《礼记·杂记》郑注："吉服冠裳，襞积右掩左者，其襞在左；右掩左者，其襞在右。"此言缝裳之制也。宛然者襞积分明，楚楚然也。宛然左辟，言其缝之工，而好人服之，襞积清楚，宛然可观，以终上文缝裳之事。"掺"，用以摘发，《广韵》云："掺枝，整发钗也。"朱《传》谓大人佩掺，陈启源非之，以为妇人之饰，段氏谓即后人玉搔头类也。

【诗说】

（1）《序》：刺褊也。魏地狭隘，其民机巧趋利，其君俭啬褊急而无德以将之。方玉润从之。

（2）朱子：魏地狭隘，其俗俭啬而褊急。故以葛屦履霜起兴，而刺其使女缝裳，又使治其襋，而遂服之也。此诗疑即缝裳之女所作。

（3）王质：婚姻太速，其意欲早使夫力妇功，以济其家，不虚度也。此所以为褊而可刺也。今河东风俗如此。

（4）崔述：此与下篇，《序》皆以为刺其君之俭啬，然玩其词，并不似刺俭者。象掺左辟如玉如英，皆就仪容修饰之美言之，似讥其华而不实者。

（5）姚际恒：此诗疑其时夫人之妾媵所作，以刺夫人者。

（6）顾颉刚：此是刺上流社会的阔绰，女工的苦恼。

【今说】

此刺褊之作，诗有明言，自无可疑。张凤冈云："褊者琐屑蹙迫之谓。琐屑之至，则与民争利。《汾沮洳》之所以歌也。琐屑蹙迫，而徒为容好，修饰威仪，则有名无实，此《园有桃》此以忧也。"此诗明言刺，似刺大夫之家与小民争利，故谓之褊。

附录

《列女传·鲁秋洁妇传》：妇曰："子束发修身，辞亲往仕，五年乃还。当所悦驰骤，扬尘疾至^①。今也乃悦路旁妇人，下子之装^②，以金与之，是忘母也。忘母不孝，好色淫佚，是污行也。污行不义。"君子曰："见善如不及，见不善如探^③汤，秋胡子妇之谓也。"《诗》云："惟是褊心，是以为刺。"此之谓也。

汾沮洳 三章

彼汾沮洳，言采其莫。彼其之子，美无度。美无度，殊异乎公路。

---

① 整理者按：原书误作"子束发，辞亲往仕，五年乃还。当此悦驰骤，扬尘疾至"。
② 整理者按：原书误作"粮"。
③ 整理者按：原书误作"深"。

彼汾一方，言采其桑。彼其之子，美如英。美如英，殊异乎公行。

彼汾一曲，言采其藚。彼其之子，美如玉。美如玉，殊异乎公族。

【注释】

（1）"汾水"出太原汾阳北山，西南至汾阴入河。"沮洳"，水浸处，下湿之地。"莫"，菜名，《陆疏》云："茎大如箸，赤节，节一叶，今人缫以取茧绪，其味酢而滑，五方通谓之酸迷，或作酸模，亦名芜。河汾谓之'莫'。""度"，毛训不可尺寸，俞樾谓古与"斁"字通，故郑《笺》以"无厌"释之，是。"公路"，官名，郑主君之辂车，以庶子为之。马瑞辰谓《左传》："官卿之适以为公族，又官其余子为余子，其庶子为公行。"有余子而无公路。此诗有公路而无余子，实则余子即公路也。

（2）"英"，毛训"万人"，朱训"华"。马瑞辰、俞樾俱以为"琼英"之"英"，"英"即"瑛"字，《说文》训"玉光"，说是。

（3）"藚"，叶似车前，《陆疏》以为泽泻，王夫之以为牛膝，未知孰是。

【诗说】

（1）《序》：刺俭也。其君子俭以能勤，刺不得礼也。

（2）朱子：此亦刺俭不中礼之诗，言若此人者，人美则美矣，然其俭啬褊急之态，殊不似贵人也。

（3）魏源：刺贤者不得用，用者未必贤也。公行公路公族，皆贵游弟子，无功食禄，而贤者隐处沮洳之间，采蔬自给，谁知其才德高出在位之上乎？

（4）姚际恒：此诗人赞其公族大夫之诗。

（5）方玉润：美俭德也。

【今说】

此诗约分三说：《序》、朱以为刺俭不中礼；魏源本《韩诗》何楷等主张刺不用贤；姚、方以为俭美德。不用贤之说，已为钱澄所驳，《田间诗学》云："春秋世卿，虽有贤者在下，岂能骤用之在上位？其信任卿族，不独晋为然也，何刺之有？"说极名通。古礼素重"君子不尽利以为遗民。"（《坊记》）葛屦履霜，已明刺褊。则此非美意，可以类推，故以朱说为得。

园有桃 二章

园有桃，其实之殽。心之忧矣，我歌且谣。不知我者，谓我士也骄。彼人是哉，子曰何其？心之忧矣，其谁知之？其谁知之？盖亦勿思。

园有棘，其实之食。心之忧矣，聊以行国。不知我者，谓我士也罔极。彼人是哉，子曰何其？心之忧矣，其谁知之？其谁知之？盖亦勿思。

【注释】

（1）"毃"，通"肴"，食也。曲合乐曰"歌"，徒歌曰"谣"。"骄"，泰甚也。"其"，语词，"何其"，即"何居"也，《檀弓》郑注："居，读如姬姓之姬，齐鲁间语词也。""盖"，"盍"之假借，何也。"亦"，语词。

（2）"棘"，枣也。"行国"，谓游行国中也。"罔极"，不已也。

【诗说】

（1）《序》：刺时也。大夫忧其君国小而俭以嗇，不能用其民，而无德教，日以侵削，故作是诗也。

（2）朱子：诗人忧其国小而无政，故作是诗。

（3）崔述：乃忧时非刺时，姚际恒亦以贤者忧时之诗。方玉润亦赞同此说。

【今说】

此诗写忧国之情，长歌当哭，与《黍离》《兔爰》相似。

陟岵 三章

陟彼岵兮，瞻望父兮。父曰：嗟予子！行役！夙夜无已。上慎旃哉！犹来无止。

陟彼屺兮，瞻望母兮。母曰：嗟予季！行役！夙夜无寐。上慎旃哉！犹来无弃。

陟彼冈兮，瞻望兄兮。兄曰：嗟予弟！行役！夙夜必偕。上慎旃哉！犹来无死。

【注释】

（1）毛、朱以山无草木曰"岵"，多草木曰"屺"，与《尔雅》《说文》相反，孔以为传写之误，应从《尔雅》说。"上"与"尚"通，《鲁诗》作"尚"。"旃"，代词"之"也，必在宾格。"犹"，可也。首章毛以为"父尚义"。马瑞辰谓败退不能前进为之止，我其子勿轻退，然与"犹来"不能接，故应从朱子说，以"上"为"止息"，或被获之意。"季"，少子也。妇人之情，尤怜爱少子，故用季字。

【诗说】

（1）《序》：孝子行役，思念父母也。国迫而数侵削，役乎大国，父母兄弟离散而作是诗也。

（2）朱子：孝子行役，不忘其亲，故登山以望其父之所在。因想像其父念己之言。

（3）崔述：以为孝子行役，得之。姚际恒、方玉润亦从《序》说。

（4）陆侃如：《陟岵》是在苛政之下，表示骨肉之爱的。

【今说】

此诗描写行役之苦，从对方写之。陈陶之"可怜无定河边骨，犹是深闺梦里人。"由此脱胎而来。

附录

《列女传·鲁臧孙母传》：文仲将为鲁使至齐，其母送之曰："汝刻而无恩，好尽人力，穷人以威，鲁国不容子矣。而使子之齐，凡奸将作，必于变动，害子者其于斯发事乎。汝其戒之！"君子谓臧孙母识微见远。《诗》云："陟彼屺兮，瞻望母兮。"此之谓也。

十亩之间 二章

十亩之间兮，桑者闲闲兮，行与子还兮！
十亩之外兮，桑者泄泄兮。行与子逝兮！

【注释】

（1）"闲闲"，往来貌。"行"，且也。
（2）"泄泄"，多人之貌。

【诗说】

（1）《序》：刺时也。言其国削小，民无所居焉。

（2）朱子：政乱国危，贤者不乐仕于其朝，而思与友归于农圃，故其词如此。

（3）何楷：齐姜劝①公子重耳去齐而作。

（4）姚际恒：此类刺淫之诗。

（5）崔述：朱子说是也，大抵《诗序》揣度为多，以唐、魏之俗多勤俭故谓之刺俭。以魏国小而邻于晋，故以为国小而见侵削耳。甚至唐风之《蟋蟀》明言"无已太康"，而犹以为刺俭，其诬古人亦已甚矣！

（6）方玉润：此夫妻偕隐也。

（7）陆侃如：此诗是诗人理想中之乐土。

【今说】

此相招归农圃之诗。就诗本文，绝无政乱国危意，朱子犹不免受《序》之影响。至陆侃如谓如陶潜之《桃花源记》，亦言过其实也。

伐檀 三章

坎坎伐檀兮，寘之河之干兮，河水清且涟猗。不稼不穑，胡取禾三百廛兮？不狩不猎，胡瞻尔庭有县貆兮？彼君子兮，不素餐兮。

---

① 整理者按：原书误作"勤"。

坎坎伐辐兮，寘之河之侧兮，河水清且直猗。不稼不穑，胡取禾三百亿兮？不狩不猎，胡瞻尔庭有县特兮？彼君子兮，不素食兮。

坎坎伐轮兮，寘之河之漘兮，河水清且沦猗。不稼不穑，胡取禾三百囷兮？不狩不猎，胡瞻尔庭有县鹑兮？彼君子兮，不素飧兮。

【注释】

（1）"坎坎"，伐檀声，"干"，厓也。风行水成文曰"涟"。"猗"石经残牌作"兮"，语已词也。种禾曰"稼"，敛禾曰"穑"。毛训"廛"，一夫之居，即五亩之宅。俞樾谓《广雅·释诂》"稇"。"缬""缠"并训"束"，故此三百廛者，三百缠也；三百亿者，三百缬也；三百囷者，三百稇也，其实皆三束也。《说文》又部"秉"，禾束也，然则三百束者，三百秉也。"狟"陈奂谓"貆"之讹，"貆"，豕属也，疑是野豕。

（2）"辐"，以檀为车辐也。兽生三岁曰"特"。

（3）"漘"，厓也。"鹑"，小鸟也。

【诗说】

（1）张揖引《鲁诗》曰：贤者不遇明时也。《琴操》：伐檀者，魏国女作焉。伤贤者退隐伐木，小人在位，食禄悬珍，奇积百谷，德泽不加百姓。痛上之不知，仰天长叹，援琴而鼓之。

（2）《序》：刺贪也。在位贪鄙，无功而受禄，君子不得进仕尔。

（3）朱子：诗人言有人于此，用力伐檀，将以为车而行陆也。今乃置之河干，则水清涟而无所用，虽欲自食其力而不可得矣。然其志则自以为不耕，则不可以得禾，不猎则不可以得兽，是以甘心穷饿而不悔也。诗人述其事而叹之，以为真能不空食者。后世若徐穉之流，非其力不食，其厉志盖如此。

（4）崔述：序以刺贪，朱子以为美不素餐。然细玩其词，二意实兼之。盖惟贤人不得行其志，而相率遁于十亩之间。故在位者皆贪鄙之夫，不以无功受禄为耻。其反覆叹美辞荣之君子，正以愧夫尸位之小人也。

（5）姚际恒：此诗美君子之不素餐。"不稼"四句，是借小人以形君子，亦借君子以骂小人，乃反衬"不素餐"之义耳。

（6）方玉润：伤君子不见用于时，而又耻受无功禄也。

（7）陆侃如：为劳动者抱不平而作。

【今说】

此诗首三句毛、郑、朱以为"赋"，谓伐檀为实事。苏辙以为"比"，谓河非用车之处，比君不子得仕。姚际恒以为"兴"。"赋"意较佳，伐檀者目睹河水清涟，而伤政治之浊，因慨叹惟君子始不素餐耳。

附录

《孔丛子·记义》：于《伐檀》，见贤者之先事后食也。

《汉书·王吉传》：至于积功治人，亡益于民，此《伐檀》所为作也。

《孟子·尽心上》：公孙丑曰："《诗》曰：'不素餐兮。'君子之不耕而食，何也？"孟子曰："君子居是国也，其君用之，则安富尊荣；其子弟从之，则孝弟忠信。'不素餐兮'，孰大于是？"

《春秋繁露·仁义法》：又曰："坎坎伐辐，彼君子兮，不素餐兮！"先其事后其食，谓治身也。

《韩诗外传》卷二：商容辞曰："吾常冯于马徒，欲以化纣不能，愚也。不争而隐，无勇也。愚且无勇，不足以备乎三公。"遂固辞不受命。君子闻之曰：商容可谓内省而不诬能矣。君子哉！去素餐远矣。《诗》曰："彼君子兮，不素餐兮。"商先生之谓也。

《潜夫论·三式》：先王之制，继体立诸侯，以象贤也。子孙虽有食旧德之义，然封疆立国，不为诸侯，张官置吏，必有功于民，乃得保位，故有考①绩黜陟九锡三削之义。《诗》

---

① 整理者按：原书误作"孝"。

云："彼君子兮，不素餐兮。"由此观之，未有得以无功而禄者也。

《说苑·修文》：故古者儿生三日，桑弧蓬矢六，射天地四方，天地四方者，男子之所有事也，必有意其所有事，然后敢食谷，故曰："不素飧兮。"此之谓也。

《列女传·齐田稷母传》：其母曰："吾闻士修身洁行，不为苟得。竭情尽实，不行诈伪。非义之事，不计于心。非理之利，不入于家。言行若一，情貌相副。"君子谓稷母廉而有化，《诗》曰："彼君子兮，不素飧兮。"无功而食禄，不为也，况于受金乎。

硕鼠 三章

硕鼠硕鼠，无食我黍！三岁贯女，莫我肯顾。逝将去女，适彼乐土。乐土乐土，爰得我所。

硕鼠硕鼠，无食我麦！三岁贯女，莫我肯德。逝将去女，适彼乐国。乐国乐国，爰得我直。

硕鼠硕鼠，无食我苗！三岁贯女，莫我肯劳。逝将去女，适彼乐郊。乐郊乐郊，谁之永号。

【注释】

（1）"硕"，大也，《尔雅》谓与"鼫"通，《尔雅》释"鼫鼠"云：

"形大如鼠，头似兔，尾有毛，青黄色，好在田中食粟豆。""贯"，毛训"事也"，石经残碑作"宦"。"逝"，行也。

（2）"直"，毛训"直道"，朱训"宜"，王引之谓当训为"职"，职亦"所"也。马瑞辰以"道"亦"道路"之"道"，与"所"意相合。

（3）"谁之永号"，马瑞辰谓"之"，"其"也，此犹"谁其咏叹"也。言乐郊之地民无长叹也。一说"之"，尚也。

【诗说】

（1）《盐铁论·取下》：及周之末涂，德惠塞而嗜欲众，君奢侈而上求多，民困于下，怠于公事，是以有履亩之税，《硕鼠》之诗是也。

（2）《序》：刺重敛也。国人刺其君重敛蚕食于民，不修其政，贪而畏人，若大鼠也。姚际恒从之。

（3）朱子：民困于贪残之政，故托言大鼠害已而去之也。

（4）崔述：细玩其词，莫我肯顾，我肯德，与《小雅·黄鸟》篇笔意相类。非惟不类刺君，亦不似专指有司者。盖由有司不肖。惟务朘剥小民，以自逸乐，而不复理民事，以致豪强舆隶，皆得肆行吞噬，而无所忌，故民不堪其扰而思去也。

（5）方玉润：刺重敛也，此诗见魏君贪残之效，误以啬为俭之故。遂至刻削小民而不知足，以致境内纷纷逃散而有此咏。

【今说】

此诗描写政治不良，民不聊生。词语激越，爽若哀梨，与《伐檀》同为社会之反映，在三百篇极罕见也。

附录

《后汉书》马融注引《说苑·善说》：甯戚饭牛于康衢，击车辐而歌《硕鼠》。

《韩诗外传》卷二：伊尹知大命之将至，举觞造桀曰："君王不听臣言，大命至矣，亡无日矣！"于是伊尹接履而趋，遂适于汤。汤以为相，可谓适彼乐土，爰得其所矣。《诗》曰："逝将去女，适彼乐土，爰得我所。"又卷二：田饶曰："臣闻食其食者，不毁其器。阴其树者，不折其枝，有臣不用，何书其言为？"遂去之燕。燕立以为相。三年，燕政太平，国无盗贼，《诗》曰："逝将去汝，适彼乐国。适彼乐国，爰得我直。"

《新序·节士》：遂去而之介山之上。文公使人求之不得，为之避寝三月，号呼三年。《诗》曰："逝将汝去，适彼乐郊，适彼乐郊，谁之永号。"此之谓也。

唐风释

唐，国名，本帝尧旧都，今山西太原地。周成王时以封其弟叔虞为唐侯。至子燮乃改国号曰晋，十七传至晋侯缗，为曲沃武公所并。

《唐风》俱晋诗，而谓之唐者，朱子谓仍其始封之旧号。刘瑾谓武公能灭晋之宗，而不能灭唐之号。能继晋之号，而不能继唐之统。君子欲绝武公于晋而不可，故总名其诗为唐以寓意焉。方玉润曰："《唐诗》多作于曲沃并晋之世。两晋相吞，一兴一亡，其名无所专系，故黜晋号而系之以唐，恶之深故绝之甚也。"

唐次于魏，孔颖达以为内乱弘多，故次魏下。成伯瑜则以晋唐叔受桐叶之封，地有四百，既小于齐，又居魏后。此则兼土地广狭而言。

季札闻《唐风》曰："思深哉！其有陶唐氏之遗民乎？不然，何忧之远也？非令德之后，其谁能若是？"《汉书·地理志》云:"成王灭唐而封叔虞,其民有先王遗教,君子深思,小人俭陋。故《唐诗·蟋蟀》《山枢》《葛生》之篇曰:'今我不乐,日月其迈。''宛其死矣,他人是愉。''百岁之后,归于其居。'皆思奢俭之中,念死生之虑。"方玉润云:"《唐风》之厚,于《羔裘》不恤民而民不忍去,《鸨羽》苦役民而民但呼天,而且《葛生》思妇,而无怨怼之言,《椒聊》智士,有深忧之虑,即《扬之水》闻人奸谋,未尝不反辞以劝君,数者略见大概。即《采苓》刺谗于浸润易人之中,劝以姑舍其言,无遽信从,亦非深于道而有体验者不能,此其所以为忧深思远之实欤?"综上三说,兼细读唐风十二首,确与郑卫不同。郑、卫多情诗,魏风已多社会政治反映,唐风更现惨淡阴郁气象。朔北苦寒,民生艰苦,致无和愉之情欤?

唐　风

蟋蟀　<small>三章</small>

蟋蟀在堂，岁聿其莫。今我不乐，日月其除。无已大康，职思其居。好乐无荒，良士瞿瞿。

蟋蟀在堂，岁聿其逝。今我不乐，日月其迈。无已大康，职思其外。好乐无荒，良士蹶蹶。

蟋蟀在堂，役车其休。今我不乐，日月其慆。无已大康，职思其忧。好乐无荒，良士休休。

【注释】

（1）毛以九月之候，为蟋蟀在堂，盖以周正建子，以十月为岁暮也。"已"，甚也。"职"，毛训"主"，马瑞辰训"尚"，王引之、俞樾训"常"，"常""尚"俱通。"瞿瞿"，乃左右视，毛训为"警顾"。"聿"，语词，与"曰"通，毛训"遂"。

（2）"蹶蹶"，动而敏于事。

（3）"役车"为行役之车，古者岁暮行役必还也。"愔"，过也。"休休"，好逸安闲貌。

【诗说】

（1）《序》：刺晋僖公也。俭不中礼，故作是诗以闵之，欲其及时以礼自虞乐也。此晋也，而谓之唐，本其风俗忧深思远，俭而用礼，乃有尧之遗风焉。

（2）朱子：唐俗勤俭，故其民间终岁劳苦，不敢少休。及其岁晚务闲之时，乃敢相与燕饮为乐。而言今蟋蟀在堂，而岁忽已晚矣。当此之时而不为乐，则日月将舍我而去矣。然其忧深而思远也，故方燕乐而又遽相戒曰：今虽不可以不乐，然不已过于乐乎？盍亦顾念其职之所居者，使其虽好乐而无荒，若彼良士之长虑而却顾焉，则可以不至于危亡也。盖其民俗之厚，而前贤遗风之远如此。王质谓此士大夫之相警戒者。姚际恒亦以为士大夫诗。方玉润亦赞同朱《传》说。

（3）崔述：朱子以为岁晚务闲，相与燕饮而忧深思远者，得之，然尚有未尽者。此诗前四句特系开笔，后四句乃其主意。非谓人之当乐，正谓人之不当过于乐也。职思其居，居谓现在所居之地，四民各有本业，先尽力于其所当务，而后以其余暇闲行乐，虽行乐而仍不忘其本业也。职思其外，外谓意外所遭，本业虽已克尽，而事变之来无常，不可以为未必然而置诸度外。朱子所谓出于平常思虑之所不及 ①，当过而备之者，是也。职思其忧，乐者忧之所伏，太乐则忧必至，所以乐之时，常作一忧之想也。瞿瞿悚惕，瞻顾也。蹶蹶黾勉，奔赴也。休休安吉，嘉美也。乐不忘忧则不至于有忧，《传》所谓亡者保其存者也。诗义折中亦用此说，以此诗为劝思。谓人情莫不好乐，然患大康，而至于荒，荒则失业，将有忧矣。荒则失心，并不知其有忧矣。故治荒莫若思，思者，心之职也，思欲其详，又恐其杂，故贵慎也；思欲其深，又恐其远，故贵近也。欲近而慎，必先思居，居者所处之位也。素其位而思，则无处不有当为之事，不敢杂矣；无时不有当尽之功，不暇远矣。故曰思不出其位也。又思其外者何也？外者居之余也，一身以外皆人也，一室之外皆地也，上下四旁之地，亲疏远近之人，皆念及之，而后一室之内，可以久处。故思其外，正所以安其居也。如是则有备而无患矣。然而人之患，常出于所备之外，苟自谓无患，则荒而失心，势必荒而失业，故至于忧而不救。故常恐其有忧而必思之。似可以无忧，而亦必思之。于是乎有终身之忧，而无一时之患矣。故曰："思深哉！其有陶唐氏之遗风乎？"

---

① 整理者按：原书误作"朱子所谓出于平常所不及"。

【今说】

此诗乐不忘忧，忧深思远，绝无刺意。《序》说之谬，朱《传》已驳之。朱、崔二家，阐发诗旨，俱极详尽可从。

附录

《左传》襄二十七年传：印段赋《蟋蟀》，（注：取瞿瞿然顾礼仪。）赵孟曰："善哉，保家之主也，吾有望矣。"

《孔丛子·记义》：于《蟋蟀》，见陶唐俭德之大也。

《盐铁论·力耕》：昔季文子相鲁，妻不衣帛，马不秣粟。孔子曰："不可大俭极下，此《蟋蟀》所为作也。"

《列女传·密康公母传》：其母曰："夫粲美之物归汝，而何德以堪之？王犹不堪，况尔小丑乎？"君子谓密母为能识微，《诗》云："无已太康，职思其忧。"此之谓也。

《列女传·楚子发母传》：使人数之曰："今子为将，士卒分菽粒而食之，子独朝夕刍豢黍粱，何也？《诗》不云乎：'好乐无荒，良士休休。'言不失和也。"

山有枢 三章

山有枢，隰有榆。子有衣裳，弗曳弗娄。子有车马，弗驰弗驱。宛其死矣，他人是愉。

山有栲，隰有杻。子有廷内，弗洒弗扫。子有钟鼓，弗鼓弗考。宛其死矣，他人是保。

山有漆，隰有栗。子有酒食，何不日鼓瑟？且以喜乐，且以永日。宛其死矣，他人入室。

【注释】

（1）"枢"，荎也，一名刺榆，针刺如柘，叶如榆，其荚为芜荑，小者可食。"榆"，白枌也。"娄"，亦曳也。"宛"，毛：死貌，即"苑"之假借。"愉"，乐也。

（2）"栲"，山樗也，似樗，生山中，亦类漆树，后称臭椿树。"杻"，檍也，叶似杏而尖，白色，皮赤，其理多曲少直，为强韧有用之木材，可作棺椁及弓干。"考"，考之假，击也。"廷内"，王引之谓"廷"与"庭"通，中庭也，内堂与室也，较旧释作庭之内为优。

【诗说】

（1）《序》：刺晋昭公也。不能修道以安其国，有财不能用。有钟鼓不能以自乐，有朝廷不能洒扫，政荒民散，将以危亡，四邻将谋取其国家而不知，国人作诗以刺之也。

（2）朱子：此诗盖亦答前篇之意，而解其忧，盖言不可不及时行乐，然其忧愈深而意愈蹙矣。

（3）王质：山木其茂几时，其凋有日。所谓此树婆娑，无复生意，何不为乐以度日，必有事至于无可若何，而朋友之间姑道此以开之也。

（4）崔述：吾读此诗，益知唐俗之美也。盖惟其民勤于职业，所忧者远，而不肯苟日前之安，是故诗人以劝之。其所谓喜乐永日者，不过曳娄衣裳，驰驱车马，扫庭内而考钟鼓，使在今日，即为循分自守之人。吾故读此诗，而益叹唐俗之美，而知晋之必霸诸侯也。

（5）方玉润：此讽唐人富者徒俭而不中礼之诗。

【今说】

此诗写人生短促，故须及时行乐。语似旷达，意极凄苦。后世《管篌引》《薤露歌》《将进酒》《来日大难》等诗，多导源于此。

扬之水 三章

扬之水，白石凿凿。素衣朱襮，从子于沃。既见君子，云何不乐？

扬之水，白石皓皓。素衣朱绣，从子于鹄。既见君子，云何其忧？

扬之水，白石粼粼。我闻有命，不敢以告人。

【注释】

（1）"扬之水"一见于王风，一见于郑风，俱以激扬①之水，而实

———————————

① 整理者按：原书误作"杨"。

无力，此喻晋昭，不制桓叔，而转封沃，以使之强大，有如水之激石，反使其凿凿鲜明也。"襮"，领也，此诸侯之服也。"沃"，曲沃也，今山西绛州闻喜县。郑、朱俱以"子"及"君"指桓叔。

（2）"鹄"，毛以为曲沃下邑。

（3）"粼粼"，清澈貌。

【诗说】

（1）《序》：刺晋昭公也。昭公分国以封曲沃。沃强盛，国人将叛而归沃焉。

（2）朱子：以诗辞明白，《序》亦不误，故《集传》用旧说。末章二句，谓民为之隐，而乐其事之成。

（3）严粲：昭公时晋人之心尚未涣散，其乐沃者沃之党耳。故作诗设为国人相语之词，而曰我闻有命，不敢以告人。不告之告，正欲泄沃党之谋，欲公之早为备也。姚际恒、方玉润从之。

（4）惠周惕：此诗刺晋昭公，实刺桓叔。叔之倾晋，惟潘父栾宾之党从之，国人不予也，其谋已泄，晋之臣如师服者作此诗以警桓叔，亦无谓秦无人之意。

（5）陈奂：我……诗人自我也，……其人必身在桓叔，而心切昭公。忧昭公之微弱，畏桓叔之盛强，真有向隅仰屋，无所告语之叹。君子知晋之必为沃并，已情见乎词矣。定十年《左传》侯犯以郈叛，叔孙谓郈工①师驷赤曰："郈非叔孙氏之忧，社稷之患也，将若之何？"对曰："臣之业在《扬之水》卒章之四言矣。"案：侯犯据郈叛鲁，与桓叔据沃叛晋，其事相似。驷赤畏侯犯，特咏此诗以明己意，则知作诗之人，断非从叛之人，上二章就叛晋者说，末章即承此意以讽劝昭公耳。

【今说】

严粲、陈奂之说，较近诗旨。

椒聊 二章

椒聊之实，蕃衍盈升。彼其之子，硕大无朋。椒聊且！远条且！

椒聊之实，蕃衍盈匊。彼其之子，硕大且笃。椒聊且！远条且！

【注释】

（1）"聊"，郑训"捄"，众也，"聊"，"朻"字之假，"朻"即"捄"字，高木也。"朋"，比也。"条""蓨"通，长也。"远条"言椒香之攸远也。"且"，哉也。

---

① 整理者按：原书误作"二"。

（2）"匊"，毛训两手曰"匊"，《小尔雅》以二升为"匊"，"手"或"升"之误。"笃"，实厚也。

【诗说】

（1）《序》：刺晋昭公也。君子见沃之盛强，能修其政，知其蕃衍盛大，子孙将有晋焉。

（2）朱子：未见其必为沃而作，而又不知所指。

（3）魏源：美晋之忠臣不党于沃也。自曲沃构难以来，晋人灭一君，复一君。"彼其之子，硕大无朋""硕大且笃"，盖谓九宗五正之徒，不入沃党，临大节而不可夺也。蕃衍远条，岂顾枝干之强弱，众寡之不敌乎？无刺昭公而美曲沃之义。

【今说】

此诗只述椒聊蕃衍远条，"彼其之子"，照诗文解释，当指椒聊之实。郑谓指桓叔，魏谓指九宗五正，俱无可据。朱子谓不知所指，不失高明。

绸缪 三章

绸缪束薪，三星在天。今夕何夕？见此良人。子兮子兮！如此良人何？

绸缪束刍，三星在隅。今夕何夕？见此邂逅。子兮子兮！如此邂逅何？

绸缪束楚，三星在户。今夕何夕？见此粲者。子兮子兮！如此粲者何？

【注释】

（1）"绸缪"，毛训"缠绵"。"三星"，毛训为"参星"，十月始见，郑训为"心星"，三月始见，郑以在天为四月，在隅为五月，在户为六月。后儒多从毛说。"子兮"，毛训"嗟兹"，叹词也。"良人"，毛训"美室"。朱子不从，后儒以末章粲者指女，此良人亦应从毛说。

（2）"邂逅"，毛训解说，谓谐和而说也。此与《草虫》训不期而会者异。俞樾谓"邂逅"即"解构"，"解"即"解散"，"构"为"会合"。毛释此用解意，释草虫用逅意，二字乃古语连用也。"粲"，毛训三女为粲，大夫一妻二妾，粲亦美也。

【诗说】

（1）《序》：刺晋乱也，国乱则婚姻不得时焉。

（2）朱子：国乱民贫，男女有失时而后得遂其婚姻之礼，诗人叙其妇语夫之词曰：方绸缪以束薪也，而仰见三星之在天，今夕不知其何夕也，而忽见良人之在此。既又自谓曰：子兮子兮！其将奈此良人何哉？喜之甚而自庆之词也。

（3）王质：杜氏所谓"今夕复何夕，共此灯烛光"，然男子则易为计，妇人将如之何，必旁观者为辞，非快① 擿其阴私，盖有所怜也。

（4）魏源：此盖乱世忧婚姻之难常聚，而非刺婚姻不得时。若曰：此何世何时尚乃相逢聚首乎？未卜偕老之怀，已虞新婚之别。鱼之呴，鸟之集，虫之蠖，聚以崇朝，而乐以今夕。其情急，其辞悲，其声塞，而国事可知矣。

（5）姚际恒：据子兮之词，是诗人见成昏而作。序恐臆测，如今人贺人作花烛诗，亦无不可也。一章子兮指女，二章子兮合指，三章子兮指男。

（6）方玉润：此贺新昏诗耳。

（7）陆侃如：是一首描写野合的诗。绸缪束薪示其地，三星在天示其时。在这种境地得与意中人畅叙，当如何欣幸呢？

【今说】

《序》谓刺晋乱，最无理。朱子因遵《序》，故勉用大气力解释，亦解不通。姚、方以为贺新婚者，以良人也。然有邂逅字样，陆说较是。

---

① 整理者按：原书误作"抉"。

杕杜 二章

有杕之杜，其叶湑湑。独行踽踽，岂无他人？不如我同
父。嗟行之人，胡不比焉？人无兄弟，胡不佽焉？

有杕之杜，其叶菁菁。独行睘睘，岂无他人？不如我同
姓。嗟行之人，胡不比焉？人无兄弟，胡不佽焉？

【注释】

（1）"杕"，特立貌。"杜"，赤棠也。"湑湑"，茂盛貌，毛训为树
叶不相比。"踽踽"，无所亲貌。"行"，道也。"比"，辅也。"佽"，助
也。俞樾谓"胡不"之"不"为语词，无意。谓彼道路之人，胡亲比之
有，人无兄弟，胡助之有。俞说是。

（2）"睘睘"，无所依也。曹干中云："《说文》警视貌，独行多惧，
故睘睘也。"

【诗说】

（1）《序》：刺时也。君不能亲其宗族，骨肉离散，独居
无兄弟，将为沃所并尔。

（2）朱子：此无兄弟者自伤其孤独，而求助于人之词。

（3）姚际恒：此似不得于兄弟，而终望兄弟此助之词，
方玉润从之。

【今说】

朱驳《序》说极是，此确乞儿哀词，后世之莲花落类也。

羔裘 二章

羔裘豹袪，自我人居居。岂无他人？维子之故。
羔裘豹褒，自我人究究。岂无他人？维子之好。

【注释】

（1）"袪"，袂末也，"褒"犹"袪"也。"居居""究究"，毛训为怀恶不相亲比之貌。朱谓未详。马瑞辰谓"居居"为"裾裾"之假，盛服貌。"我人居居"者，谓自我在坐之人，此日徒有居居之盛服。"维子之故"，郑以"故"为"旧"，马瑞辰谓能爱好故旧之人亦谓之"故"，此当如"好恶"之"好"。一说自我人居之"自"，对于也。

【诗说】

（1）《序》：刺时也，晋人刺其在位不恤其民也。

（2）朱子：此诗不知所谓，不敢强解。

（3）王质：此朋友切责之词。切责之中，忠厚此寓，此风亦可嘉也。

（4）姚际恒：《序》说或是。

（5）方玉润：刺在位不能恤民也。

【今说】

此诗词意轻佻狎暱。"岂无他人，维子之故"二语，与郑风《褰兮》《狡童》同，故亦当是情歌。"羔裘""豹袪"指男子，"我"女子自谓，"维""惟"通，此处当作"惟"解，谓我岂无他人而惟子为故好乎？

鸨羽 三章

肃肃鸨羽九麌，集于苞栩九麌。王事靡盬十姥，不能艺稷黍八语。父母何怙十姥？悠悠苍天，曷其有所八语？

肃肃鸨翼二十四职，集于苞棘二十四职。王事靡盬，不能艺黍稷二十四职。父母何食二十四职？悠悠苍天，曷其有极二十四职？

肃肃鸨行户郎反，集于苞桑十一唐。王事靡盬，不能艺稻粱十阳。父母何尝十阳？悠悠苍天，曷其有常十阳？

【注释】

(1)"肃肃"，羽声，旧说鸨性不止树，今上树是失性，以兴从役者之失所。按：诗意当作鸨不常止树，今犹常止息，役夫不得休，人而不如鸟也。旧说迂曲不可从。"苞"者，物丛生而根相逼也。"栩"，柞栎也，其子为皂斗，壳可以染皂者，是也。"盬"，毛、朱皆训"不功缕"，说者谓"盬""盅"义同字异，王引之、马瑞辰则以"盬"为"苦"之假借，《尔雅·释诂》：栖迟憩休，苦息也。故"盬"即"息"。"艺"，树。"估",恃也。

（2）"行"，毛训"翮"，朱训"行列"。俞樾谓："'翮'，羽茎也，从羽咼声，古音在支部。'翰'，翅也，从羽革声，古音在咍部，不相混也。"此《传》"翮"字乃"翰"字之误。《广雅·释训》："行行更更也。""行""革"声近，故亦互释。

【诗说】

（1）《序》：刺时也。昭公之后，大乱五世，君子下从征役，不得养其父母而作是诗。姚际恒从之。

（2）朱子：民从征役而不得养其父母，故作此诗。言鸨之性不树止，而今乃飞集于苞栩之上，如民之性本不便于劳苦，今乃久从征役，而不得耕田以供子职也。悠悠苍天，何时使我得其所乎？

（3）方玉润：刺征役苦民也。龚橙亦谓征役之怨也。

【今说】

此诗描写征役伤民之状，凄苦欲绝，无可告诉，穷极呼天，较《陟岵》更深一层矣。

无衣 二章

岂曰无衣八微七五质兮？不如子之衣见上二衣字自为韵安且吉五质兮！

岂曰无衣_{见上}六—屦兮? 不如子之衣_{见上}安且燠—屦兮!

【注释】

（1）《周礼·典命》云：侯伯七命，其车旗衣服，皆以七为节。"子"毛未明指，朱指天子，严粲谓乃天子之使，胡承珙、马瑞辰俱从之。一说谓沃，指武公言。

（2）天子之师六命，车骑衣服以六为节。"燠"，暖也。

【诗说】

（1）《序》：美晋武公也，武公始并晋国，其大夫为之请命于天子之使而是作诗。姚际恒以为诗人美武公。

（2）朱子：《史记》，曲沃桓叔之孙武公伐晋，灭之，尽以其宝器赂周釐王，王以武公为晋君，列于诸侯。此诗盖述其请命之意，言我非无是七章之衣也，而必请命者，盖以不如天子命服之为安且吉也。盖当时周室虽衰，典刑犹在，武公既负弑君篡国之罪，则人得讨之，而无以自立于天地之间，故赂王请命，而为说如此。然其倨慢无礼，亦已甚矣。

（3）方玉润：代武公请命于王也。

（4）龚橙：武公始并晋国，赂周而得服命，为列侯也。诗无可美，而已有臣之意。

【今说】

此诗无美意，朱子之说得之。

有杕之杜 二章

有杕之杜，生于道左三十三哿。彼君子兮，噬肯适我？三十三哿。中心好之，曷饮食之末二句无韵或以二章合为韵！

有杕之杜，生于道周十八尤。彼君子兮，噬肯来游十八尤？中心好之，曷饮食之！

【注释】

（1）"左"，东也。"噬"，毛训"逮也"，《韩诗》作"逝"，"噬"即"逝"之假借，而也。"曷"，"盍"之假借，何不也。

（2）"周"，毛训"曲"，《韩诗》作"右"。"周""右"声近，通假也。

【诗说】

（1）《序》：刺晋武公也，武公寡特，兼其宗族，而不求贤以自辅焉。

（2）朱子：此人好贤，而恐不可以致之，故言此杕然之杜，生于道左，其荫不足以休息。如己之寡弱不足恃赖，则彼君子者，亦安肯顾而适我哉？然其中心好之，则不已也，但无自而得以饮食之耳。夫以好贤之心如此，则贤者安有不至，而何寡弱之足患哉？姚际恒、方玉润从之。魏源、龚橙俱谓武宗求士之诗。

【今说】

此疑妇女招赘之诗。"有杕之杜，生于道左"喻孤立无助也。"彼君子兮"即指理想之丈夫，末二句即招养之意。

葛生 五章

葛生蒙楚八语，蔹蔓于野神与反。予美亡此，谁与独处八语？

葛生蒙棘二十四职，蔹蔓于域二十四职。予美亡此，谁与独息二十四职？

角枕粲二十八翰兮，锦衾烂二十八翰兮。予美亡此，谁与独旦？二十八翰

夏之日，冬之夜音豫，百岁之后音户，归于其居九鱼此章以平上去通为一韵。

冬之夜见上与后协，夏之日五质，百岁之后见上，归于其室五质。

【注释】

（1）"蒙"，覆也。"楚"，木也。"蔹"，草名，似括蒌，叶盛而细，有赤、白、紫三种，白敛可为药。"予美"，郑、朱各家谓指其夫。"亡"，不在也。"谁"，惟也。"与"，予也。

（2）"域"，茔域也。

（3）毛谓："齐则角枕锦衾。礼：'夫不在，敛枕箧、衾、席，韣而藏之。'"范氏谓角枕锦衾之粲烂，常在新昏未久，新之别更可伤，举新以见旧也。

【诗说】

（1）《序》：刺晋献公也，好攻战，则国人多丧矣！（郑以丧为弃亡。）

（2）朱子：妇人以其夫久从征役而不归，故言葛生而蒙于楚，蔹生而蔓于野，各有所依托，而予之所美者，独不在是，则谁与而独处于此乎？

（3）王柏：予观"所美"字，则知其非夫妇之正，是必悼其所私之人也。

（4）严粲、朱芹俱以此为悼亡之诗，朱引《世说新语·排调》："袁羊尝诣刘恢，恢在内眠未起。"袁因作诗调之曰："角枕粲文茵，锦衾烂长筵。"刘尚晋明帝女，主见诗，不平曰："袁羊，古之遗狂。"则前人固作悼亡解矣，郑《笺》云："居坟墓也，室犹冢墟，则所谓蔹蔓于域者，即茔域也。

所云葛生蒙棘者，即陈风所谓'墓门有棘'也。"其为悼亡无疑矣。魏源、龚橙俱谓寡妇悼亡之作。

（5）姚际恒：《小序》谓"刺晋献公"，是。曹氏数献公二十三年之间，凡十一战，则妇人于夫征役而思之者多矣。此诗或谓"思存"，或谓"悼亡"，据"思存"为是。末章"百岁之后"，谓此时不得共处，百岁之后，拟同归于九泉之居，矢其志之守义无他也。云"百岁"者，即偕老之意。若夫已死，而自云"己百岁之后，同归于居"，便非语气。

（6）方玉润：征妇怨也。

【今说】

此男子悼亡之诗，严粲、朱芹之说近之。"予美"谓其妻也。

采苓 三章

采苓采苓，首阳之巅。人之为言，苟亦无信。舍旃舍旃，苟亦无然，人之为言，胡得焉？此章以平去通为一韵。

采苦采苦，首阳之下。人之为言，苟亦无与。舍旃舍旃，苟亦无然。人之为言，胡得焉？

采苓三钟采苓见上，首阳之东一东。人之为言，苟亦无从三钟。舍旃见上舍旃见上，苟亦无然见上。人之为言见上，胡得焉见上？

【注释】

（1）"苓"，毛训"大苦"，甘草也。"首阳"，山名，即夷齐所隐处，陈奂谓在今山西平阳县。"为言"，王引之以为当作"伪"。"苟"，诚也。"无然"，无是也。"得"，得入也。毛以采苓细事，首阳幽僻，细事喻小行，幽僻喻无征。郑谓喻事有似而非。马瑞辰谓："秦诗言'隰有苓'，是苓宜隰不宜山之证，《埤雅》言封出于圃，何氏楷又言苦生于田，是三者非首阳所宜有，而诗言采于首阳者，盖故设为不可信之言，以证谗言之不可听，即下所谓'人之伪言'也。"《笺》谓首阳山信有苓，失之。又按：苓为甘草，而《尔雅》为大苦，则甘者名苦矣。苦为苦荼，而诗言"谨荼如饴"，则苦者实甘矣。《谷风》"采苓采菲"，郑《笺》：其根有美时有恶时，是苓又美恶无定时者。诗以三者取兴，正以见谗言之似是而实非也。

【诗说】

（1）《序》：刺晋献公也。献公好听谗焉。姚际恒从之。

（2）朱子：此刺听谗之诗，言子欲采苓于首阳之颠乎？然人之为言以告子者，未可遽以为信也。姑舍置之，而无遽以为然，徐察而审听之，则造言者无所得，而谗止矣。朱以为比，毛以为兴，方玉润亦从朱说，但不以辨序谓刺献公之说为然也。

（3）王质：寻诗恐专是申生之事，国人怜申生，不欲其死，而欲其逃，以为其谗少待而自明也。魏源亦从其说，以为士为辈劝申生出亡之诗。故三举首阳以寄兴，劝之为夷齐犹劝之为美太伯也。龚橙亦从之。

【今说】

此为刺听谗之诗，朱子之说深得诗旨。《序》说极凿，朱子辨之，诚是。而姚、方反为之护，足见虚心之难，而意气用事之不易免。王、魏之说，其失与《序》同。

秦风释

秦，国名，地在禹贡雍州之域，伯益助禹治水有功，赐姓嬴氏，其后中潏居西戎，以保西垂。六世孙大骆生成及非子，非子事周孝王，养马于汧、渭之间。孝王封为附庸而邑之秦，地迫西戎。宣王时，西戎灭成之族，宣王遂命秦仲为大夫，诛西戎，不克见杀。及幽王为犬戎所杀，平王东迁，秦仲孙襄公以兵护送有功，封襄公为诸侯，曰："能逐犬戎，即有岐丰之地。"秦于是始大。

吴季札闻《秦风》曰："此之谓夏声，夫能夏则大，大之至也。其周之旧乎？"此可知《秦诗》多作于襄公以后，《序》《谱》谓始秦仲者不可信。《汉书·地理志》曰："天水陇西，山多林木，民以板为家屋。及安定，淮地，上郡，西河，皆迫近戎狄，修习战备，高上气力，以射猎为先。故《秦诗》曰：'在其板屋。'又曰：'王于兴师，修我甲兵，与子偕行。'及《车邻》《驷䮽》《小戎》之诗，皆言车马田狩之事。"此真能言《秦风》之特点也。

　　《秦诗》只十篇，除《蒹葭》外，皆尚武肃杀之声，《黄鸟》尤惨无人道。肃杀固能强盛一时，此季札所以谓其能大，然异乎温柔醇厚之旨，故即能继周，而国祚亦不二世而斩也。

　　秦之次于唐者，孔颖达谓秦虽处西戎，后卒为强国，故使之次于唐也。成伯瑜以秦地不如晋广，故列于晋后云。

秦　风

车邻 三章

有车邻邻十七真，有马白颠一先。未见君子，寺人之令力珍反。

阪有漆五质，隰有栗五质。既见君子，并坐鼓瑟七栉。今者不乐，逝者其耋十六屑。

阪有桑十一唐，隰有杨十阳。既见君子，并坐鼓簧十一唐。今者不乐，逝者其亡十阳。

【注释】

（1）"邻"，三家《诗》作"辚"。"白颠"，额有白毛。"寺人"，内小臣也。《笺》云：欲见国君者，必先令寺人使传告之。

（2）陂曰"阪"。八十曰"耋"。"逝"，往也，犹言过此以往也，乃对今日而言。古人言乐者，每及于日月而逝，寿命无常，乐府诗词多有之。

（3）"簧"，毛训"笙"，实乃笙中金叶耳。

【诗说】

（1）《序》：美秦仲也，秦仲始大，有车马礼乐侍御之好焉。

（2）朱子：是时秦君始有车马及寺人之官，将见者必使寺人通之，故国人创见而夸美之也。

（3）姚际恒：《小序》谓美秦仲，刘公瑾疑为美襄公，无有定也。《伪说》谓襄公为诸侯，周大夫与燕，美之而作，以诗中有并坐字，谓臣不当与君并坐也。然亦武断。何玄子谓鼓瑟者并坐，亦非语气。意或草创之时，君臣习狎，容有之耶？

（4）方玉润：美秦君简易易事也。

【今说】

此诗绝无美意，各家皆谓美，不可解。一章夸其此未有，二、三章劝其乐所当乐。阪隰固陈其此有，亦兴上下各得其宜。至或秦仲事，或谓襄公事，俱不可考矣。

驷驖 三章

驷驖孔阜四十四有，六辔在手四十四有。公之媚子，从公于狩四十九有。此章以上去通为一韵。

奉时辰牡，辰牡孔硕廿一昔。公曰左之，舍拔则获廿一麦。

游于北园廿二元，四马既闲廿八山。辎车鸾镳四宵，载猃歇骄四宵。

【注释】

（1）"驖"，《传》训"骊"，黑马也。陈奂谓"驷"当作"四"。《说文》引《诗》作"四驖"，作"四"是，四马本八辔，因骖马内辔纳之觼，故在手者惟六辔。"媚子"，朱《传》谓指所爱之人，毛训能以道媚于上下者。

（2）"时"，是。"辰牡"，毛、郑：时兽，指冬献狼，夏献麋，春秋献鹿豕群兽，奉者虞人留头以待射也。王引之谓"辰"当作"慎"或"麎"，五岁牡鹿，鹿之大者，故下云"孔硕"。说可从。"拔"，矢括也。

（3）"闲"，习也。"辎车"，轻军也。"鸾"，铃。"镳"，马衔，以铃系于马衔上也。长喙曰"猃"，短嘴曰"歇骄"，皆田犬也。齐、鲁《诗》作"猲獢"。

【诗说】

（1）《序》：美襄公也。始命有田狩之事，园囿之乐焉。

（2）朱子：此亦前篇之意也。

（3）姚际恒：未知何公。其曰媚子从狩，恐亦未必为美也。

（4）魏源：美秦仲也。龚橙从之。

（5）方玉润：美田猎之盛也。

【今说】

此诗只述田猎之盛，乃西戎风俗如是。而曰媚子从狩，想见当时风俗之率野，而无所讳饰也。

小戎 三章

小戎俴收十八尤，五楘梁辀十八尤。游环胁驱十虞，阴靷鋈续三烛，此处当转平声辞屡反。文茵畅毂一屋转音姑，驾我骐馵十遇。言念君子，温其如玉三烛转音鱼。在其板屋屋转音乌，乱我心曲三烛转音祛，此章以去上入通为一韵。

四牡孔阜四十四有，六辔在手四十四有。骐駵是中，骝骊是骖廿二覃。龙盾之合廿七合转音含，鋈以觼軜廿七合转音南。言念君子，温其在邑廿六缉转音乌含反。方何为期，胡然我念五十六拯转音奴占反之？此章以平上去通为一韵。

俴驷孔群廿文，厹矛鋈錞廿三魂。蒙伐有苑廿阮，虎韔镂膺十六蒸。交韔二弓音肱，竹闭绲縢十七登。言念君子，载寝载兴十六蒸。厌厌良人，秩秩德音廿一侵，此章以平上通一韵。

【注释】

（1）"小戎"，兵车，载五十人者，载七十二人者为"元戎"，此周制也。"俴"，浅也。"收"，轸也，王夫之曰："车后横木为轸，所以收敛所载者也。"《疏》云："'辀'，辕也，辕从轸以前稍曲而上，至衡则居衡之上而向下交之，衡则横居辅下，如屋之梁焉，故谓之'梁辀'也。"毛训"桑"为"历录"，"历录"者，纺车交萦之名，借以言辀之桑也。辀之束有五，而于束之上更以丝交萦。如纺车之左右至维，务为缠固，此之为"历录"。"游环"者，设环流于服马背上，引骖马之外辔，贯其中而执之，所以制骖马不得外出也。"胁驱"，亦以皮为之，前系于衡之两端，后系于轸之两端，当服马胁之外，所以驱骖马，使不得内入也。在马胸之皮带，连引轴者为"靷"，"阴靷"者，谓服马背上有韧，过阴板下以引轴。王夫之曰白铜为"鋈"，以鋈饰续环，即今之嵌铜饰件。"文茵"，毛训虎皮，即车中以虎皮作茵席。"畅"，长也。"毂"者，车轮之中，外持轮，内受轴者也。大车之毂一尺有半，兵车之毂，长三尺二寸，故兵车曰"畅毂"。"骐"，本青黑色马名，此处作骐马之文。"馵"，马之左足白者。"言"，爱也。"温其"，温然也。

（2）赤马黑鬣曰"骝"。"中"谓两服马也。黄马白喙曰"騧"，"骊"黑马。"觼"，环之有舌者。"軜"，骖内辔也。置觼于轼前系軜，故谓之"觼軜"，亦以铜为饰也。"盾"，干也，画龙于盾，合而载之。"方何"二句俞樾以《广雅·释诂》：方，始也，言始者与我何时为期乎？胡然而我遽念之也。

（3）"俴驷"，《笺》以"俴"为"浅"，谓以薄金为甲。马瑞辰谓《释文》引《韩诗》云：驷马不着甲曰"俴"，是马无甲谓之"俴"也。"群"者言其和调也。"厹矛"，三隅矛也。"鋈錞"，以白金鋈矛之下端平底者也。"蒙"，杂也，"伐"，中干也，盾之别名。"苑"，文貌，画杂羽之文于盾上也。"交韔"谓交二弓于韔中，颠倒安置之。必二弓，以备坏也。"虎韔"，以虎皮为弓室也。"镂膺"，镂金以饰马当胸带也，或谓膺谓弓宝之膺。"闭"，弓檠也，《仪礼》作"柲"。"绳，绳"，"縢"，绚也，以竹为闭，而以绳绚之于弛弓之里，檠弓体使正也。"载"，马瑞辰谓通"再"，又也。"秩秩"，有序也。

【诗说】

（1）《序》：美襄公也，备其兵甲，以讨西戎。西戎方强，而征伐不休，国人则矜其车甲，妇人能闵其君子焉。

（2）朱子：西戎者，秦之臣子所与不共戴天之仇也，襄公上承天子之命，率其国人往而征之，故其从役者之家人，先夸车甲之盛如此，然后及其私情。盖以义兴师，则虽妇人亦知勇于赴敌，而无私怨矣。

（3）姚际恒：引《伪传》谓襄公遣大夫征戎而劳之。意近是。

（4）崔述：此妇人诗，……朱子谓以义兴师，篇中但称车甲之盛，固未尝有一言及于义也。

（5）方玉润：怀西征将士也。伪《传》以为劳大夫征戎之诗得之。邹氏肇敏曰："凡劳诗，或代为其人言，或代为其家室言，而此诗'言念君子'，则襄公自念其臣子也。"

（6）龚橙：妇人思从军也。史记周宣王命秦仲诛西戎，西戎杀秦仲，宣王立其子庄公，与兵七千使伐西戎破之，此作于庄公克复故都之后。

【今说】

此诗前人以良人君子二词，多以为妇人之诗。惟方玉润反对之。按：秦诗如"歼我良人"良人指良士，不指丈夫。至君子更不足为丈夫之证。方玉润之说得之。

蒹葭 三章

蒹葭苍苍十一唐，白露为霜十阳，所谓伊人，在水一方十阳。溯洄从之七之，道阻且长十阳，溯游从之七之，宛在水中央十阳。

蒹葭萋萋十二齐，白露未晞八微。所谓伊人，在水之湄六脂。溯洄从之见上，道阻且跻八微，溯游从之见上，宛在水中坻六脂，此章通为一韵。

蒹葭采采十五海，白露未已六止。所谓伊人，在水之涘六止。溯洄从之见上，道阻且右音以，溯游从之见上，宛在水中沚六止。

【注释】

（1）"蒹"，水草，似萑而细，高数尺，又谓之薕。"葭"，芦苇也。露秋而成霜。"伊"，谁也，即是也。"所谓"，意中独得，难向人言。《广雅疏证》云"方"犹"旁"也。陈奂谓"溯"，向也，逆流为"洄"，顺流为"游"。马谓"央"有"中""旁"二义，此当从"旁"义。"水中央"，犹水之旁也。

（2）"萋萋"应读为"凄凄"，故毛与"苍苍"同训。"晞"，干也。"未晞"谓秋露重而不易干也。"湄"，毛训"水隒"，谓水边之高地也。故"跻"训"升"，难登也。《正义》引《释水》云：小洲曰"渚"，小渚曰"沚"，小沚曰"坻"。

（3）"涘"，水厓也。"右"言其迂回不直也。"苍苍"言其色，"萋萋"言其气，"采采"言其事。"长"以波涛之汹涌言，远难及也。"跻"以水势之喘急言，险虽求也。"右"以水面之遥隔言，不相直也。

【诗说】

（1）《序》：刺襄公也。未能用周礼，将无以固其国焉。魏源、龚橙俱谓刺其沿用戎俗。

（2）朱子：言秋水方盛时，所谓彼人者，乃在水之一方，上下求之，而皆不可得。然不知其何所指也。

（3）王柏：此不类秦风也。所怀之人，未有以证其正不正也。体致亦雅，未见为邪思也。

（4）端木伪《诗传》：君子隐于川上，国人慕之。姚际恒从之。

（5）崔述：无怪乎兼葭之伊人之隐而不出，亦好贤诗也。诗贯则以为思友之作。

（6）方玉润：惜招隐难致也。

【今说】

此诗格调高绝，风度悠扬，确不类秦风，在全诗中不可多得之妙文。吾人不必求寻深解，细细吟咏，便得其神。朱子之说，较为通达。

终南 二章

终南何有音以与止协？有条有梅十五灰。君子至止六止，锦衣狐裘古音渠之反，考裘字《诗》凡三见，《左传》一见，《礼记》一见并开，后人混入十八尤韵，颜如渥丹，其君也哉十六哈！此章平上通一韵。

终南何有见上？有纪有堂十一唐。君子至止见上，黻衣绣裳十阳。佩玉将将十阳，寿考不亡十阳。

【注释】

（1）"终南"，山名，在今陕西西安南五十里。"条"，山楸也，皮叶俱白，材理好，宜为车版。"梅"，《毛传》：柟也，木大十围，非梅花之梅。王夫之谓"梅"当与"枚"通。小树之枝曰"条"，其茎曰"枚"，望终南者，遥瞩其山阜之参差，远领其荆榛之苍翠，以兴望君子韵慕之词，故曰："其君也哉"，亦遥望而赞美之也。"锦衣狐裘"，诸侯之服也。"渥"，渍也。

（2）"纪"，毛训"基"，"堂"，毕道平如堂也。王引之以"纪"为"杞"之假，"堂"为"棠"之假，白帖引诗可证。毛以青与黑谓之

"黻",五色谓之"绣"。朱子谓亚两己相戾为"黻",绣刺为"绣",不如毛说之妥。"亡",已也,寿考不已也。或误作"忘"。

【诗说】

(1)《序》：戒襄公也。能取周地，始为诸侯，受显服，大夫美之。故作是诗以戒劝之。

(2)朱子：此秦人美其君之词，亦《车邻》《驷驖》之意也。姚际恒、魏源从之。

(3)方玉润：周之耆旧，初见秦君抚有西土，皆膺天子命以治其民，而无如何，于是作此以祝颂之。

(4)龚橙：美文公也，破戎遂有岐西，南有终南也。

【今说】

此为秦初拓土至岐，故南望终南，慨叹形胜之词。《史记·秦本纪》云：文公十六年以兵伐戎，戎败走，遂收周余民有之，地至岐，岐以东献之周，此诗当作在文公时。

黄鸟 三章

交交黄鸟，止于棘廿四职。谁从穆公？子车奄息廿四职。维此奄息见上，百夫之特廿五德。临其穴十六屑，惴惴其慄五质。彼苍者天一先，歼我良人十七真！如可赎兮，人百其身十七真。

交交黄鸟，止于桑_{十一唐}。谁从穆公？子车仲行_{户日反}。维此仲行_{见上}，百夫之防_{十阳}。临其穴_{见上}，惴惴其慄_{见上}。彼苍者天_{见上}，歼我良人_{见上}！如可赎兮，人百其身_{见上}。

交交黄鸟，止于楚_{八语}，谁从穆公？子车鍼虎_{十姥}。维此鍼虎_{见上}，百夫之御_{八语}。临其穴_{见上}，惴惴其慄_{见上}。彼苍者天_{见上}，歼我良人_{见上}！如可赎兮，人百其身_{见上}。

【注释】

（1）"交交"，毛训小貌，朱训飞而往来之貌。马瑞辰、俞樾谓当作鸟声，《文选》注引作"咬咬"，解作鸟声也。子车氏"奄息""仲行""鍼虎"，三子名，此《左传》文公六年事，"特"，杰出之称。"慄"，惧。"惴惴"，惧貌。

（2）"防"，当也。"御"，亦当也。"人百其身"谓以百人赎其身也。

【诗说】

（1）《左传》：秦伯任好卒，以子车氏之三子奄息、仲行、鍼虎为殉，皆秦之良也。国人哀之，为之赋《黄鸟》。

（2）《史记·秦本纪》：穆公卒，葬雍。从死者百七十七人。秦之良臣子车氏三人，名曰奄息、仲行、鍼虎，亦在从死之中。秦人哀之，为作歌《黄鸟》之诗。

（3）《汉书·匡衡传》云："秦穆贵信，而士多从死"。又

《史记·秦本纪》正义引应邵云:"穆公与群臣饮酒酣,公曰:'生共此乐,死共此哀。'于是奄息、仲行、鍼虎许诺。及公薨,皆从死。"按:此《齐诗》说也。

（4）《序》:哀三良也,国人刺穆公以人从死而作是诗也。朱子、方玉润从之。

【今说】

此哀三良之诗,为挽歌之祖。音节高亢,字字沉痛,此公元前六二一年事。

附录

《孔丛子·记义》:颜雠由善事亲,子路义之。后雠由以非罪执,于义将厄,子路请以金赎焉,人将许之。既而二三子纳金于子路以入卫。或谓孔子曰:"受人之金,以赎其私昵,义乎?"子曰:"《诗》云:'如可赎兮,人百其身'。苟出金可以生人,虽百倍,古人不以为多。"

晨风 三章

鴥彼晨风方凡反,郁彼北林廿一侵。未见君子,忧心钦钦廿一侵。如何如何七歌,忘我实多七歌!

山有苞栎十九铎廿三锡二韵,隰有六驳四觉。未见君子,忧心靡乐_{十九铎}。如何如何_{见上}，忘我实多_{见上}！

山有苞棣_{十二霁}，隰有树檖_{六至}。未见君子，忧心如醉_{六至}。如何如何_{见上}，忘我实多_{见上}！

【注释】

（1）"鴥"，疾飞貌。"晨风"，鹯也。"郁"，茂盛貌。"钦钦"，忧而不忘貌。"忘我实多"，马：弃我实甚也。

（2）"栎"，秦人谓之柞栎。"驳"，毛训为形如马食虎豹之兽。《陆疏》以为梓榆，《集传》从之。按：陆说较是。

（3）"棣"，棠棣也。"檖"，赤罗也，实似梨而小，一名鹿梨，一名鼠梨。

【诗说】

（1）《韩诗》：思贤士也。《韩诗外传》及《艺文类聚》三十一，桓叔与管宁书，思诂见于蓬庐之侧，厥选无由，思托《晨风》。魏源、龚橙从之。

（2）《序》：刺康公也。忘穆公之业，始弃其贤焉。

（3）朱子：妇人以夫不在而言，此与㱇廇之歌同意，盖秦俗也。按：《㱇廇歌》乃百里奚妻所作，云："百里奚，五羊皮，临别时，烹伏雌。欲㱇廇，今富贵，忘我为。"

（4）王质：当是有旧劳以间见弃，而遂相忘者也。欲见其君吐其情，又不得见，所以怀忧久以致于如醉也。崔述从之。

（5）姚际恒：引伪说谓秦君遇贤，始勤终怠。稍近之。

（6）方玉润：刺康公者固无据，以为妇人思夫者亦未足凭，总之男女情与君臣义原本相通，诗既不露其旨，人固难以意测。与其妄逞臆说，不如阙疑存参。

【今说】

方玉润之说，较为圆通。此诗原无大深意，谓男子思君固可，谓女子思夫亦无不可，诗词渺茫，难执一以求也。

附录

《韩诗外传》卷八：文侯曰："《晨风》谓何？"对曰："鴥彼晨风，郁彼北林。未见君子，忧心钦钦。如何如何，忘我实多。"于是文侯大悦曰："欲知其子，视其母；欲知其君，视其所使。中山君若不贤，恶能使其使贤？ [①]"遂废太子诉，而召中山君以为嗣。

无衣 三章

岂曰无衣八微与师协，与子同袍六豪。王于兴师六脂，修我戈矛十八尤，与子同仇十八尤。

岂曰无衣见上，与子同泽廿陌。王于兴师见上，修我矛戟

---

① 整理者按：原书误作"中山君不贤，恶能得贤"。

廿陌，与子偕作十九铎。

岂曰无衣见上，与子同裳十阳。王于兴师见上，修我甲兵必良反，与子偕行户郎反。

【注释】

（1）"戈"，长六尺六寸。"矛"，长二丈。"仇"，毛训"匹"，郑、朱训"仇敌"，毛说较顺。"于"，《尔雅》：于，曰也，与"聿"通。一说"之"也。"与子同袍"，恩爱结于无事之时。"与子同仇"，患难相恤于有事之日也。

（2）"泽"，郑训"亵衣"，《疏》引《说文》：袴也，朱《传》：里衣也。

【诗说】

（1）《序》：刺用兵也。秦人刺其君好攻战，亟用兵而不与民同欲焉。

（2）朱子：秦俗强悍，乐于战斗，此其人平居而相谓之词[1]，岂以子之无衣，而与子同袍乎？盖以王于兴师，则将修我戈矛，而与子同仇也，其欢爱之心，足以相死如此。崔述以为朱说得之。

（3）姚际恒：《伪传》说谓秦襄公以王命征戎，周人赴之赋此，近是。然不必云周人也，犬戎杀幽王，乃周人之仇。

---

① 整理者按：原书误作"此其平居相谓之词"。

秦人言之，故曰同仇，子指周人也。

（4）魏源：美用兵勤王也。龚橙以为文公从王伐戎之诗。

（5）方玉润：秦人乐为王复仇也。

【今说】

按："王于兴师，与子同仇"之语，王当指周王，子当指周师。谢枋得谓春秋二百四十余年，天下无复知有复仇志。独《无衣》一诗，毅然以天下大义为己任者是。然秦地近西戎，西戎强秦亦不安。秦之伐戎，岂专为周复仇哉？

附录

《左传》定公四年，申包胥如秦乞师，秦哀公为之赋《无衣》。

渭阳 二章

我送舅氏四纸与之协，曰至渭阳十阳。何以赠之七之？路车乘黄十一唐，此章以平上通为一韵。

我送舅氏见上，悠悠我思七之。何以赠之见上，琼瑰玉佩。十八隊，此章以平上去通为一韵。

【注释】

（1）秦都雍，今陕西凤翔县，晋都咸阳，今长安县。"渭阳"谓渭水之东也。"曰"，乃也。"路车"，诸侯之车。"黄"，黄马也。

（2）"琼瑰"，石之似玉者。

【诗说】

（1）《列女传》：穆姬贤而有美，死后，其弟入秦。秦送之晋，太子罃思母之恩而送其舅氏也。作《诗》曰："我送舅氏，至于渭阳。"

（2）《序》：康公念母也。康公之母，晋献公之女也。文公遭骊姬之难，未反而秦姬卒。穆公纳文公，康公时为太子，赠送文公于渭之阳，念母之不见也，我见舅氏，如母存焉。及其即位，思而作是诗也。姚际恒、方玉润从之。

（3）朱子：穆姬之卒不可考，此但别其舅而怀思耳。

【今说】

朱子之说，较《序》快捷。

权舆 二章

於！我乎！夏屋渠渠九鱼，今也每食无余九鱼。于嗟乎！不承权舆九鱼。

於！我乎！每食四簋_{古音九,考簋字,《诗》凡二见,《易》一}
见并同,后人误入五旨韵,今也每食不饱_{三十一巧}。于嗟乎！不承
权舆_{合上为韵}。

【注释】

（1）"於我乎"，郑：言君始于我。各家无释。按："於"当作
"吁"，一顿，我乎，自叹也，似较顺。"夏"，毛训"大"。"渠渠"，深
广貌。"承"，继也。"权舆"，始也。草木始生曰"萌芽"，"权舆"与
"萌芽"音近相转也。

（2）"簋"，圆瓦器。

【诗说】

（1）《序》：刺康公也，忘先君之旧臣与贤者，有始而无
终也。方玉润从之。

（2）朱子：此言其君始有渠渠之夏居以待贤者，而其后
礼意浸衰，供亿寝薄。至于贤者每食而无余，于是叹之，言
不能继其始也。

（3）姚际恒：此贤者叹君礼意浸衰之意。

（4）魏源：康公即位，思绍霸业，始亦适饭授餐，虚市
骏骨，此夏屋四簋所由来也。既而贤才百不得一，类多虚浮
嗜利无耻之徒，秦人深厌之，乃不饱以困之坐老旅食，垂死
关中，君子于此无讥焉。长铗归来食无鱼，权舆诗人，其冯

谖之流乎？龚橙以为游士诗。

（5）陆侃如：是破落户子弟自叹之诗。

【今说】

诗文简直，绝无贤者字义。讵各家多谓待贤者礼意浸衰，真不可解。惟魏源别立一说，谓冯谖自叹，近矣，而与秦历代养士之史实不符。照诗文本义，确破落户自叹之词。不承权舆，自谓境况不如其初，若释作人君待贤不如其初则曲而凿矣。

陈风释

陈，国名，伏羲氏之墟，在禹贡豫州之东，即今河南陈县地。《汉书·地理志》云："周武王封舜后妫满于陈，是为胡公，妻以元女大姬。妇人尊贵，好祭祀，用史巫，故其风巫鬼。"《陈诗》曰："坎其击鼓，宛丘之下。亡冬亡夏。值其鹭羽。"又曰："东门之枌，宛丘之栩。子仲之子，婆娑其下。"此其风也。匡衡亦言："陈夫人好巫，而国多淫祀。"今观《陈诗》洵然。《陈诗》十篇非述歌舞，即言男女情。国风中言情之作，除郑风外，陈居其次，卫不能与匹也。

季札观《陈歌》曰："国无主，其能久乎？"盖以其开国有偏嗜，继起无善政，上下昏于歌舞，其声浮浪，故断其国祚不久也。崔述云："《陈风》凡十篇。首二篇即重歌舞，其余八篇，言男女约会思慕者四篇，刺淫乱及无良者二篇，独《衡门》《东门》二篇为佳诗耳，然皆贤者高蹈不仕之作，则其风俗政事，从可知矣。"《传》说《陈诗》国风中居最后，故编次于秦。孔颖达谓陈以三恪之尊，食侯爵之地，但以民多淫昏，国无令主，故使之次《秦》也。成伯瑜、欧阳修俱谓其国无令主，不克自振，故次于秦焉。

陈　风

宛丘 三章

子之汤十一唐四十二宕二韵兮，宛丘之上四十一漾兮。洵有情兮，而无望四十一漾兮。

坎其击鼓十姥，宛丘之下音户。无冬无夏古音户，考夏字《诗》凡三见，《书》一见，《礼记》一见，并同。后人混三十五马，四十祃二韵，值其鹭羽九梧。

坎其击缶四十四有，宛丘之道三十二皓。无冬无夏见上，值其鹭翿三十七号。

【注释】

（1）"汤"，荡也。毛、朱俱训"宛丘"为四方高，中央低者之称。陈奂以《尔雅·释丘》谓陈有宛丘，犹郑有洧渊。《元和郡县志》：宛丘在陈州宛丘县南三里。《太平寰宇记》：在宛丘县南三里，高二丈，则宛丘确地名。惟郦道元则谓不知其所在，想沧海桑田，地质已有变矣。"洵"，信也。"望"，威仪也，此当作形貌解。

（2）"坎"，击鼓声。"其"，然也。"值"，持也。"鹭"，水鸟，舞者持其羽翳身以舞。冬夏谓祁寒大暑仍不息，所以为荡也。

（3）"缶"，瓦器。"翿"，毛训"翳"，舞者所以自蔽也，亦即黄屋左纛。

【诗说】

（1）《序》：刺幽公也。淫荒昏乱，游荡无度焉。毛以子指大夫言。姚际恒谓具此乐舞，自属君大夫之列，方玉润亦从此说。

（2）朱子：国人见此人常游荡于宛丘之上，故序其事以刺之。言虽信有情思可乐矣，然无威仪可瞻望也。

（3）魏源：刺臣民习俗，非刺幽公游荡之诗。

（4）龚橙：刺巫俗也。

【今说】

此描写民间歌舞言情之诗。一章调情，二三章狂舞也。

东门之枌 三章

东门之枌，宛丘之栩九麌。子仲之子，婆娑其下音户。

穀旦于差古音磋，考差字《诗》一见，《楚辞》一见并同，后人误入五支十三佳二韵，今以九麻韵为正，南方之原。不绩其麻九麻，市也婆娑七歌。

穀旦于逝十三祭，越以鬷迈十七夬。视尔如荍四宵，贻我握椒四宵。

【注释】

（1）"枌"，白榆也，先生叶，却著夹，皮色白。"栩"，解见《唐·鸨羽》。"婆娑"，舞态。

（2）毛、朱俱训"穀"为善。"差"，择，共择南方之女以出游也。马瑞辰谓"旦"本作"且"，"差"，《韩诗》作"嗟"，"于"犹"吁"也，善哉吁嗟也。按：马说是。毛以"原"为大夫氏，《笺》以为原氏女，朱子以为平原之原。

（3）"逝"，马以为"噬"之假，亦于嗟也。古者巫以事神，必吁嗟以诘。"越"，于也。"鬷"，总也，众也。"迈"，行也。"荍"，芘芣，又名紫葵，多花，紫色。章太炎释为大头菜。女以比男也。"椒"，芬芳之物也，亦巫用以事神者。"握"即一握之菽，朱谓手相赠授。

【诗说】

（1）《鲁诗》说：王符《潜夫论·浮侈篇》云：诗刺不绩其麻，女也婆娑。今多不修其馈，休其蚕织，而起学巫祝，鼓舞事神，以欺诬细民，荧惑百姓。

（2）《汉书·地理志》引此诗首章，集注云："言于枌栩之下，歌舞以娱神也。"此《齐诗》说，姚际恒从之。

（3）《序》：刺乱也。幽公淫荒，风化之所行，男女弃其旧业，亟会于道路，歌舞于市井尔。

（4）朱子：此男女聚会歌舞，而赋其事以相乐也。

（5）方玉润：此诗分明刺陈俗尚巫觋，巫觋盛行，男女聚观，举国若狂耳。

（6）龚橙：男女因观巫结好也。

【今说】

此亦《宛丘》诗歌舞言情之意。一章言男子之舞狂，二章言女子之舞狂，三章则男女之调情。近人多谓后二句尤有猥亵嫌疑，足见当日狂欢忘形之乐。

衡门 三章

衡门之下，可以栖迟六脂。泌之洋洋，可以乐毛公作"乐"，郑氏作"癒"，力召反，《说文》云：癒，治也。《唐石经》依郑作"癒"饥六脂。

岂其食鱼，必河之鲂十阳。岂其取妻，必齐之姜十阳。

岂其食鱼，必河之鲤六止。岂其取妻，必宋之子六止。

【注释】

（1）"衡"，横也，横木为门，言浅陋也。"栖迟"，游息也。"泌"即"毖"之原字，泉水始出貌，此处借为泉。"乐饥"，言乐道忘饥也。

（2）"其"，语词，此处可以作"有"。"姜"，齐姓。

（3）"子"，宋姓。

【诗说】

（1）《韩诗外传》：衡门，贤者不用世而隐处也。

（2）《序》：诱僖公也。愿而无立志，故作是诗以诱掖其君也。

（3）朱子：此隐居自乐，而无求之词。

（4）崔述：朱子之说是也。细玩其词，似此人亦非无心仕进者，但陈之士大夫，方以逢迎侈泰相尚，不以国事民艰为意。自度不能随时俯仰，是故幡然改图，甘于岑寂，谓廊庙可居，固也，即衡门亦未尝不可居。鲂鲤可食也，即蔬菜亦未尝不可食①。子姜可取，固也，即荆布亦未尝不可取。语虽浅近，味实深长，意在言表，最耐人思。姚际恒、方玉润亦谓此贤者隐居甘贫而无求于外之诗。

（5）袭橙：贤者隐处也。

---

① 整理者按：原书误作"谓廊庙可居，固也，即蔬菜亦未尝不可食"。

【今说】

此甘贫乐道，穷隐自乐之词，朱、崔之说得之。

附录

《韩诗外传》卷二：子夏对曰："虽居蓬户之中，弹琴以咏先王之风，有人亦乐之，无人亦乐之，亦可发愤忘食矣。《诗》曰：'衡门之下，可以栖迟。泌之洋洋，可以疗饥。'"

《列女传·楚老莱妻》：至江南而止，曰："鸟兽之解毛，可绩而衣之。据其遗粒，足以食也。"老莱子乃随其妻而居之。民从而家者，一年成落，三年成聚。君子谓老莱妻果于从善。《诗》曰："衡门之下，可以栖迟，泌之洋洋，可以疗饥。"此之谓也。

东门之池 三章

东门之池_{古音沱，考池字《诗》凡三见，《楚辞》一见并同，后}人误入五支韵，可以沤麻_{九麻}。彼美淑姬，可与晤歌_{七歌}。

东门之池，可以沤纻_{八语}。彼美淑姬，可与晤语_{八语}。

东门之池，可以沤菅_{二十七删}。彼美淑姬，可与晤言_{二十二元}。

【注释】

（1）"沤"，渍也。"晤"，毛训"遇"，朱训"解"，郑训"对"，较顺。

（2）"紵"，即麻属。

（3）"菅"，似茅而滑泽，无毛，根下五寸，中有白粉。发端自述曰"言"，答述论难曰"语"。

【诗说】

（1）《序》：刺时也，疾其君之昏淫，而思贤女以配君子也。

（2）朱子：此亦男女会遇之词，盖因其会遇之地，所见之物，以起兴也。

（3）崔述：细玩此诗，绝无狎亵之语，而有随从而安之意。恐亦贤人安贫自得者所作。既息交而绝游，则惟有悦亲戚之情话耳。老莱子携妻负薪，梁伯鸾夫妇偕隐，何尝非贤人之事？正不必因彼美淑姬一语，遂定以为淫诗也。姚际恒亦疑即上篇之意。方谓未详。

（4）龚橙：说人也。

【今说】

此叙男女晤会，清高超脱，与《郑风·野有蔓草》相似。朱子之说得之。

附录

《韩诗外传》卷九：北郭先生即谓妇人曰："楚欲以我为相。"妇人曰："以容膝之安，一肉之味，而殉楚国之忧，其可乎？"于是遂不应聘，与妇去之。《诗》曰："彼美淑姬，可与晤言。"

《列女传·晋文齐姜传》：君子谓齐姜洁而不渎，能育君子于善。《诗》云："彼美孟姜，可与寤言。"此之谓也。又《鲁黔娄妻传》：君子谓黔娄妻为乐贫行道。《诗》曰："彼美淑姬，可与寤言。"此之谓也。

东门之杨 二章

东门之杨_{十阳}，其叶牂牂_{十一唐}。昏以为期，明星煌煌_{十一唐}。

东门之杨，其叶肺肺_{十四泰}。昏以为期，明星晢晢_{音制}_{十三祭}。

【注释】

（1）"牂牂"，盛貌，即"将"之假借。"明星"，启明星也。"煌煌"，大明也。"东门"，所约之地，"昏"，所期之时。乃至明星煌煌而不来，所谓失约也。

（2）"肺肺"，犹牂牂也。"晢晢"，犹煌煌也。

【诗说】

（1）《序》：刺时也。昏姻失时，男女多违，迎亲，女犹有不至者也。

（2）朱子：此亦男女期会，而有负约不至者，故因其所见以起兴也。方玉润谓未详。

（3）魏源：亦刺淫之诗。无昏姻失时，亲迎不至之意。

（4）陆侃如：似乎是祝新婚的。从"祥祥""煌煌"两个静词上，可看出一种蓬勃的生气，灿烂的景色，不言祝颂，而祝颂之意自见。

（5）龚橙：说人不至也。

【今说】

诗词短简，表意不显。故方玉润谓未详，而陆侃如又解作颂祝新婚。实则昏以为期一语，自应释作黄昏以为期，则朱子说较近诗旨。

墓门 二章

墓门有棘，斧以斯_{五支}之。夫也不良，国人知_{五支}之。知而不已_{六止}，谁昔然矣_{六止}，此章亦可以平上通为一韵。

墓门有梅，有鸮萃止_{六至}。夫也不良，歌以讯《释文》"讯"又作"谇"，息悴反，与萃协之。讯予不顾_{十一暮}，颠倒思予九鱼八语二韵，此章以平去通为一韵。

【注释】

（1）"墓门"，毛训墓道之门，王质以为陈之城门。"斯"，析也。"夫"，毛指陈佗之傅相。"已"，止，犹改也，一说去也。"谁"，语词。此句犹云由来久矣。龚橙谓讥桓公。

（2）"梅"，《鲁诗》作"棘"。"鸮"，鸱鸮也，大如班鸠，绿色，声恶，人恶之，亦即鹏鸟。"萃"，集也。"讯"应作"谇"，告也。朱子以"讯予"之"予"，疑当作"而"是。

【诗说】

（1）《序》：刺陈佗也。陈佗无良师傅以至于不义，恶加于万民。姚际恒从之。

（2）朱子：言墓门有棘，则斧以斯之矣。此人不良，则国人知之矣。国人知之犹不自改，则自畴昔而已然，非一日之积矣。所谓不良之人，亦不知其何所指也。

（3）崔述：《序》说极不类，陈佗不闻他恶，但争国耳，而篇中绝无一语针对陈佗者，此必别有所刺之人，既失其传，而《序》遂以佗当之耳。若此果为刺佗，则语皆索然无味，夫人能之矣。

（4）方玉润：刺桓公不能早去佗也。

（5）龚橙：刺陈佗淫也。

【今说】

此亦似刺淫之诗,指何人则不知。朱子之说较通达。

附录

《列女传·陈辩女传》:晋大夫解居甫使于宋。道过陈,遇采桑之女,止而戏之曰:"汝为我歌,我将舍汝。"采桑女乃为之歌曰:"墓门有棘,斧以斯之。夫也不良,国人知之,知而不已,谁昔然矣。"大夫又曰:"为我歌其二。"女曰:"墓门有梅,有鸮萃止。夫也不良,歌以讯止。讯予不顾,颠倒思予。"大夫曰:"其梅则有,其鸮安在?"女曰:"陈,小国也,摄乎大国之间,因之以饥饿,加之以师旅,其人且亡,而况鸮乎?"大夫乃服而释之。

防有鹊巢 二章

防有鹊巢五者,邛有旨苕三萧。谁侜予美?心焉忉忉六豪。

中唐有甓二十三锡,邛有旨鷊二十三锡。谁侜予美?心焉惕惕二十三锡。

【注释】

(1)"防",堤防也。"邛",丘也。"旨",美也。"苕",苕饶也,茎如劳豆而细,叶似蒺藜而青,其茎叶绿色,可生食,如小豆藿也。

"伈"，伈张，诳也。"忉忉"，忧貌。

（2）"中唐"，庙中路也。"甓"，砖也。"鹝"，小草，杂色如绶。"惕惕"，犹忉忉也。

【诗说】

（1）《序》：忧谗贼也，宣公多信谗，君子忧惧焉。

（2）朱子：此男女有私，而忧或间之之词。故曰：防则有鹊巢矣，邛则有旨苕矣。今此何人，而伈张予之所美，使我忧之而至于忉忉乎？

（3）方玉润：此诗忧谗无疑，惟《序》以宣公实之，则不得其确。

（4）龚橙：说人也。

【今说】

诗写防上之鸟，丘中之草，路中之砖，皆各得其所，而予美独为人所伈张，致我忉忉惕惕。为男子妒忌之词，在诗三百篇独开生面之作。

月出　三章

月出皎二十九篠兮，佼人僚三十小兮。舒窈纠四十六黝兮，劳心悄三十小兮。

月出皓三十二皓兮，佼人懰四十四有兮。舒忧受四十四有兮，劳心慆三十二皓兮。

月出照三十五笑兮，佼人燎三十五笑兮。舒夭绍三十小兮，劳心惨五经文字作懆三十二皓兮此章以上去通为一韵。

【注释】

（1）"皎"，月光也。"佼"，美也。"僚"，好貌。"舒"，毛训"迟"，朱训"畅"。"窈纠"，迟貌，《史记·司马相如传》：青虬蚴蟉于东厢。《正义》："蚴蟉"，行动之貌也。又"骖赤螭青虬之蚴蟉蜿蜓"，"蜿蜓""蚴蟉"皆与"窈纠"同，即《洛神赋》所谓"矫若游龙"者也。"悄"，忧也。

（2）"懰"，好也。"忧受"，亦舒之貌。"慅"，亦忧也。

（3）"燎"亦好也。"夭绍"，即"要绍"，亦形容舒态。"惨"为"懆"之假，忧也。

【诗说】

（1）《序》：刺好色也，在位不好德而说美色焉。

（2）朱子：此亦男女相悦而相念之词。言月出则皎然矣，佼人则僚然矣，安得见之而舒窈纠之情乎？是以为之劳心而悄然也。

（3）姚际恒：引朱郁仪以为刺灵公之诗。何玄子因以三章舒字为指夏征舒，意更巧妙，存之。

（4）方玉润：有所思也，此虽男女词，而一种幽思牢愁之意，固结莫解，情念虽深，心非淫荡，且从男意虚想，活现出一月下美人，并非实有所遇，盖巫山洛水之滥觞也。

（5）龚橙：危灵公悦夏姬见恶于征舒也。舒征舒也，诗人早知有厩射之事也。

【今说】

此亦绝妙情诗。戴溪云："沉溺于情，不能自克，至于缴绕憔悴而不可支，月出之类是也。"此诗妙在用韵。丁以此《毛诗正韵》云："支宵二部为经韵，幽祭脂真鱼侵六部为纬韵，十二兮联章连句韵，支部皎僚悄与照憭绍惨隔章韵，'天绍'中叠韵，三佼三劳间句韵，宵部纠与皓悷受慅韵，窈纠忧受皆中叠韵。幽部，三月正射韵祭部，三出正射韵脂部，三人正射韵真部，三舒正射韵鱼部，三心正射韵侵部。"盖宵部之上去声连用，隐藏忧愁幽抑声调，极能动人也。

株林 二章

胡为乎株林二十一侵？从夏南二十二覃兮。匪适株林见上，从夏南见上兮。

驾我乘马音姥，说于株野神与反。乘我乘驹十虞，朝食于株十虞，此章亦可以平上通为一韵。

【注释】

（1）"株林"，夏氏邑也，陈县有株邑。"夏南"，夏征舒也。

（2）"我"，其也。"说"，舍也。

【诗说】

（1）《序》：刺灵公也。淫于夏姬，驱驰而往，朝夕而不息焉。姚、方、龚俱从之。

（2）朱子：灵公淫于夏征舒之母，朝夕而往夏氏之邑。故其民相语曰："君胡为乎株林乎？"曰："从夏南耳。"然则非适株林也，特以从夏南故耳。盖淫乎夏姬，不可言也，故以从其子言之。诗人之忠厚如此。

【今说】

此篇《序》说较有据。故各家无异说，事见《左传》宣公十年，旧说此诗为《诗经》最晚作品。鲁宣十年即周定王八年，公元前五九九年，民元前二五一〇年。

泽陂 三章

彼泽之陂古音波，后人误入五支韵，有蒲与荷七歌。有美一人，伤如之何七歌，寤寐无为音讹，涕泗滂沱七歌。

彼泽之陂见上，与为协，下章同，有蒲与蕳二十八山。有美一人，硕大且卷二仙。寤寐无为见上，中心悁悁二仙。

彼泽之陂见上，有蒲菡萏四十八感。有美一人，硕大且俨
五十二俨。寤寐无为见上，辗转伏枕四十七寝。

【注释】

（1）"陂"，泽障也。"蒲"，水草。可以为席者。"荷"，《鲁诗》作
"茄"。泪自目出曰"涕"，自鼻出曰"泗"。

（2）"菡"，兰也。"卷"，美也，"悁悁"，犹悒悒也。

（3）"菡萏"，荷花也。"俨"，矜庄貌。

【诗说】

（1）《序》：刺时也，言灵公君臣淫于其国，男女相说，
忧思感伤焉。

（2）朱子：此诗之旨，与《月出》相类。言彼泽之陂，
则有蒲与荷矣，有美一人而不可见，则虽忧伤而如之何哉?
寤寐无为，涕泗滂沱而已。

（3）姚际恒：是必伤逝之作，或谓伤泄冶之见杀，则兴
意不合，未详此诗之旨也。

（4）方玉润：伤所思之不见也。

（5）龚橙：思君子也。

【今说】

诗以蒲荷、蒲蕳、菡萏等芳草可依恋之物起兴，以见有美一人，不能如芳草之相依，故以忧伤。三章皆曰寤寐无为，始则涕泗，继则心结，终则伏枕辗转，正欲向梦魂相依恋耳。

桧风释

"桧",《左传》《国语》作"邻",《汉书·地理志》作"会",国名,高辛氏火正祝融之墟,今河南郑县地。其君妘姓,祝融氏之后,周衰,为郑武公所灭,因迁国焉。朱《传》云:"苏氏以为桧诗皆为郑作,如邶、鄘之于卫也,未知是否。"桧地狭而祚促,故史迹渺茫,已无可考。

《郑谱》云:"周夷王厉王之时,桧公不好政事,而好絜衣服,大夫去之,于是桧之变风始作。"乃本《序》说,朱子以为不可靠,诚然。季札闻歌曰:"自桧以下无讥焉。"亦以其国小诗少之故,鄙促之音,不足挂齿耳。

桧 风

羔裘 三章

羔裘逍遥四宵，狐裘以朝四宵。岂不尔思？劳心忉忉六豪。

羔裘翔翔十阳，狐裘在堂十一唐。岂不尔思？我心忧伤十阳。

羔裘如膏三十七号，日出有曜三十五笑。岂不尔思？中心是悼三十七号。

【注释】

（1）朱子以"缁衣"为"羔裘"，诸侯之朝服，"锦衣"为"狐裘"，其朝天子之服也。

（2）首二句言其裘之润泽，因日光所曜，润泽如膏也。

【诗说】

（1）《序》：大夫以道去其君也，国小而迫，君不用道，好絜其衣服，逍遥游燕，而不能自强于政治，故作是诗也。朱子从之。

（2）王质：此国人忧伤贤大夫之去者云。龚橙亦谓大夫以道去其君。

（3）姚际恒：《郑语》史伯谓郑桓公曰："郐仲恃险，有骄侈怠慢之心，而加之以贪冒。"此《诗》云："逍遥""翱翔"，意近之矣。

（4）方玉润：伤桧君贪冒，不知危在旦夕也。

【今说】

诗首二句自指诸侯或大夫，"尔"亦指此，思之以致忉忉忧伤而悼，其情极苦，至指何人，因何事而思，则诗文茫昧，难妄指也。

素冠 三章

庶见素冠二十六桓兮，棘人栾栾二十六桓兮。劳心慱慱二十六桓兮。

庶见素衣八微兮，我心伤悲六脂兮。聊与子同归八微兮。

庶见素韠五质兮，我心蕴结十六屑兮。聊与子如一五质兮。

【注释】

（1）"庶"，幸也。"棘"，急也。"栾栾"，瘠貌。"怲"，忧伤貌。"素冠"，毛训"练冠"，朱以为缟冠素纰，既祥服，或以为常服之冠。

（2）"韠"，蔽膝用具，以韦为之。

【诗说】

（1）《序》：刺不能三年也。朱子、龚橙从之。

（2）王质：当是在位之贤，宅忧而国事无人任之，所以急欲挽出也。

（3）姚际恒：力辨刺不能三年，十不可信。时人不行三年丧，皆然也，非一人事，何必作诗以刺凡众之人，于情理不近，一也。思行三年丧之人何至"劳心怲怲"，以及"伤悲""蕴结"之如是？此人无乃近于杞人耶？二也。玩"劳心"诸句，"与子同归"诸句，必实有其人，非虚想之辞，三也。旧训"庶"为"幸"，是思见而不可得，设想幸见之也，既幸见之，当接以"我心喜悦"之句方合，今乃云"伤悲"何耶？四也。丧礼从无"素冠"之文。《毛传》云："素冠，练冠也。"郑氏则以为"缟冠"，毛、郑已自龃龉，五也。丧礼从无"素衣"之文，《毛传》曰："素冠，故素衣。"混甚。郑氏改为"素裳"，更谬，六也。丧礼从无"素韠"之文，七也。……素冠等之为常服，又皆有可证者。"素冠"，《孟子》："许子冠乎？"曰："冠素。"又皮弁，尊贵所服，亦白色也。

"素衣",《论语》:"素衣,麑裘。"《曹风》"麻衣如雪",郑云:"麻衣,深衣也。"《郑风》女子亦着"缟衣"。古人多素冠、素衣,不似今人以白为丧服而忌之也。此诗本不知何事何人,但"劳心""伤悲"之词,"同归""如一"之语,或如诸篇以为思君子可以,为妇人思男子亦可,何必泥"素"之一字,遂迁其说,以为"刺不行三年"乎!"素冠"者,指所见其人而言,因素冠而及衣、韠,即承上"素"字,以"衣""韠"为换韵,不必泥也。"棘人",其人当罪之时,《易·坎·六爻》曰:"系用徽纆,置于丛棘"是也。"栾栾",拘栾之意。若如旧解,以"棘"训"急",孔氏谓"急于哀戚",甚牵强。

(4)方玉润:窃以为棘人素服,必其人以非罪而在缧绁之中,适所服者素服耳,幸而见之,以至于伤悲,愿与同归如一者,非其所亲,即素所敬爱之人,故至"劳心愽愽"而不能自已也。然律以首篇之义,或桧君国破被执,拘于丛棘,其臣见之,不胜悲痛,愿与同归就戮,亦未可知。

(5)胡适:乃是怀人之诗,"棘"训"急",棘人,亦不过劳人的意思。

【今说】

姚际恒之说,最透达而合诗旨。

隰有苌楚 三章

隰有苌楚，猗傩其枝五支。夭之沃沃，乐子之无知五支。

隰有苌楚，猗傩其华音敷。夭之沃沃，乐子之无家音姑。

隰有苌楚，猗傩其实五质。夭之沃沃，乐子之无室五质。

【注释】

（1）"苌楚"，即羊桃，子如小麦，亦似桃。"猗傩"，《鲁诗》作"旖旎"，盛美貌。"夭"，木之少而不壮者，本"枖"之假，朱以为光泽貌。"沃沃"，盛美也。"知"，毛训匹，朱以为"知识"之"知"。"子"，此，指苌楚言。

【诗说】

（1）《序》：疾恣也，国人疾其君之淫恣，而思无情欲者也。

（2）朱子：政烦赋重，人不堪其苦，叹其不如草木之无知而无忧也。

（3）姚际恒：此遭乱而贫窭，不能赡其妻子之诗。

（4）方玉润：此必桧破民逃，自公族子姓以及小民之有室家者，莫不扶老携幼，絜妻抱子，相与号泣路岐，故有家不如无家之好，有知不如无知之安也。

（5）龚橙：男女之思也。

【今说】

此身处乱世，室家不保之诗，与《王风·兔爰》《小雅·苕之华》同一惨痛，目睹草木以无知而生意沃沃，反伤惨苦由于生知，其苦可知矣。

匪风 三章

匪风发十月兮，匪车偈十七薛兮。顾瞻周道，中心怛十二曷兮。

匪风飘四宵兮，匪车嘌四宵兮。顾瞻周道，中心吊卅四啸兮此章以平上去通为一韵。

谁能亨鱼，溉之釜鬵廿一侵。谁将西归？怀之好音廿一侵。

【注释】

（1）毛以"匪风"为非有道之风，"匪车"为非有道之车，实属可哂。朱释"匪"为"非"，或释为"彼"，俱通。"偈"，三家诗作"揭"，疾驱貌。"怛"，伤也。

（2）"飘"，回风也。"嘌"，亦疾貌。"吊"，伤也。

（3）"溉"，涤也。"鬵"，大釜也。鼎上大下小若甑者。桧在周东，思周故言西归。

【诗说】

（1）《序》：思周道也，国小政乱，忧及祸难，而思周道焉。姚际恒从之。方玉润亦谓思周道不能复桧。

（2）朱子：周室衰微，贤人忧叹而作此诗。言常时风发而车偈，而中心怛然。今非风发也，非车偈也，特顾瞻周道，而思王室之陵迟，故中心为之怛然耳。

（3）王质：此诗为在途中乘车而遇风有感者之作，或关中之人客于山东，其知交送归之作。

（4）龚橙：国人伤周之将亡，而思郑桓公也。桓公以史伯之计，东徙于洛，卒通乎桧仲夫人叔妘，杀其豪杰良臣，以取其国，而迁郑于郑父之丘，国人说其小惠，时桓公盖友西都，诗人虑及于难，思其反郑，其后卒不归，而及于难，桧终匪风，亡于郑也。

【今说】

此忧桧危而思周之诗。以周当盛时，王道推行，无吞并之祸。今周道不复，是以顾瞻之而中心怛吊，周辙既东，谁将西归以复王道欤？有则我顾念之以好音矣。

附录

《韩诗外传》卷二：传曰：国无道则飘风厉疾，暴雨折木，阴阳错气，夏寒冬温，春热秋荣，日月无光，星辰错行，民多疾病，国多不祥，群生不寿，而五谷不登。当成周之时，阴阳调，寒暑平，群生遂，万物宁。故曰：其风治，其乐连，其驱马舒，其民依依，其行迟迟，其意好好。《诗》曰："匪风发兮，匪车揭兮，顾瞻周道，中心怛兮。"

《汉书·王吉传》：吉上疏谏曰："臣闻古者师日行三十里，吉行五十里。"《诗》云："匪风发兮，匪车揭兮。顾瞻周道，中心懃兮。"说曰：是非古之风也，发发者；是非古之车也，揭揭者，盖伤之也。

《说苑·善说》：于是楚王发使一驷，副使二乘，追公子晳濮水之上。子晳还重于楚，蘧伯玉之力也。故《诗》曰"谁能亨鱼，溉之釜鬵。谁将西归，怀之好音。"此之谓也。

曹风释

曹，国名，《禹贡》兖州陶丘之北，今济阴定陶县。武王以封其弟叔振铎。二十四传至伯阳而亡于宋。《郑谱》谓："夹于鲁卫之间，又寡于患难，末时富而无教，乃更骄侈。"

陈傅良曰："桧亡，东周之始也；曹亡，春秋之终也。夫子之删《诗》，系《曹》《桧》于《国风》之后，于《桧》之卒篇曰：'思周之道也，伤天下之无王也。'于《曹》之卒篇曰：'思治也，伤天下之无伯也。'"方玉润驳之曰："季札观乐时，《诗》之次序已如此，非定自夫子也，且使二诗具有深意，季札当叹美而深长思之，何以云：'《桧》以下无讥焉？'此可见其国小事微，诗亦无足轻重，采风者录之，聊以备一国之俗云尔。"孔颖达亦云："桧则其君淫恣，曹则小人得宠。国小而君奢，民劳而政僻，……国风之次于末，宜哉。"

《曹诗》亦只四篇，除《鸤鸠》一诗外，亦皆鄙促哀伤之词，洵乎季札无讥矣。

曹 风

蜉蝣 三章

蜉蝣之羽_{九虞}，衣裳楚楚_{八语}。心之忧矣，于我归处_{八语}。

蜉蝣之翼_{二十四职}，采采衣服_{蒲北反}。心之忧矣，于我归息_{二十四职}。

蜉蝣掘阅_{十七薛}，麻衣如雪_{十七薛}。心之忧矣，于我归说_{十七薛}。

【注释】

（1）"蜉蝣"，似甲虫有角，大如指，长三四寸，甲下有翅能飞，朝生暮死。"楚楚"，鲜明貌。"于我归处"郑《笺》：君将于何依归。俞樾谓："以'何'训'我'，古本通，《鹑之奔奔》'我以为兄'，《韩诗》引作'何以为兄'，盖'何''我'声相近相转也。"胡承珙以苏辙解作"我将于何处乎"，得之，实即《笺》意也。朱释为"欲其于我归处耳。"

（2）"采采"，华饰也。

（3）"阅"，与"穴"通。一说"掘"与"厥"通，之也，"阅"读为"悦"，"娩"之假，好也。"说"犹"舍"，息也。

【诗说】

（1）《序》：刺奢也，昭公国小而迫，无法以自守，好奢而任小人，将无所依焉。

（2）朱子：此诗盖以时人有玩细娱而忘远虑者，故以蜉蝣为比而刺之。……《序》以为刺其君，或然而未有考也。

（3）王质：此必在野之君子，以已所处为避患。

（4）姚际恒：大抵是刺曹君奢慢，忧国之词也。

（5）龚橙：衰世相从也。

【今说】

按：戴震云："蜉蝣之羽，无异于人之衣裳楚楚，可言也。人之衣裳楚楚，无异于蜉蝣之羽，不可言也。忧蜉蝣之于我归处，以言我之将与蜉蝣同归也。人皆为蜉蝣，我岂能独久乎？共处此国，共受其败。子产谓子皮曰：'栋折榱崩，侨将焉，敢不尽言？'作是诗者，意若此矣。"尚较有理。惟照诗文，蜉蝣似喻人生之无常，一时荣华，犹衣裳楚楚也，然而转瞬老死，则不禁忧从中来，不觉慨叹，吁！我乎！将归何处乎？似较捷也。

附录

《礼记·表记》：子曰："君子不以口誉人，则民作忠，故君子问人之寒则衣之，问人之饥则食之，称人之善则爵之，《国风》曰：'心之忧矣，于我归说。'"

候人 四章

彼候人兮，何戈与祋十四泰十三末二韵。彼其之子，三百赤芾八末十四泰八物三韵。

维鹈在梁，不濡其翼二十四职。彼其之子，不称其服蒲北反。

维鹈在梁，不濡其咮古音注，后人误入四十九宥韵。彼其之子，不遂其媾古音故，后人混入五十候韵。

荟十四泰兮蔚八未兮，南山朝隮十二齐。婉二十阮兮娈二十八狝兮，季女斯饥六脂，诗有一句之中而兼用二韵，如"其虚其邪"是也。此章则"荟""蔚"自为一韵，"婉""娈"自为一韵，而"隮""饥"又自为一韵，古人属辞之工，比音之密如此，所谓天籁之鸣，自然应律而合节者也。

【注释】

（1）"候人"，为道路迎送宾客之官。"何"即"荷"字。"祋"，殳也。"芾",韠也。一命缊芾黝珩,再命赤芾黝珩,三命赤芾葱珩,大夫以上赤芾乘轩。

（2）"鹈",即鹈鹕,好群飞,入水食鱼,故名洿泽。

（3）"咮",即嘴。"不遂其媾",郑释"不久其厚",朱子:"不称其宠。"马瑞辰谓"媾"为"韝"之借,"韝",臂衣也,能射则佩韝,此句正与"不称其服"同意。

（4）"荟""蔚",云兴貌。"南山"在曹州济阴县东二十里。"朝隮",云升也。"婉娈",少好貌。戴震云:"前二章言小人不克称其宠遇,此言君子虽遭退废,处困穷不失常道,故曰荟蔚然者,南山之朝升云也,婉娈者,季女于斯守饥也,美其守而悲之。"

【诗说】

（1）《序》:刺近小人也,共公远君子而近小人焉。

（2）朱子:此刺其君远君子而近小人之词。晋文公入曹,数其不用僖负羁,而乘轩者三百人,其谓是欤?方玉润从之。

（3）魏源:《左传》乘轩,不言何人,《史记》始以美女实之,盖《鲁诗》说,非《毛传》大夫乘轩之谓。古时曹濮,为货财声色之都会,故国小而色荒若斯之盛。

（4）龚橙:伤旷女也。所升非色,而婉娈者饥。首章言赤芾之女,其夫为卒;二章言不称色选;三章为女伤也;四章叹词。

【今说】

魏源引《史记·晋世家》以乘轩三百为美女。今观诗末章言婉娈季女斯饥，则"三百赤芾"为美女，而此诗刺近女宠似可信。

附录

《后汉书·东平宪王苍传》：宜当暴骸膏野，为百僚先。而愚顽之质，加以固病。诚羞负乘，辱污辅将之位，将被诗人"三百赤绂"之刺。

《礼记·表记》：是故君子服其服，则文以君子之容。有其容，则文以君子之辞。遂其辞，则实以君子之德。是故君子耻服其服而无其容，耻有其容而无辞，耻有其辞而无其德，耻有其德而无其行。是故君子衰绖则有哀色，端冕则有敬色，甲胄则有不可辱之色。《诗》云："维鹈在梁，不濡其翼，彼其之子，不称其服。"

《春秋左氏》僖二十四年传：君子曰："服之不衷，身之灾也，《诗》曰：'彼己之子，不称其服。'子臧之服，不称也夫！"

《国语·晋语》第十：子玉曰："然则请止狐偃。"王曰："不可。《曹诗》曰：'彼己之子，不遂其媾。'邮之也。夫邮而效之，邮又甚焉。效邮，非礼也。"

鸤鸠 四章

鸤鸠在桑，其子七[五质]兮。淑人君子，其仪一[五质]兮。其仪一[见上]兮，心如结[十六屑]兮。

鸤鸠在桑，其子在梅[十五灰]。淑人君子，其带伊丝[七之]。其带伊丝[见上]，其弁伊骐[七之]。

鸤鸠有桑，其子在棘[二十四职]。淑人君子，其仪不忒[二十五德]。其仪不忒[见上]，正是四国[二十五德]。

鸤鸠在桑，其子在榛[十九臻]。淑人君子，正是国人[十七真]。正是国人[见上]，胡不万年[一先]。

【注释】

（1）"鸤鸠"，即布谷，饲子平均如一，《左传》剡子曰："鸤鸠氏，司空也，以其平均，故为司空。"

（2）"其弁伊骐"，郑、朱释为"青黑色"，马瑞辰谓本"璂"字，乃玉也，以玉饰，犹言会弁如星也。

（3）"忒"，即与"貳"通。

【诗说】

（1）《序》：刺不一也。在位无君子，用心之不一也。

（2）朱子：诗人美君子之用心均平专一，故言鸤鸠在桑，则其子七矣，淑人君子，则其仪一矣，其仪一，则心如结矣，然不知其何所指也。

（3）端木伪《诗说》：曹叔振铎为政有道，国人为之赋《鸤鸠》。

（4）魏源：晋文分曹田而不分卫田，其用心不均不一可见矣。大国之字下国，犹鸤鸠之字七子，均平不偏。故不云刺其君，而云刺不一，其所望于晋伯者婉而切矣。龚橙从之。

（5）姚际恒：何玄子谓曹人美晋文公，意虽凿，颇有似处。晋文于鲁僖廿九年执曹伯以畀宋人，十月后盟于践土，十月晋侯有疾，以曹伯之竖侯獳货筮史，使曰，"以曹为解"云云。公悦，乃复曹伯。此诗之作，盖在曹伯复国之后。其取兴于"鸤鸠"者，以鸤鸠养子均平，颂文公之待曹国与他国无异也。尊之为"鸤鸠"而自居于"子"者，亦犹文王之时，大邦畏力，小邦怀德，皆怙文王如父也。其曰"正是四国"，则亦唯晋为盟主，始足当之。襄王策命中所谓"以绥四国"是也。

（6）方玉润：因曹君失德，而追述其先公之先德之纯以刺之。

【今说】

朱子之说，最为通达。魏源以刺晋文不均，何楷以为美晋文，俱未免求甚解而反凿也。

附录

《礼记·缁衣》：子曰："下之事上也，身不正，言不信，则义不一，行无类也。"子曰："言有物而行有格也，是以生则不可夺志，死则不可夺名。故君多闻，质而守之；多志，质而亲之；精知，略而行之。《诗》云：'淑人君子，其仪一也。'"

《荀子·劝学篇》：是故无冥冥之志者，无昭昭之明；无惛惛之事者，无赫赫之功。行衢道者不至，事两君者不容。目不能两视而明，耳不能两听而聪。螣蛇无足而飞，鼫鼠五技而穷。《诗》曰："鸤鸠在桑，其子七兮。淑人君子，其仪一兮，其仪一兮，心如结兮。"故君子结于一也。

《淮南子·诠言训》：贾多端则贫，工多技则穷，心不一也。故木之大者害其条，水之大者害其身。有智而无术，虽钻之不通；有百技而无一道，虽得之弗能守。故《诗》曰："淑人君子，其仪一也。其仪一也，心如结也。"君子其结于一乎？

《韩诗外传》卷二：凡治气养心之术，莫径由礼，莫优得师，莫慎一好。好一则博，博则精，精则神，神则化。是以君子务结心乎一也。《诗》曰："淑人君子，其仪一兮。其仪一兮，心如结兮。"

《说苑·反质》：《诗》云："鸤鸠在桑，其子七兮。淑人君子，其仪一兮。"《传》曰："鸤鸠之所以养七子者，一心也，君子之所以理万物者，一仪也。以一仪理物，天心也。五者不离，合而为一，谓之天心。在我能因自深结其意于一，故一心可以事百君，百心不可以事一君，是故诚不远也。夫诚者，一也；一者，质也。君子虽有外文，心不离内质矣。"

《列女传·魏芒慈母传》：于是前妻中子，犯魏王令，当死。慈母忧戚悲哀，带围减尺，朝夕勤劳，以救其罪。君子谓慈母一心。《诗》云："尸鸠在桑，其子七兮。淑人君子，其仪一兮。其仪一兮，心如结兮。"言心之均一也。尸鸠以一心养七子，君子以一仪养万物，一心可以事百君，百心不可以事一君，此之谓也。

《潜夫论·交际》：唯有古烈之风，志义之士，为不然尔。恩有所结，终身无解；心有所矜，贱而益笃。《诗》云："淑人君子，其仪一兮，心如结兮。"

《孝经·圣治章》：君子则不然。言思可道，行思可乐，德义可尊，作事可法，容止可观，进退可度，以临其民。是以其民畏而爱之，则而象之，故能成其德教，而行其政令。《诗》云："淑人君子，其仪不忒。"

《礼记·经解》：其在朝廷，则道仁圣礼义之序。燕处，则听雅颂之音；行步，则有环珮之声；升车，则有鸾和之音。居处有礼，进退有序，百官得其宜，万事得其序。《诗》云："淑人君子，其仪不忒，正是四国。"此之谓也。又《缁衣》：

子曰："为上可望而知也，为下可述而志也。则君不疑于其臣，而臣不惑于其君矣。《诗》云：'淑人君子，其仪不忒。'"又《大学》:《诗》云："其仪不忒，正是四国。"其为父子兄弟足法，而后民法之也。

　　《荀子·君子篇》：故尚贤使能，等贵贱，分亲疏，序长幼，此先王之道也。故尚贤使能，则主尊下安。贵贱有等，则令行而不流。亲疏有分，则施行而不悖。长幼有序，则事业捷成而有所伏。故仁者，仁此者也。义者，分此者也。节者，死生此者也。忠者，惇慎此者也。兼此而能之，备矣。备而不矜，一自善也。谓之圣，不矜矣。夫故天下不与争能，而致善用其功，有而不有也。夫故为天下贵矣。《诗》曰："淑人君子，其仪不忒。其仪不忒，正是四国。"此之谓也。《富国篇》：人皆乱，我独治；人皆危，我独安；人皆失丧之，我按起而治之。故仁人之用国，非特将持其有而已也，又将兼人。《诗》曰："淑人君子，其仪不忒。其仪不忒，正是四国。"此之谓也。《议兵篇》：是以尧伐欢兜。舜伐有苗，禹伐共工，汤伐有夏，文王伐崇，武王伐纣，此四帝两王，皆以仁义之兵行于天下也。故近者亲其善，远方慕其德，兵不血刃，远迩来服，德盛于此，施及四极。《诗》曰："淑人君子，其仪不忒。"此之谓也。

　　《吕氏春秋·先己》：昔者先王成其身而天下成，治其身而天下治。故善响者不于响，于声，善影者不于影，于形。

为天下者不于天下，于身。《诗》曰："淑人君子，其仪不忒。其仪不忒，正是四国。"言正诸身也。

《列女传·卫姑定姜传》：定姜曰："是先君宗卿之嗣也，大国又以为请，而弗许，将亡。虽恶之，不欲愈于亡乎。君其忍之，夫安民而宥宗卿，不亦可乎？"定公遂复之。君子谓定姜能远患难。《诗》曰："其仪不忒，正是四国。"此之谓也。《楚昭贞姜传》：夫人曰："妾闻之，贞女之义不犯约，勇者不畏死，守一节而已。妾知从使者必生，留必死。然弃约越义而求生，不若留而死耳。"君子谓贞姜有妇节。《诗》云："淑人君子，其仪不忒。"此之谓也。

《韩诗外传》卷二：君子学之则为国用，故动则安百姓，议则延民命。《诗》曰："淑人君子，正是国人。正是国人，胡不万年。"卷九：士褐衣缊著，未尝完也。粝藿之食，未尝饱也。世俗之士，即以为羞耳。及其出则安百议，用则延民命，世俗之士，超然自知不及远矣。《诗》曰："正是国人，胡不万年？"

下泉 四章

洌彼下泉二仙与叹协，浸彼苞粮十一唐。忾我寤叹二十五寒，念彼周京音疆。

洌彼下泉见上，浸彼苞萧三萧。忾我寤叹见上，念彼京周十八尤。

洌彼下泉见上，浸彼苞蓍六脂。忾我寤叹见上，念彼京师六脂。

芃芃黍苗四宵，阴雨膏六豪三十七号二韵之。四国有王，郇伯劳六豪二十七号二韵之。

【注释】

（1）"洌"，寒也。"下泉"，泉下流也。"苞"，草从生也。"稂"，毛训"童梁"，非溉草，得水而病，菜属。胡承珙谓"稂"即"莨"，狼尾草也。"忾"，叹息之声也。

（2）"萧"，蒿也。

（3）"蓍"，草也。

（4）"芃芃"，盛貌。"郇伯"，郇侯也，文王之后，尝为州伯，治诸侯有功。

【诗说】

（1）《齐诗》说：《易林·蛊之归妹》："下泉苞稂，十年无王，郇伯遇时，忧念周京。"何楷《世本古义》据此定此诗为曹人美晋荀跞纳敬王于成周而作。春秋昭廿二年，王子朝作乱，至昭三十二年城成周。为十年无王，又二十三年天王居于狄泉，即此诗下泉，郇伯即荀跞，荀即郇之后，去邑称荀也。美荀跞而诗列《曹风》者，昭二十五年晋人为黄父之会，谋王室，具戍人，二十七年会扈令，令戍周，三十二年城成周，曹人皆与焉。故曹人歌其事也。马瑞辰以此诗"念彼周京"，似王新迁成周，追念故京师王室之词，自是以后，诸侯不复朝焉。故列国风诗终此。

（2）《孔丛子·记义》：下泉，见礼世之思明君也。

（3）《序》：思治也。曹人疾共公侵刻下民，不得其所，忧而思明王贤伯也。

（4）朱子：王室陵夷，而小国困弊。故以寒泉下流，苞稂见伤为比。遂兴其忾然以念周京也。

（5）魏源：思方伯也，惟下泉可以浸苞稂，惟阴雨可以膏黍苗，惟方伯之尊王者可以庇下国，乃何舍尊王之盟主而从无王之蛮夷乎？

（6）姚际恒：此曹人思治之诗。龚橙谓思其君从晋霸以从周而庇国也。

（7）方玉润：此与《匪风》同被大国之伐，而伤周王之不能救己也。伤周无王不足以制霸也。

【今说】

洌泉浸伤苞稂，犹大国并吞小国，因忾叹西周盛时，大小相安，而今不可复也。安得宗周王道复兴，而霸者俱如郇伯慰劳列国，则小国如黍苗，得膏雨润之，必芃芃盛茂矣。《集传》引程子以此诗居变风之终，为剥极而复，实则诗篇次序，非孔子所编，原无深意，正不必曲为附会也。

豳风释

豳者，国名，在《禹贡》雍州岐山之北，原隰之野地，（今陕西邠县地）虞、夏之际，弃为后稷，而封于邰（今陕西武功县境）。夏衰，弃子不窋失其官守，而自窜戎狄之间，不窋孙公刘能复修后稷之业，乃立国于豳谷焉，十传至太王避狄徙居岐山之阳。

《郑谱》云："成王之时，周公避流言之难，出居东都二年。后成王迎之，反之摄政致太平。其出入也，一德不回，纯似于公刘太王之所为。大师大述其志，主意于豳公之事，故别其诗以为豳国变风焉。"

《集传》谓"周公摄政，乃述后稷公刘之化，作诗（《七月》）一篇，以戒成王，谓之《豳风》。而后人又取周公所作，及凡为周公而作之诗以附焉。"然崔述、方玉润等皆不信《豳诗》为周公作。以《七月》乃豳旧风，周公识而存之，其余则或邠之旧风，或为周公而作，而音节近邠，故以附焉。

《汉书·地理志》云："昔后稷封漦，公刘处邠，太王徙岐，其民有先王遗风，好稼穑，务本业，故邠诗言农桑衣食之本甚备。"魏源因此谓："诗皆豳国旧风，不但非周公作，非东人作，亦非周大夫作。"其言极为明快，足以破郑、朱之非。

季札请观周乐时，《豳诗》篇次，本居齐后秦前，不知何时移至国风之末。欧阳修、方玉润俱以为能终之以正，漓当返淳，在居变风之末，或以为豳居风雅之间，又引《周礼·籥章》豳雅、豳颂之说，以为豳诗实包三体，故使居风雅之间。然而年湮代远，真相如何？不可考矣。

豳 风

七月 _{八章}

七月流火，<small>古音毁，考火字，诗凡四见，在《左传》一见并同，</small>后人误入三十四果韵<small>九月授衣八微</small>。一之日觱发<small>十月</small>，二之日栗烈<small>十七薛</small>，无衣无褐<small>十二曷</small>，何以卒岁<small>十三祭</small>？三之日于耜<small>六止</small>，四之日举趾<small>六止</small>。同我妇子<small>六止</small>，馌彼南亩<small>满以反</small>。田畯至喜<small>六止</small>，<small>此章以平上以去入通为一韵，亦可通一章为一韵</small>。

七月流火<small>见上</small>，九月授衣<small>见上</small>。春日载阳<small>十阳</small>，有鸣仓庚<small>古音冈，考庚字，诗凡二见并同，今十二庚与平生等字混为一韵</small>。女执懿筐<small>十阳</small>，遵彼微行<small>户郎反</small>，爰求柔桑<small>十一唐</small>。春日迟迟<small>六脂</small>，采蘩祁祁<small>六脂</small>，女心伤悲<small>六脂</small>。殆及公子同归<small>八微</small>。

七月流火<small>见上</small>，八月萑苇<small>七尾</small>。蚕月条桑<small>十一唐</small>，取彼斧斨<small>十阳</small>，以伐远扬<small>十阳</small>，猗彼女桑<small>见上</small>。七月鸣鵙<small>二十三锡</small>，八

月载绩二十三锡。载玄载黄十一唐，我朱孔阳十阳，为公子裳十阳。

四月秀葽四宵，五月鸣蜩三萧。八月其获十九铎，十月陨蘀十九铎。一之日于貉十九铎，取彼狐狸七之，为公子裘渠之反。二之日其同一东，载缵武功一东。言私其豵一东，献豜于公一东。

五月斯螽动股十姥，六月莎鸡振羽九麌。七月在野神与反，八月在宇九麌，九月在户十姥。十月蟋蟀入我床下音户。穹窒熏鼠八语，塞向墐户见上。嗟我妇子，曰为改岁，入此室处八语。

六月食郁及薁一屋，七月亨葵及菽一屋，转上声则"薁"音"懊""菽"音"少"，与下枣、稻、酒、寿为一韵。八月剥枣三十二皓，十月获稻三十二皓。为此春酒四十四有，以介眉寿四十四有。七月食瓜音孤，八月断壶十一模。九月叔苴九鱼，采荼薪樗九鱼，食我农夫十虞。

九月筑场圃十姥，十月纳禾稼古音古，考稼字《诗》凡二见并同，后人混入四十祃韵。黍稷重穋，禾麻菽麦"穋""麦"二字非韵，李因笃曰二句不入韵，以下句夫字为韵，与圃稼协。嗟我农夫十一模，我稼既同一东。上入执宫功一东。昼尔于茅，宵尔索绹六豪。亟其乘屋一屋。其始播百谷一屋，此章以平上通为一韵。

二之日凿冰冲冲一东，三之日纳于凌阴二十一侵，侵韵字与东同。用者三见，此章之阴荡首之谌云汉，二章之临，《易》四见，屯比恒象傳之禽湪艮象傳之心，若此者盖出于方音耳。宋吴棫《韵补》：阴于容切，引《太玄经》曰飞悬阴万物融融。**四之日其蚤**三十二皓，**献羔祭韭**四十四有。**九月肃霜**十阳，**十月涤场**十阳。**朋酒斯飨**三十六养，**曰杀羔羊**十阳。**跻彼公堂**十一唐，**称彼兕觥**音光，**万寿无疆**十阳，此章以平上通考为一韵。

【注释】

（1）"七月"，乃夏正七月。"流"，下也。"火"，大火，心星也。"九月"，霜降始寒，蚕功亦成，故家长预授家人以衣也。"一之日"谓十有一月之日，此变文而言，后仿此。杨升菴云："觱，羌人吹角也，其声悲惨。冬日寒风骤发，其声似之。谚云：'三九二十七，篱头吹觱栗。'正谓风吹篱落声，与觱栗相似也。"毛："觱发"，风寒也。"栗烈"，气寒也。崔述谓身至邠州时，仲冬之月，朔风劲甚。逮季冬时，少立庭中，微风不起，而肌肉若裂，其寒有如栗之烈（裂）者，然后知诗人体物之精，立言之妙也。"耜"，耕器，今人锄也。"于"，为也。"举趾"，举足而耕也。"我"，家长自我也。"馌"，饷田也。"田畯"，劝农之官也。

（2）"载"，始也。"阳"，温和也。"仓庚"，黄鹂，即《葛覃》之黄鸟也。"懿"，深也。"遵"，循也。"微"行小径也。"蘩"，白蒿也，可以饲蚕。"祁祁"，众多也。毛释末二句云："春女悲，秋士悲，感其物化也。""殆"，将。"及"，与也，《毛传》：豳公子躬率其民，同时出，"同时归也"。朱则谓："公子连姻于采桑之女，预以将及公子同归而远离其母为悲。"《笺》谓："始有与公子同归之志，欲嫁焉。"则以公子为女子，则太晦。郭沫若谓："春日艳阳的时候，公子们春情发动了，那就不免遭一番蹂躏了。"即近世学者所谓"初夜权"之类。

（3）"萑苇"，毛：蒹为萑，葭为苇，可以为曲，是萑苇乃二物。朱《传》释以"蒹葭"。想二物大同小异，俱芦属也。

"蚕月"，治蚕之月，故不定指，有以此诗独缺三月，故以实之。"条桑"，枝落之采其叶也。"斨"，斧之方孔者。

"远扬"，指桑之枝条在高远者言。"猗"，为"掎"之假。胡承珙谓训刺戾，盖女桑柔弱，不伐其条，彼牵引使曲而采之。朱训以去叶存条，正此意也。"女桑"，小桑。"䴗"，即伯劳。"丝"曰"纺"，"麻"曰"绩"，故毛谓丝事毕而麻事起。黑而有赤为"玄"。"朱"，赤也。"阳"，明也。

（4）不荣而实曰"秀"。"葽"，草名，或以为远志，或以为即莠。"蜩"，即蝉。"获"，禾之早者可获也。"陨"，坠落也。"貉"，狐狸也，"于"，取也，取狐狸皮也。"同"，谓协作以狩也。"缵"，继。"功"，事。"豵"，一岁豕。"豜"，三岁豕。

（5）"斯螽"，即螽斯，蝗属，《陆疏》：莎鸡亦蝗属斑色，毛翅数重而赤，六月中飞而振羽，索索作声。斯螽以股鸣，与莎鸡异。"宇"，檐下，暑在野，冬则依人，俱指蟋蟀言。"穹"，空隙。"窒"，塞也。"向"，北出窗也。"墐"，涂也。"曰"，以。"为"，将。周建子，以十一月为岁首。

（6）"郁"，棣属，一名雀李，一名车下李，树高五六尺，其实大如李，正赤，味甜可食。"薁"，蘡薁，亦郁类而小别，一名野葡萄。"葵"，菜名，即秋葵。"剥"，击也。"以介眉寿"，陈训"介"为"大"，"眉寿"为"秀眉"。朱以为助。《笺》："人老有豪毛秀出者。""壶"，瓠也。"叔"，拾也。"苴"，麻子也。"荼"，苦菜也。"樗"，臭椿也。

（7）"场圃"同地，春夏为圃，秋冬筑为场以纳禾。禾为总名，禾之秀实而在野曰"稼"，先种后熟曰"重"，后种先熟"穋"。"同"，聚也。"宫",邑居之室,古者民受五亩之宅,二亩半为庐在田。春夏居之,二亩半宅,在邑,秋冬居之。"功",葺治之事也,实乃官府之役。为通。"上",尚也。"尔",而也。"予",取也。"索",绞也。"绹",索也。"乘",升也。

（8）"冲冲",凿声也。"凌阴",冰室也。"蚤",早朝也。"韭",菜名,献羔祭韭,而后启冰。《月令》仲春献羔开冰,先荐寝庙也。"肃霜",朱谓气肃而霜降。"涤场"者,农事毕而扫场地也。两尊曰"朋",乡饮酒之礼,两尊壶于房户间是也。"斯",以也。"曰",乃也。"跻",升也。"公堂",君之堂也。"称",举也。"疆",竟也。

【诗说】

（1）《序》:陈王业也,周公遭变故,陈后稷先公风化之所由致,王业之艰难也。

（2）朱子:周公以成王未知稼穑之艰难,故陈后稷公刘风化之所由,使瞽矇朝夕讽诵以教之。

（3）魏源:此豳国旧风,至周公始陈于王。龚橙亦以此为言民事之诗。

（4）崔述:且玩此诗,醇古朴茂,与成康时皆不类,读之如入桃源之中,衣冠朴古,天真烂漫,熙熙乎太古也,此当为太王以前豳之旧诗。盖周公述之而后世误为周公所作耳。

（5）姚际恒:此篇豳风,志王业之本,与周公无关。

【今说】

此农村纪事之诗。是豳地旧风,而非周公所作。诗用夏正,故知乃西周前之作留。纪述真诚,描写细微,抒情蕴藉。方玉润:"以此一诗,而兼雅颂二体之变风,后世陶、谢、王、孟、韦、田家诗,皆不及此诗。"洵三百篇中之杰作也。

附录

《孟子·滕文公上》:孟子曰:民事不可缓也。《诗》云:"昼尔于茅,宵尔索绹,亟其乘屋,其始播百谷。"

《荀子·大略篇》:然则赐愿息耕。孔子曰:"《诗》云:'昼尔于茅,宵尔索绹,亟其乘屋,其始播百谷。'耕难,耕焉可息哉?"

《汉书·食货志》:春令民毕出在野,冬则毕入于邑。其《诗》曰:"四之日举趾,同我妇子,馌彼南亩。"又曰:"十月蟋蟀,入我床下。嗟我妇子,聿为改岁,入此室处。"所以顺阴阳,备贼寇,习礼文也。

《左传》昭四年传:七月之卒章,藏冰之道也。

《盐铁论·散不足》:古者庶人,春夏耕耘,秋冬收藏,昏晨力作,夜以继日。《诗》云:"昼尔于茅,宵尔索绹,亟乘其屋,其始播百谷。"

鸱鸮 四章

鸱鸮鸱鸮，既取我子_{六止}，无毁我室_{五质}。恩_{廿四痕}斯勤_{廿一侵}斯，鬻子之闵_{十六轸}斯_{此章以上入以平上通为一韵}。

迨天之未阴雨_{九麌}，彻彼桑土_{十姥}。绸缪牖户_{十姥}，今女下民，或敢侮予_{九鱼}_{八吾二韵}。

予手拮据_{九鱼}，予所捋荼_{十一模}，予所蓄租_{十一模}。予口卒瘏_{十一模}，曰予未有室家_{姑音}。

予羽谯谯_{四宵}，予尾翛翛_{三萧}，予室翘翘_{四宵}。风雨所漂摇_{四宵}，予维音哓哓_{三萧}。

【注释】

（1）"鸱鸮"，毛训"宁鴂"，此即桃虫鹪鹩之属，小鸟也。王夫之申之曰："赵岐《孟子》注云：鸱鸮'小鸟'。陈琳《檄吴文》云：'鹪鹩之鸟，巢于苇苕。'以诗言之，鹪鹩之为巢也，坚固，故曰今女下民，或敢侮予。系于弱枝，故曰风雨所漂摇。故此为鸱鸮之自言，而非告鸱鸮之词。"然于文法不顺矣。自郭璞以为"鸱类"，朱子释为"鸺鹠，恶鸟，攫鸟子而食者"，此说于诗文始顺。"恩"，笃爱也。"勤"，忧劳也，爱之欲其室之坚，忧之恐其室之倾也。"鬻"，养。"闵"朱训"忧"，毛训"病"，即育子之病斯，义取爱其子者适以病之，似不及朱说之捷。

（2）"迨"，及。"彻"，剥。"桑土"，桑根也，"土"，《韩诗》作"杜"。"绸缪"，缠绵也。

（3）"拮据"，《玉篇》训为"手病"，朱《传》训为："手口共作之貌。"捋",取也。"荼",萑苕,可藉巢也。"租",聚也。"瘏",病也。

（4）"谯谯"毛训"杀",当读如"憔悴"之"憔"。"翛翛",敝也。"翘",危也。"哓哓",急也。

【诗说】

（1）《书经·金滕篇》：周公居东二年，则罪人斯得，于后，公乃为诗以贻王，名曰《鸱鸮》。

（2）《序》：周公救乱也。成王未知周公之志，公乃为诗以遗王，名之曰《鸱鸮》。朱子同此说。崔述以为作于东征以前。

（3）魏源：《七月》《鸱鸮》，皆邠国旧风也，刺邠君曾不如此鸟，此鸟尚知天未阴雨而取桑根以缠绵牖户。龚橙亦以此乃邠人为太公作。后周公自东土以此诗贻成王。

（4）方玉润：周公之诛管蔡，周公之不得已也。公心既伤且悔，唯有引咎自责，并望成王以戒将来，勿谓罪人斯得，遂可告无罪于先王也。盖骨肉相残，不祥孰甚，叛服无常，可虑方深，今此下民，或尚有能侮予如前日事者，予可不倍加忧惧，为未雨之绸缪耶？此《鸱鸮》之诗，所由作也。

（5）顾颉刚：这是一个诗人借了禽鸟的悲鸣来发泄自己的伤感。

【今说】

此确豳国旧风之禽言诗，而非周公所作。

附录

《孟子·公孙丑上》：《诗》云："迨天之未阴雨，彻彼桑土，绸缪牖户。今此下民，或敢侮予。"孔子曰："为此诗者，其知道乎！能治其国家，谁敢侮之。"

东山 四章

我徂东山，慆慆不归八微。顾梦麟曰：首章归字隔二句与下归、悲、衣、枚协，如《生民》三章之例。次章以下则因首章而以独韵起调，左乐府及唐宋人诗余长调亦有独韵起者。我来自东一东，零雨其濛一东。我东曰归见上，我心西悲六脂。制彼裳衣八微，勿士行枚十五灰。蜎蜎者蠋三烛转音主，烝在桑野神与反。敦彼独宿，亦在车下音户，此章以上八通为一韵。

我徂东山，慆慆不归。我来自东见上，零雨其濛见上。果臝之实五质与室协，亦施于宇九麌。伊威在室五质，蠨蛸在户十姥。町疃鹿场十阳，熠耀宵行户郎反。不可畏也八未，伊可怀十四皆也。此章以平去通为一韵。

我徂东山，慆慆不归。我来自东见上，零雨其濛见上。鹳鸣于垤十六屑，妇叹于室五质。洒扫穹窒五质十六屑二韵，我征

聿至六至。有敦瓜苦，烝在栗薪十七真。自我不见，于今三年
一先，此章以去入通为一韵。

　　我徂东山，慆慆不归。我来自东见上，零雨其濛见上。仓
庚于飞八微与归协，熠耀其羽九麌。之子于归见上，皇驳其马音
姥。亲结其缡古音羅人误入五技韵，九十其仪音俄。其新孔嘉九
麻，其旧如之何七歌！

【注释】

　　（1）"慆慆"，本广大貌，此处训"久"。"濛"，雨貌。"蜎蜎"，蠋
动貌，"蠋"，《传》训"桑虫"，或谓葵虫。"士"，事也。"枚"，《传》
训"微"，《笺》则以为"如著"，而以行为行阵之行，按：不如解作
"衔"，尚通。"烝"，置也，犹乃也。"敦"，专也，即孤独也。

　　（2）"果臝"，栝楼也，叶如瓜叶形，两端相值蔓生，诗因谓延施
于下也。"伊威"，鼠妇也，亦名鼠负或湿生，下湿之地处随有之。"蟏
蛸"，小蜘蛛，结网在户，鲜人出入也。"町畽"，舍旁隙地，无人管理，
野鹿为场。"熠燿"，萤虫也。"不"，非。"伊"，是。

　　（3）"鹳"，水鸟，喜水。"垤"，蚁冢，蚁知雨至而预出穴，鹳见
之喜而鸣。

　　（4）"仓庚"，以仲春鸣。马之黄白者曰"皇"，赤白者曰"驳"。
"缡"，妇人之祎（帨巾）也，婚时母戒女施衿结帨。

【诗说】

　　（1）《序》：周公东征也。周公东征，三年而归，劳归士

大夫美之，故作是诗也。一章言其完也，二章言其思也，三章言室家之望女也，四章乐男女之得及也。君子之于人，序其情而闵其劳，所以说也，说以使民，民忘其死，其惟《东山》乎？

（2）《孔丛子·记义》：于《东山》，见周公先公而后私也。

（3）朱子：成王既得《鸱鸮》之诗，又感雷雨之变，始悟而迎周公。于是周公东征已三年矣，既归，因作此诗以劳归士。方玉润从此说。

（4）崔述：此盖毫无称美周公语，其非大夫作显然。然亦非周公劳归士之诗也。细玩其词，亦归士自述其离合之情耳。三年东征，不为不久，破斧缺斨，不为不劳，而其词绝无一毫怨意，若邶之《击鼓》雅之《渐石》者，即此可见盛世景象，以为劳归士美周公，此意索然矣。魏源、龚橙以亦为邠民从征者作。

（5）陆侃如：玩其语气，似是丈夫出门三年不归，其妇思念颇切，及归，其妇死，续娶时有感于中，故作此诗。

【今说】

此诗描写室家离别思念，曲尽情致，崔、陆之说得之。

附录

《韩诗外传》卷二：嫁女之家，三夜不息烛，思相离也。取妇之家，三日不举乐，思嗣亲也。是故昏礼不贺，人之序也。三月而庙见，称来妇也。厥明见舅姑，舅姑降于西阶，妇降^①自阼阶，授之室也。忧思三日，不杀三月^②，孝子之情也。故礼者，因人情为文，《诗》曰："亲结其缡，九十其仪。"言多仪也。

破斧 三章

既破我斧，又缺我斨十阳。周公东征，四国是皇十一唐。哀我人斯，亦孔之将十阳。

既破我斧，又缺我錡古音渠禾反，后人误入五支韵。周公东征，四国是吪八戈。哀我人斯，亦孔之嘉九麻。

既破我斧，又缺我銶十八尤。周公东征，四国是遒十八尤。哀我人斯，亦孔之休十八尤。

【注释】

（1）"四国"，毛以为"管、蔡、商、奄"，朱谓"四方之国"，是。

---

① 整理者按：原书误作"升"。
② 整理者按：原书误作"三月不杀"。

"皇"，匡也。"将"，《传》训"大"，王引之谓即"臧"字，美也。

（2）"锜"，凿属，穿木之器。"吪"，化也。

（3）"锛"，毛、朱俱训"木属"，《释文》引《韩诗》为"凿属"，即今独头斧。"遒"，固也。

【诗说】

（1）《序》：美周公也，周大夫以恶四国焉。

（2）朱子：从军之士以前篇周公劳己之勤，故言此以答其意。

（3）崔述：破斧缺斨。即叙东征之事，东征三年，为日久矣，斧破斨缺，则其人之辛勤可知，不得以我属之大夫，而谓斧为周公，斨为成王也。魏源、龚橙亦以为邠人从者所作，非周大夫作。

（4）姚际恒：此四国（商与管、蔡、霍）之民美周公之诗。方玉润亦谓四国之民望救于公，如大旱之遇云霓也①，此固四国之民，归美周公，形为歌咏之作。

【今说】

此乃东征邠人，自叹劳苦之诗。

---

① 整理者按：原书误作"如大旱之望云霓"。

附录

《春秋公羊·僖四年传》：古者周公东征则西国怨，西征则东国怨。

《白虎通·巡狩》：三年小备，二伯出，述职黜陟。一年物有终始，岁有所成，方伯行国。时有所生，诸侯行邑。《传》曰："周公入为三公，出为二伯，中分天下，出黜陟。"《诗》曰："周公东征，四国是皇。"言东征述职，周公黜陟而天下皆正也。

伐柯 _{二章}

伐柯如何_{七歌与下何协}，匪斧不克_{二十五德}。取妻如何_{见上}，匪媒不得_{廿五德}。

伐柯伐柯，其则不远_{二十阮}。我觏之子，笾豆有践_{二十八狝}。

【注释】

（1）"柯"，斧柄也。
（2）"笾"，竹器。"豆"，木器。"践"，行列貌。

【诗说】

（1）《序》：美周公也，周大夫刺朝廷之不知也。

（2）朱子：周公居东之时，东人言此，以比平日欲见周公之难。后章言今日得见周公之易，深喜之词也。

（3）姚际恒：周人喜周公还归之诗。《齐风》曰："析薪如之何？匪斧不克，取妻如之何？匪媒不得。"与此同，盖必当时习语。故首章全用为比，下章又单承伐为比。谓伐柯者以斧，则其则不远矣。今我觏此之子，则笾豆有践矣。之子，指周公也。笾豆有践，言周公归，其待之之礼如此也。通篇正旨，在此二句。

（4）方玉润：诸儒说此诗者悉牵强支离，无一确切通畅之语，故宁阙之以俟识者。

（5）龚橙：有家也。

【今说】

此疑是新婚之诗。一章行媒，二章行昏礼。诸儒强以说周公，故无一通畅之语。方玉润不取附会而宁阙，尚不失通明。

附录

《礼记·中庸》：子曰："道不远人，人之为道而远人，不可以为道。《诗》云：'伐柯伐柯，其则不远'，执柯以伐柯，睨而视之，犹以为远。"

《国语·越语下》：范蠡进谏曰："臣闻之，圣人之功，时为之庸。得时弗成，天有还形。天节不远，五年复返，小凶则近，大凶则远。先人有言曰：'伐柯者其则不远。'"

《韩诗外传》卷二：夫人者说人者也，形而为仁义，动而为法则。《诗》曰："伐柯伐柯，其则不远。"

《潜夫论·明忠》：若鹰，野鸟也，然猎夫御之，犹使终日奋击而不敢怠。岂有人臣而不可使尽力者乎。《诗》云："伐柯伐柯，其则不远。"

九罭 四章

九罭之鱼，鳟鲂_{十阳}。我觏之子，衮衣绣裳_{十阳}。

鸿飞遵渚_{八语}，公归无所_{八语}。于女信处_{八语}。

鸿飞遵陆_{一屋}，公归不复_{一屋}，于女信宿_{一屋}。

是以有衮衣_{八微}兮，无以我公归_{八微}兮，无使我心悲_{六脂}兮。

【注释】

（1）"九罭"，九囊之鱼网也。"鳟"，似鲔，鳞细眼赤，与鲂皆鱼之美者也。"衮衣绣裳"者，绣九章于裳，以龙首卷然，故谓之衮也。

（2）再宿曰"信"。

【诗说】

（1）《序》：美周公也，大夫刺朝廷之不知也。

（2）朱子：此亦周公居东之时，东人喜得而见之，故述其所见。

（3）王质：国人忧周公而未孚成王，故欲留再宿，以观其变。

（4）姚际恒：此诗东人以周公将西归，留之不得，心悲而作。方玉润从之。

（5）龚橙：邠人从公东征将归，谓东人之词。

【今说】

王质之说，较近诗旨。

狼跋 二章

狼跋其胡_{十一模与肤协}，载疐其尾_{七尾}。公孙硕肤_{十虞}，赤舄几几_{五旨}。

狼疐其尾，载跋其胡_{见上}。公孙硕肤_{见上}，德音不瑕_{古音胡，考瑕字《诗》一见，《左传》二见并同，后人误入九麻韵}。

【注释】

（1）"跋"，躐也，即前行也。"胡"，颔下悬肉也。"载"，则。"疐"，跲也，却顿也，老狼有胡，进则躐其胡，退则跲其尾，进退有难，然不失其猛。"公孙"，《毛传》以为指成王，齿父之孙也。"硕"，大。"肤"，美也。朱子以"公"为"周公"，"孙"作"让"。"赤舄"，冕服之舄也。"几几",安重貌。

（2）"德音",犹令闻也。"瑕",疵病也。

【诗说】

（1）《序》：美周公也。周公摄政,远则四国流言,近则王不知。周大夫美不失其圣也。

（2）《孔丛子·记义》：于《狼跋》见周公之远志所以为圣也。

（3）朱子：周公虽遭疑谤,然所以处之,不失其常,故诗人美之。

（4）王质：此必送周公之使者行道所见也,诗人未有无故而兴词。触物比情,此非以狼而诋其人也。

（5）姚际恒：此美周公之诗,反比也。几几正跋之反,章法奇变。方玉润亦以为美周公之作。龚橙谓美周公之圣,不为管蔡失度,二叔自取跋疐也。

【今说】

此诗无甚深意,朱、姚之说得之。

附录

《春秋左氏》昭二十年传：声亦如味,一气,二体,三类,四物,五声,六律,七音,八风,九歌,以相成也。清浊、小大，短长、疾徐，哀乐、刚柔，迟速、高下，出入、周疏，以相济也。君子听之，以平其心。心平，德和。故《诗》曰："德音不瑕。"

《孔丛子·广训》："公孙硕肤，德音不瑕。"道成王大美，声称远也。

右十五国风诗已毕。初编时龚橙《诗本谊》尚不得见，及十一月承刘湛泉君转假，龚原承三家诗说，除三家旧说外，无甚新见，比魏源《诗古微》尤简。故自《魏风》后，魏、龚、王先谦三家诗说多采录焉。诗由言志、述物、协乐三项组成。初时付印略音韵，后觉不克完善，故自《魏风》后，即于诗文加韵，韵部以唐韵为主，存古韵也。诗韵普通遵朱《传》协韵之说，自焦弱侯倡古无叶音说，陈第承之，作《毛诗古音考》，至顾炎武《诗本音》乃集其大成，苗夔作《毛诗昀韵》，有标韵者，有标古音者。近代丁以此著《毛诗正韵》，有经韵，纬韵，间句韵，连句韵，连章韵，起韵，收韵，线韵，正射韵诸目。视孔广森《诗声类》尤密。章太炎、刘师培、黄季刚颇称许之。兹将其韵例另附书末，以为读者进修之一助云尔。